SOPHIE KENDRICK

DAS ECHO DEINES TODES

THRILLER

Rowohlt Taschenbuch Verlag

Originalausgabe
Veröffentlicht im Rowohlt Taschenbuch Verlag,
Hamburg, März 2020

Redaktion Tobias Schumacher-Hernández
Covergestaltung ZERO Werbeagentur, München
Coverabbildung plainpicture/Folio Images/Eddie Granlund;
O.C Ritz/shutterstock
Satz aus der Lyon Text
bei Dörlemann Satz, Lemförde
Druck und Bindung GGP Media GmbH,
Pößneck, Germany
ISBN 978-3-499-00084-3

AUGUST 2003

«Lara, wach auf!» Die Stimme schien gleichzeitig über ihr zu schweben und in ihrem Kopf zu sein.

Lara presste die Hände auf die Ohren, doch es nützte nichts. Die Stimme war überall.

«Aufwachen! Lara, mach schon.»

Jetzt wurde sie auch noch durchgeschüttelt. Sie stöhnte, ihr Kopf explodierte.

«Lass mich in Ruhe», nuschelte sie und versuchte, sich auf die andere Seite zu drehen. Doch ihr Körper war bleischwer und schien auf der Matratze zu kleben.

Und die Worte prasselten weiter unerbittlich auf sie ein. «Lara, du musst aufwachen, es ist etwas passiert.» Da endlich erkannte Lara die Stimme.

«Was ist denn los, Michelle?»

«Es ist wegen Becca.»

Lara öffnete die Augen. Grelles Licht blendete sie, ein heißer Schmerzblitz fräste sich durch ihren Schädel. Sie blinzelte. «Was ist mit Becca?»

«Sie ist weg.»

«Weg?» Lara versuchte, Michelles Worten Sinn abzuringen, sich zu erinnern, was geschehen war. Gestern Abend hatten sie gefeiert, es war ihr letzter Tag auf der Insel gewesen, ihr letzter Tag in Freiheit, bevor das begann, was gemeinhin der Ernst des Lebens genannt wurde. Bald würden sie sich in alle Winde zerstreuen. Becca würde an die Universität der Künste in Berlin gehen, Michelle nach München, Eileen für ein Sprachstudium an die Sorbonne. Nur sie würde nicht wegziehen, um keinen Preis der Welt. Allein der Gedanke, sich in einer fremden Stadt neu zurechtfinden zu müssen, jagte ihr Angstschauder über den Rücken.

Jedenfalls hatten sie gestern noch einmal richtig Party gemacht. Die beiden Jungs vom Festland waren auch da gewesen, Vincent und Leon. Sie hatten getrunken, viel zu viel getrunken, und Fisch gegrillt. Und dann ...

Lara setzte sich auf, massierte sich die pochenden Schläfen. Sie erinnerte sich nicht mehr, wie sie ins Bett gekommen war. Sie sah Michelle an, die auf der Bettkante saß, bereits frisch geduscht und angezogen, die blonden Haare zu einem Pferdeschwanz zusammengebunden und ganz offenbar ohne den geringsten Anflug von einem Kater. Bei ihrem Anblick fühlte Lara sich noch elender. «Was soll das heißen, Becca ist weg?», fragte sie.

«Sie ist nicht hier.» Michelle deutete auf das leere Bett in der anderen Ecke des Raums. «Wir müssen die Insel absuchen, vielleicht ist sie gestern Nacht noch mal raus und hat sich besoffen irgendwo zum Schlafen zusammengerollt.»

«Aber ...»

«Du musst mir beim Suchen helfen. Eileen hockt in der Küche und schiebt Panik, du weißt ja, wie sie ist.»

Lara seufzte. Typisch Becca, ihnen am Abreisetag noch Stress zu machen. Sie schwang die Beine aus dem Bett, rieb sich das Gesicht, um wach zu werden.

Michelle streckte ihr die Handfläche entgegen, zwei

weiße Pillen lagen darauf. «Dein Schädel brummt bestimmt. Du hast gestern ganz schön zugelangt, und du verträgst ja nichts.»

Lara nahm die Tabletten und schluckte sie trocken, was den pelzigen Geschmack in ihrem Mund noch verstärkte. «Ich erinnere mich nicht einmal, wie ich ins Bett gekommen bin.»

Michelle grinste. «Ist vermutlich besser so.»

Lara stand auf, wankte, fing sich aber rasch wieder. «Gib mir zehn Minuten.»

«Ich warte in der Küche.»

Nach ihrem Duschritual fühlte Lara sich deutlich besser. Die Kleidung für die Reise lag bereit. Ihre Tasche hatte sie bereits gepackt, zuoberst den Discman und die Kopfhörer, ihre wichtigsten Reisebegleiter. Ohne eine Möglichkeit, sich vor dem Lärm der Welt abzuschirmen, würde sie schon am Bahnhof die erste Panikattacke kriegen.

Sie zog sich an und ging die Treppe hinunter in die Küche, wo Michelle und Eileen vor dem Herd standen und sich anschrien. Eileens Stimme klang hysterisch, Michelles eher wütend, das zumindest glaubte Lara. Sicher war sie jedoch nicht, es fiel ihr schwer, den Tonfall anderer Menschen richtig zu deuten.

Jedenfalls waren die beiden viel zu laut.

Lara hielt sich die Ohren zu. «Hört auf! Hört sofort auf!» Ihre Kopfschmerzen flammten wieder auf, obwohl die Tabletten ihren Schädel gerade erst mit einem flauschig-weichen Nebel gefüllt hatten.

Die Freundinnen starrten sie an. Eileen sah so übernächtigt aus, wie Lara sich fühlte. Das braune Haar war zerzaust und strähnig, das Gesicht blass, die Augenringe tief. Sie zischte etwas und stürzte aus dem Raum.

«Tut mir leid, Lara.» Michelle lächelte sie an. «Eileen ist wirklich total durch den Wind. Willst du erst einen Kaffee, oder sollen wir sofort nach Becca suchen?»

«Sofort.»

Draußen wehte eine kühle Brise. Der Sommer war für schwedische Verhältnisse ungewöhnlich heiß gewesen, aber in der Nacht hatte das Wetter umgeschlagen. Der Wind zupfte an den krüppeligen Kiefern, das Meer donnerte mit einem dumpfen Grollen gegen die Felsen. Lara stolperte hinter Michelle her über die schmalen Trampelpfade, die wie die Fäden eines Spinnennetzes über die Insel gespannt waren. Erst gingen sie hinunter in den Wald zu der kleinen Hütte, dann zu der mit Schilfrohr bewachsenen Badebucht, und schließlich auf der anderen Seite wieder hinauf zum Aussichtspunkt auf dem höchsten Felsen, von dem aus man weitere Inseln und das Festland sehen konnte. Nirgendwo entdeckten sie eine Spur von Becca.

Immer wieder riefen sie ihren Namen und horchten auf eine Antwort, doch nur die Möwen schrien zurück. Sie hoben die Zweige der stacheligen Sträucher an, die überall wuchsen, lugten in Felsspalten und blickten sogar hinauf in die Kronen der alten Eichen.

«Sie kann doch nicht weg sein», sagte Michelle schließlich. «Die Insel ist so winzig, und es gibt kaum Verstecke.»

«Und wenn sie gestern Nacht mit Vincent und Leon aufs Festland gefahren ist?»

Michelle schüttelte den Kopf. «Ich habe die beiden zum Anleger gebracht.»

Lara presste die Hände auf die Schläfen. Worte hämmerten durch ihren Schädel. *Wilde Gewalt. Gähnender Spalt.* In komplexen Situationen wie diesen war sie mit den vielen Möglichkeiten heillos überfordert. Sie war gut darin, eine Sache nach der anderen abzuarbeiten, sich tausend winzige Details zu merken. Aber ein kompliziertes Geflecht von Optionen war für sie wie ein summender Bienenstock: ein wildes, unübersichtliches Gewusel, bei dem sie nicht wusste, wohin sie zuerst schauen sollte.

Wenn die Panik zu groß wurde, verfiel sie in eine Art Starre und begann, Gedichte aufzusagen, Balladen meistens. Manchmal auch nur einzelne Verse oder Wörter. Sie konnte es nicht verhindern, es passierte einfach.

Gewalt. Spalt.

Michelle berührte ihre Schulter.

Lara zuckte zusammen.

«Alles gut, Lara, du schaffst das.»

Michelle war eine der wenigen, die nie das Gesicht verzog, wenn Lara einen ihrer «Anfälle» bekam, wie die anderen es nannten, die immer Geduld hatte, immer wusste, was zu tun war, damit Lara wieder zur Ruhe kam.

Lara massierte sich die Schläfen. «Geht schon.»

«Lass uns am Steg nachsehen. Vielleicht hat Becca das Boot genommen, um für unser letztes Frühstück einzukaufen oder sonst was Verrücktes zu machen.»

«Okay.»

Wieder folgte Lara ihrer Freundin über die Insel, dankbar dafür, sich auf nichts konzentrieren zu müssen außer dem rosa Kapuzenpulli und dem wippenden blonden Pferdeschwanz vor ihr und dem Pfad unter ihren Füßen. Als die

Bucht mit dem verwitterten Anleger vor ihnen auftauchte, stieß Michelle einen seltsamen Laut aus.

«Was ist?», fragte Lara und spähte über Michelles Schulter.

«Das Boot.»

«Es ist weg.» Lara starrte auf den leeren Steg. «Also hat sie tatsächlich –»

«Nein.»

«Aber ...»

Michelle streckte den Arm aus. «Da hinten an dem Felsvorsprung. Siehst du es nicht?»

Lara kniff die Augen zusammen. Neben den Felsen ragte etwas aus dem Wasser hervor, das wie ein großer runder Stein geformt war. Doch dann erkannte sie, dass es kein Stein war, sondern das Boot, das kopfüber in der Ostsee trieb.

SECHZEHN JAHRE SPÄTER

EINS

Alles fing damit an, dass ich den Bus verpasste. Und das lag natürlich an Jessie. Dabei weiß sie genau, wie sehr ich es hasse, wenn mein Zeitplan durcheinandergerät. Trotzdem hat sie mich auf der Treppe abgefangen und in ein Gespräch verwickelt. Sie wollte unbedingt über den Thriller reden, den sie gerade beendet hat. Sie verschlingt mehr als ein Dutzend Bücher im Monat, zum Bersten gefüllt mit Mord und Totschlag, und immer will sie mir von ihrer Lektüre erzählen, obwohl ich überhaupt nichts damit anfangen kann.

Ich mag Geschichten, die berechenbar sind. Ich mag alles, was berechenbar ist. Besonders liebe ich Balladen, denn darin fühle ich mich aufgehoben. Egal wie oft ich sie mir aufsage, meine Lieblingsballaden bestehen immer aus genau denselben Wörtern in genau derselben Reihenfolge. Zweihundertfünfundzwanzig sind es bei Goethes Erlkönig, achthundertsiebzig bei Schillers Bürgschaft und exakt zweihundertsiebenundneunzig bei Heines Schelm von Bergen. Keine Überraschungen. Man kriegt genau das, was man beim letzten Mal auch gekriegt hat.

Jessie sagt immer, dass es ihr hilft, mit ihren Ängsten klarzukommen, wenn sie Romane liest, in denen Menschen in tödliche Gefahr geraten, wenn sie mitfiebern und die Ungewissheit aushalten muss, weil sie nicht weiß, ob das Opfer am Ende überlebt. Es relativiere ihre eigenen Ängste und mache sie mutiger. Und sie meint, ich müsse auch einen Weg finden, aus meinem Schneckenhaus herauszukommen.

Anfangs wusste ich nicht, was sie damit meint, weil ich das mit dem Schneckenhaus mal wieder wörtlich genommen habe. Nicht richtig wörtlich natürlich, ich weiß ja, dass ich nicht in einem Schneckenhaus wohne. Aber was genau sie mir damit sagen wollte, wusste ich auch nicht. Inzwischen verstehe ich es, aber ich will gar nichts Besonderes aus meinem Leben machen. Ich fühle mich wohl so, wie ich bin. Und ich brauche keine Veränderungen.

Ich kann Jessie gut leiden, und wenn ich nicht so wäre, wie ich bin, könnten wir Freundinnen sein, da bin ich sicher. Wir waren einige Male zusammen im Kino und danach etwas essen, Sushi meistens, da ist das mit der Sojasoße am einfachsten. Ich kann ja nicht immer nur zu Hause hocken, und Jessie kennt mich, das macht es weniger anstrengend.

Aber mehr als ein oder zwei Abende im Monat sind nicht drin. Es geht einfach nicht. Es ist zu kompliziert, ich habe es versucht. Menschliche Beziehungen funktionieren nach Regeln, mit denen ich nicht klarkomme, die mir Stress bereiten. Ich muss mich ständig konzentrieren, wenn ich unter Leuten bin, damit ich auch bloß alles richtig mache, und das ist wahnsinnig kräftezehrend. Deshalb bin ich am liebsten allein.

Nur einmal hatte ich Freundinnen, das war in der Schulzeit. Eileen, Becca und Michelle. Mit ihnen war es anders, in ihrer Gesellschaft war es mir möglich, loszulassen und ich selbst zu sein. Wir sind noch immer Freundinnen, irgendwie, durch das Schicksal für alle Zeiten aneinandergefesselt.

Aber daran denke ich nicht gern.

Jedenfalls hat Jessies Redeschwall über einen Serienkiller in den Wäldern von Montana dafür gesorgt, dass ich den Bus verpasst habe. Ich hasse es, den Bus zu verpassen, ich hasse jede Abweichung von meiner täglichen Routine. Ich brauche einen klar strukturierten Alltag mit immer gleichen Abläufen, das sagt auch meine Therapeutin. Nur so fühle ich mich halbwegs sicher und drehe nicht durch.

Zum Glück bietet mir die Universitätsbibliothek einen solchen Tagesablauf. Bücher katalogisieren, Bücher einsortieren, Bücher aussortieren. Das ist genau die Art von Arbeit, die perfekt zu mir passt. Selbst die Widrigkeiten, mit denen man in einer Bibliothek zu kämpfen hat, sind immer dieselben. Bücher, aus denen Seiten herausgerissen werden, Bücher, die spurlos verschwinden, Bücher, die hinter anderen Bänden im Regal versteckt werden, damit niemand sonst sie ausleihen kann.

Ich kenne alle Kniffe, und meine Kollegen behaupten, dass ich auch alle Signaturen kenne. Aber das stimmt nicht, es sind zu viele. Über eine Million. Und täglich kommen Bücher hinzu. Dann gibt es noch die historischen Sammlungen, die Handschriftensammlung, die Thomas-Mann-Sammlung und das Universitätsarchiv. Nicht zu vergessen die elektronischen Medien, auch die haben Signaturen. Die Bibliothek ist ein Bücher verschlingendes und wieder ausspeiendes Monster. Kein Mensch kann jede einzelne

Signatur kennen. Aber ich weiß von jedem Buch, wohin es gehört.

Ich liebe meinen Arbeitsplatz, ich liebe den Geruch nach Papier und Staub, die Stille, die Kühle, die Ordnung. In der Bibliothek fühle ich mich mehr daheim als in meinem tatsächlichen Zuhause, obwohl ich dort schon mein ganzes Leben wohne. Ich lebe noch bei meinen Eltern, in einer Einliegerwohnung zwar, aber dennoch im selben Haus, in dem ich aufgewachsen bin. Es ist einfach die praktischste Lösung. Das Haus ist riesig, meine Eltern brauchen den ganzen Platz nicht, und ich komme am besten in einer vertrauten Umgebung klar.

Ich musste also den nächsten Bus nehmen, der auch noch sieben Minuten Verspätung hatte, und so kam mein Tagesablauf endgültig durcheinander. Normalerweise schwimme ich jeden Nachmittag einen Kilometer, esse zu Abend und sitze spätestens um sieben vor meinem Laptop, um meinen Artikel zu schreiben, damit ich ihn pünktlich um acht hochladen kann. Doch als ich endlich vor der Haustür stehe, ist es schon Viertel nach sechs, und ich bin genervt und durchgeschwitzt.

Ich schaue wie immer in den Briefkasten und erschrecke, als tatsächlich ein Brief darin liegt. Ich bekomme kaum Post, nur hin und wieder eine Rechnung oder eine Werbesendung. Aber das hier ist ein echter Brief in einem echten Umschlag aus schwerem, teurem Papier. Die geschwungenen Buchstaben der Anschrift sehen auf den ersten Blick aus, als wären sie mit der Hand geschrieben. Aber sie sind gedruckt. Ich drehe den Umschlag um. Kein Absender.

Ich lasse den Brief ungeöffnet – wenn ich mich jetzt damit beschäftige, ist mein Zeitplan endgültig dahin –, schlüpfe in meinen Badeanzug und gehe die Treppe hinunter ins Schwimmbad. Während ich mit gleichmäßigen, kräftigen Zügen das Wasser teile, komme ich allmählich zur Ruhe. Schwimmen hatte schon immer diese Wirkung auf mich. Im Wasser fühle ich mich eins mit dem Universum, nicht wie sonst fast überall als Fremdkörper in einer Welt, die ich nicht verstehe. Das funktioniert natürlich nur zu Hause, wo ich das Becken für mich allein habe. In einem öffentlichen Bad voller kreischender Kinder, jaulender Musik und brüllender Aquafit-Trainer bekäme ich einen Nervenzusammenbruch.

Zurück in der Wohnung ziehe ich meinen Jogginganzug an, füttere den Kater und schiebe das Essen – Lasagne, wie immer – in die Mikrowelle. Ich gieße über jede warme Mahlzeit Unmengen von Sojasoße, deshalb lohnt es sich normalerweise für mich nicht, verschiedene Gerichte zu kochen. Ich mag es, wenn es immer gleich schmeckt, und ich verstehe nicht, warum andere ständig neue Rezepte ausprobieren müssen.

Es ist zwanzig nach sieben, als ich endlich den Laptop aufklappe und zu tippen beginne.

Es ist Dienstag, beginne ich den Artikel, *Zeit also, euch die Frau der Woche vorzustellen. Sie hieß Lina Bögli, stammte aus der Schweiz und bestieg im Jahr 1892 in Triest ein Schiff, um eine zehnjährige Weltreise anzutreten – ohne Geld, dafür mit dem Plan, sich mit Jobs als Lehrerin über Wasser zu halten. Eine Pionierin der Idee des Work and Travel also. Und wieder einmal eine Abenteuerin. Doch anders als Clärenore Stinnes, über die ich vergangene Woche geschrieben habe, hatte Lina Bögli weder Geld noch Reisebegleiter, die sie unterstützt haben. Und das in einer Zeit, in der Frauen nicht einmal wählen durften.*

Ich halte inne, aber nicht, weil ich in meinen Notizen nachschauen muss. Ich habe übers Wochenende alles über Lina Bögli gelesen, was online und offline über sie zu finden ist, und ich habe alle Daten und Fakten im Kopf.

Seit knapp drei Jahren betreibe ich den Blog «Lara und die starken Frauen». Das Logo zeigt ein Wikingermädchen mit frech blitzenden Augen und wippendem blondem Zopf. Es bildet einen scharfen Kontrast zu dem schmalen, braven, von kastanienbraunen Haaren gerahmten Gesicht auf meinem Profilfoto, das sich in der unteren rechten Ecke der Startseite versteckt. Jessie hat es aufgenommen, bezeichnenderweise vor einem Regal in der Unibibliothek mit Büchern über die Geschichte der Psychiatrie, was man aber auf dem winzigen Bild zum Glück nicht erkennen kann. Ich hätte mich vor der Literatur des neunzehnten Jahrhunderts positionieren sollen, vor den Bänden mit den Balladen, die ich so sehr liebe. Aber darüber haben wir damals einfach nicht nachgedacht.

In meinem Blog berichte ich jede Woche über eine Frau, die etwas Besonderes geleistet hat, die sich nicht mit den engen Grenzen zufriedengegeben hat, die die Gesellschaft ihr setzte, sondern ihren eigenen Weg gegangen ist, manchmal schon vor Hunderten von Jahren. Zwar schreibe ich auch über berühmte Persönlichkeiten wie Marie Curie oder Sophie Scholl, aber mein Schwerpunkt liegt auf Frauen, die wenig bekannt sind. Ich möchte zeigen, dass die Geschichte voller mutiger Frauen ist, wenn man nur genau hinschaut. Und seit ich vor einigen Wochen ein Buch über reisende Frauen entdeckt habe, habe ich eine kleine Serie über sie begonnen.

Mein Blog ist ziemlich erfolgreich, und ich bekomme viele Nachrichten von Frauen, die durch meine Artikel den Mut gefunden haben, eine radikale Entscheidung zu treffen, endlich die Weltreise zu machen, von der sie seit Jahren träumen, ihren Job zu schmeißen, aufs Land zu ziehen und Ziegen zu züchten, ihren ungeliebten Partner zu verlassen und auf eigenen Beinen zu stehen. Ich freue mich über jede Zuschrift, es macht mich glücklich, anderen Menschen auf diese Art helfen zu können.

Ich werfe einen Blick auf die Uhr. Kurz vor halb acht. Rasch beuge ich mich wieder über die Tastatur, schreibe die nächsten Zeilen.

Fünf Wochen dauert die Überfahrt nach Australien, dem ersten Zwischenziel ihrer Reise. Als Lina Bögli endlich ankommt, ist sie erschöpft, krank und voller Angst, weil sie nicht weiß, ob man sie überhaupt an Land gehen lässt. Falls man ihr die Einreise verweigert, ist ihr Schicksal ungewiss, denn sie hat kein Geld für eine Rückfahrkarte.

Der Artikel fließt mir nur so aus den Fingern. Um sechs Minuten vor acht bin ich fertig, lese noch einmal Korrektur. Um Punkt acht lade ich den Text hoch. Ich beantworte noch einige Kommentare zum Artikel der vergangenen Woche, dann fahre ich den Computer runter.

Erst jetzt denke ich wieder an den Brief. Ich gehe in die Küche, wo ich ihn auf der Arbeitsplatte abgelegt hatte, und schlitze den Umschlag mit einem scharfen Messer auf. Eine

Karte kommt zum Vorschein. Es ist eine Einladung, wie mir klarwird, als ich die wenigen Worte überfliege.

Ich fasse mir an den Hals, weil ich plötzlich das Gefühl habe, keine Luft mehr zu kriegen. Mir ist heiß, die Buchstaben verschwimmen vor meinen Augen. Ich kneife mir in den Handrücken, murmle die ersten Zeilen, die mir in den Sinn kommen. Meine Lippen bewegen sich automatisch, ich kann es nicht verhindern, habe keine Kontrolle darüber.

Wann treffen wir drei wieder zusamm?
Um Mitternacht, am Bergeskamm.
Auf dem hohen Moor, am Erlenstamm.
Ich komme.
Ich mit.
Ich nenn' euch die Zahl.
Und ich die Namen.
Und ich die Qual.

Bei dem Wort bleibe ich hängen. *Qual. Qual. Qual.* Ich lasse die Karte fallen.

Qual. Qual. Qual.

In dem Augenblick klingelt mein Telefon.

Es ist Michelle, und ich kenne sie gut genug, um ihrer Stimme anzuhören, dass sie beunruhigt ist. Sie hat ebenfalls eine Einladung bekommen, mit demselben Text.

Wenn du wissen willst, was mit deiner Freundin
Becca geschehen ist, warte am kommenden Freitag

um 16:00 Uhr auf dem Bootssteg in Karlskrona. Ein Boot wird dich übersetzen. Die Wahrheit liegt auf der Insel.

Ein Freund

Die Wahrheit liegt auf der Insel. Was soll das bedeuten? Ist das wieder so eine Redewendung, die ich nicht verstehe? Oder ist es wörtlich gemeint? Ich wage nicht, Michelle danach zu fragen, stattdessen sage ich: «Weißt du, ob Eileen auch eine Karte bekommen hat?»

«Hat sie. Ich habe gerade mit ihr gesprochen.»

«Was ist das? Ein Scherz?»

«Wenn es ein Scherz sein soll, ist er nicht witzig.» Michelles Stimme klingt scharf, schneidet mir ins Ohr. Ich weiß nicht, ob sie geschockt ist oder vielleicht wütend auf mich, weil ich eine so blöde Frage gestellt habe. Oder ob sie traurig ist, weil sie an Becca denkt. An Becca, die ertrunken ist, für immer in kalter Umarmung mit den Wogen der Ostsee vereint.

Ich sage Michelle klipp und klar, dass ich nicht hinfahren werde. Ich verreise nie. Seit damals zumindest nicht mehr. Warum sollte ich irgendwo hinfahren wollen, wo alles fremd ist, das Bett, das Essen, der ganze Tagesablauf, wenn ich doch zu Hause alles habe, was ich brauche?

Und auf diese Insel will ich nie wieder zurückkehren. Ich habe das, was dort geschehen ist, hinter mir gelassen. Ich bin zufrieden mit meinem Leben, was soll ich also dort?

Becca ist tot, da bin ich sicher. Auch wenn ihre Leiche nie gefunden wurde. Ich weiß es, sie muss tot sein. Selbst sie, die immer für eine Überraschung gut war, würde sich keinen so grausamen Scherz mit uns erlauben. Wäre sie noch am Leben, hätte sie sich längst bei uns gemeldet. Sie hätte uns nicht sechzehn Jahre lang zappeln lassen.

Becca ist tot, und es würde nichts ändern zu wissen, wo und wie genau das Boot in jener Nacht gekentert ist, ob es Absicht war oder ein tragisches Unglück. Es würde sie nicht wieder lebendig machen.

Anfangs habe ich mich mit der Ungewissheit herumgequält, das stimmt. Ich war von Beccas Verschwinden besessen, habe jeden Artikel in der Zeitung und im Internet gelesen und archiviert, habe Skizzen gemacht und Wege rekonstruiert, wieder und wieder bei der schwedischen Polizei angerufen, um zu erfahren, ob es nicht doch eine Spur von ihr gibt, einen winzigen Hinweis, dem man nachgehen kann. Monatelang habe ich mich mit nichts anderem beschäftigt. Nicht zu wissen, was mit Becca passiert ist, hat mich innerlich zerfressen.

Irgendwann war ich zittrig vor Schlaflosigkeit und völlig abgemagert, weil ich kaum noch aß, sodass meine Therapeutin die Notbremse zog. Sie forderte mich auf, Becca gehen zu lassen. Erst wollte ich nicht, habe mich an sie geklammert wie ein Kind an sein Lieblingsspielzeug. Ich wollte nicht, dass Becca aus meinem Leben verschwindet.

Natürlich war mir vor der Reise klar gewesen, dass sich danach vieles ändern würde. Wir hatten gerade Abi gemacht, und ich wusste, dass meine Freundinnen und ich unterschiedliche Wege einschlagen würden, dass ich würde lernen müssen, ohne sie klarzukommen. Aber doch nicht auf diese Weise, nicht so endgültig.

Schließlich begriff ich, dass ich Becca loslassen musste, wenn ich überleben wollte. Ich begrub sie symbolisch in einem hohlen Baum auf unserem Friedhof. Ich nahm ein Foto von ihr und den Ring, den sie immer trug, den silbernen mit dem Bernstein. Ich wickelte beides in ein türkisfarbenes Halstuch und stopfte es ganz tief in das Astloch. Und dann zündete ich am Boden davor eine Kerze an und sagte meine Lieblingsballade für sie auf.

Im Schloß zu Düsseldorf am Rhein
Wird Mummenschanz gehalten;
Da flimmern die Kerzen, da rauscht die Musik,
Da tanzen die bunten Gestalten.

Becca mochte den Schelm von Bergen ebenso wie ich, und sie neckte Eileen manchmal, indem sie mit einer selbst gebastelten Maske um sie herumsprang und sie zum Tanz aufforderte. Sie hat sogar ein Bild gemalt, eine Art Selbstporträt, auf dem sie der verkleidete Henker ist und dem Betrachter hinter der Maske hervor zuzwinkert.

Ich habe meinen Frieden mit der Vergangenheit gemacht, erkläre ich Michelle am Telefon, schon vor vielen Jahren. Warum also sollte ich nach Schweden fahren und alte Wunden aufreißen?

Nach dem Telefonat fühle ich mich seltsam leer. Und auf eine Art allein, die nicht friedlich und beruhigend ist wie sonst. Am liebsten würde ich Michelle sofort wieder anrufen. Stattdessen tigere ich durch die Wohnung, räume in der Küche Sachen hin und her, ordne Papiere auf meinem

Schreibtisch, lege die Wäsche für den nächsten Tag bereit. Normalerweise hilft mir das, zur Ruhe zu kommen, doch heute funktioniert es nicht. Immer wieder schleiche ich um die Einladungskarte herum, werfe sie in den Müll, fische sie wieder heraus.

Schließlich lasse ich mich erschöpft aufs Sofa fallen, verschränke die Arme hinter dem Kopf und starre vor mich hin. Ich fange an, von hundert rückwärts zu zählen. Michelle hat mir geraten, das zu versuchen, wenn meine Gedanken außer Kontrolle geraten. *Hundert, neunundneunzig, achtundneunzig.* Ich verheddere mich schon bei dreiundachtzig. Mein Kater, der spürt, dass etwas nicht stimmt, springt zu mir aufs Sofa. Er heißt Maynard, nach John Maynard in der Ballade von Theodor Fontane, und hat ein getigertes Fell. Ich kraule ihn gedankenverloren, und er macht eine große Show daraus, die richtige Position zu finden, um es sich auf meinem Schoß bequem zu machen.

Ich erzähle ihm von der Einladung, von meinen Freundinnen Michelle, Eileen und Becca, vor allem von Becca, die ich in einem hohlen Baum beerdigt habe und deshalb nicht auf einer Insel in Schweden suchen will, und er hört geduldig zu. Er scheint mir zuzustimmen, aber das macht mich nur noch unruhiger. Es wäre mir lieber, er würde mir widersprechen, mir Vorhaltungen machen, weil ich so egoistisch bin. Dann hätte ich mich verteidigen, ihm meine Gründe erläutern müssen. Am Ende beschimpfe ich ihn unfairerweise als Verräter, setze ihn auf dem Boden ab und gehe ins Bett.

In der Nacht schlafe ich schlecht, träume von einer einsamen Insel mit einem Berg in der Mitte, auf dem Becca steht. Sie trägt ein wehendes weißes Nachthemd und winkt mir zu. Das ist Blödsinn, Becca hat nie Nachthemden getragen, sondern immer in T-Shirt und Slip geschlafen. Dennoch wache ich mit dem Gefühl auf, Becca im Stich gelassen zu haben.

Es ist das gleiche Gefühl, das ich vor sechzehn Jahren hatte, als ich im Zug nach Hause saß. Ohne Becca. Ohne zu wissen, wo sie steckte. Ohne zu wissen, ob sie lebte oder tot war. Das Gefühl, das ich mit dem Sammeln von Zeitungsartikeln und den Anrufen bei der Polizei bekämpfen wollte. Das Gefühl, das ich erstickt habe, als ich Becca in dem hohlen Baum zu Grabe trug.

Ich melde mich krank, krame die alten Fotos hervor, weine. Mittags rufe ich Michelle an und sage ihr, dass ich doch mitkomme. Ich kann Becca nicht noch einmal im Stich lassen. Ich muss die Wahrheit wissen. Und wenn das Ganze doch nur ein blöder Scherz ist, habe ich es wenigstens versucht.

Protokoll der Vernehmung der Zeugin Lara Jordan

ORT: Polizeistation, Järnvägstorget 5, Karlskrona
DATUM: Montag, 18.8.2003
Anwesend sind Polizeikommissar Johan Berggren und Polizeiinspektorin Karin Samuelsson

BERGGREN: Geht es dir nicht gut, Lara? Ich darf dich doch Lara nennen? Wir sind hier in Schweden nicht so förmlich. Du kannst auch gern Johan sagen, und das ist meine Kollegin Karin.
JORDAN: Okay.
BERGGREN: Du schwankst, ist dir schwindelig?
JORDAN: Das ist der Stress.
BERGGREN: Du machst dir Sorgen um deine Freundin?
JORDAN: Ich mache das immer, wenn ich mit einer Situation überfordert bin. Ich bewege den Oberkörper hin und her, oder ich kneife mir in den Handrücken. Das nennt man Autostimulation. Manchmal zitiere ich auch Gedichte. Das beruhigt mich.
BERGGREN: Aha.
JORDAN: Mein Vater hat mir früher immer Gedichte aufgesagt, wenn er mich ins Bett gebracht hat. Am liebsten mochte ich die Ballade vom Schelm von Bergen, die ist ziemlich gruselig, hat aber ein glückliches Ende. Und es

kommen viele beruhigende Wörter darin vor. Brummbass, zum Beispiel. Oder Marizzebill. Oder Mummenschanz. Mummenschanz ist ein sehr beruhigendes Wort.

BERGGREN: Hat das mit deiner, hm, Krankheit zu tun? Dass du diese Beruhigung brauchst, meine ich.

JORDAN: Ja. Wobei Asperger, streng genommen, keine Krankheit ist, sondern eine neurologische Störung.

BERGGREN: Das ist sicherlich nicht leicht für dich. Ich nehme an, du wirst häufig missverstanden.

JORDAN: Es ist einfacher, seit ich weiß, was es ist. Ich habe die Diagnose erst vor etwa einem halben Jahr bekommen. Früher dachten alle, ich sei ein Freak. Oder zurückgeblieben. Ich war sogar kurz auf der Sonderschule, weil die Lehrer meinten, ich hätte eine Lernstörung. Dabei konnte ich das doch alles, ich habe nur oft nicht verstanden, was von mir erwartet wird. Und wenn mir alles zu viel wurde, habe ich mir die Ohren zugehalten und Gedichte aufgesagt.

BERGGREN: Verstehe. Und warum bist du im Augenblick so gestresst?

JORDAN: Weil ich mich an nichts erinnere. Der vergangene Samstag ist wie ausgelöscht.

BERGGREN: Der ganze Tag oder nur der Abend?

JORDAN: Der ganze Tag. Fast zumindest. Ich weiß nur noch, dass wir morgens die Grillwürstchen gesucht haben. Ich war sogar unten am Steg deswegen. Wir dachten, wir hätten sie nach dem Einkaufen im Boot vergessen. Und ich erinnere mich, dass Becca mich aus dem Zimmer vertrieben hat, weil sie in Ruhe malen wollte, dass sie furchtbar laut Musik gehört hat, und dann nichts mehr. Ich bin nicht einmal sicher, ob das mit der Musik nicht an einem anderen Tag war. Sie hört immer Musik, wenn sie malt.

BERGGREN: Hast du eine Ahnung, warum du dich nicht erinnerst?

JORDAN: Das liegt am Alkohol, schätze ich. Ich habe zu viel getrunken an dem Abend, und ich vertrage nichts.

BERGGREN: Und deshalb stehst du unter Druck, ja? Weil du glaubst, dass du nichts zu den Ermittlungen beitragen kannst.

JORDAN: Nicht nur. Ich bin auch nervös, weil ich kein Wort Schwedisch kann. Aber zum Glück sprechen Sie, ähm, sprichst du gut Deutsch.

BERGGREN: Meine Frau stammt aus Schwerin. Wir ziehen unsere Kinder zweisprachig auf. Und meine Kollegin hier, Polizeiinspektorin Samuelsson, hat ein Praktikum bei der deutschen Polizei gemacht. Deshalb hat man uns beiden den Fall übertragen. Können wir nun über deine Freundin Rebecca reden? Nicht über ihr Verschwinden. Erzähl uns einfach von ihr.

JORDAN: Was willst du denn wissen?

BERGGREN: Was dir einfällt.

JORDAN: Becca ist neunzehn Jahre alt, hat braune Haare und braune Augen, und sie malt gern. Sie ist Waise. Ihre Eltern starben vor zehn Jahren bei einem Autounfall. Deshalb lebt sie in einer Pflegefamilie. Wolltest du das wissen?

BERGGREN: Auch. Ja. Rebecca, du und die anderen beiden, Michelle und Eileen, ihr seid auf die gleiche Schule gegangen, stimmt das?

JORDAN: Ja. Bis vor wenigen Wochen. Da haben wir Abi gemacht.

BERGGREN: Seid ihr gut befreundet?

JORDAN: Ich glaube schon.

BERGGREN: Bist du dir nicht sicher?

JORDAN: Ich habe sonst keine Freunde, also kann ich es nicht vergleichen.

BERGGREN: Und die anderen drei?

JORDAN: Ob die noch mehr Freunde haben?

BERGGREN: Ja.

JORDAN: Ich bin nicht sicher. Michelle ist sehr beliebt. Eileen ist eher schüchtern. Aber sehr klug. Und Becca malt am liebsten.

BERGGREN: Ihr vier habt euch also gesucht und gefunden.

JORDAN: Gesucht haben wir nicht.

BERGGREN: Das sagt man so.

JORDAN: Aha. Aber eigentlich war es anders. Becca, Eileen und ich wurden erst zu Freundinnen, als Michelle in unsere Klasse kam. Sie hat gesagt, dass wir Außenseiter zusammenhalten müssen.

BERGGREN: Aber Michelle ist doch keine Außenseiterin. Du sagtest, dass sie sehr beliebt ist.

JORDAN: Na ja, aber sie war neu und kannte noch keinen.

BERGGREN: Und ihr drei?

JORDAN: Wir passten nirgendwo richtig rein. Becca hat immer nur ans Malen gedacht, alles andere war ihr egal. Ich war uncool, falsche Klamotten, peinliches Verhalten. Und Eileen hat einen behinderten Bruder. Bei ihr zu Hause dreht sich alles nur um ihn. Sie muss meistens zurückstehen. Nachmittags shoppen oder abends ausgehen ist nicht drin, da muss sie im Haushalt helfen. Seit Michelle da ist, hat sich das gebessert, Eileen lässt sich nicht mehr so herumkommandieren. Und jetzt geht sie sogar nach Frankreich zum Studieren.

BERGGREN: Michelle hat also euer aller Leben umgekrempelt.

JORDAN: Äh, hm. Ja. Irgendwie. Ich habe mich nicht mehr so allein gefühlt, so unverstanden. Plötzlich hatte ich Freundinnen und fast jeden Tag Besuch. Wir haben uns nämlich meistens bei mir getroffen, weil wir da unsere Ruhe hatten. Mein Vater ist immer bis spät an der Uni, er ist Literaturprofessor, und meine Mutter ist oft mehrere Wochen am Stück in einer anderen Stadt. Sie berät Firmen, die umstrukturiert werden müssen. Da muss sie vor Ort sein.

BERGGREN: Und so hattet ihr sturmfreie Bude.

JORDAN: Was?

BERGGREN: Ihr hattet das Haus für euch allein. Keine Eltern, die kontrollieren, was man tut.

JORDAN: Ja. Wir konnten stundenlang Filme schauen, wenn wir Lust hatten, im Garten abhängen oder schwimmen.

BERGGREN: Schwimmen?

JORDAN: Mein Vater hat vor einigen Jahren ein überdachtes Schwimmbad anbauen lassen, weil ich gern schwimme. Ich bin eine ziemlich gute Schwimmerin. Im Wasser fühle ich mich geschützt. Geborgen. Ich weiß auch nicht, warum.

BERGGREN: Deine Eltern tun viel für dich, wie mir scheint.

JORDAN: Vermutlich haben sie ein schlechtes Gewissen, weil sie so viel weg sind. Und weil sie nie richtig wussten, wie sie mit mir umgehen sollten. Ich glaube, sie dachten jahrelang, dass sie etwas falsch gemacht hätten. Seit ich die Diagnose habe, ist es besser. Mein Vater hat einen Stapel Ratgeber über Asperger gelesen, und ich merke, dass er sich Mühe gibt.

BERGGREN: Also habt ihr vier euch immer bei dir zu Hause getroffen.

JORDAN: Manchmal auch bei Becca im Atelier. Becca wohnt in einer Pflegefamilie, da hat sie allerdings kein eigenes Zimmer. Ihre Eltern haben noch weitere Kinder in Pflege, manchmal gehen auch welche, und andere kommen. Aber ein Nachbar hat Becca seinen Gartenschuppen zur Verfügung gestellt, damit sie darin malen kann. Der ist echt wunderschön, mit einem großen Fenster mit Blick auf ein Rosenbeet. Allerdings hatte Becca immer ein bisschen Angst, dass wir ihre Sachen durcheinanderbringen, deshalb haben wir uns nur selten dort getroffen. Bei Eileen ging es gar nicht, sie durfte immer nur eine Freundin zu Besuch mitbringen wegen ihres Bruders, und bei Michelle war es viel zu eng. Sie wohnt mit ihrer Mutter in einer winzigen Wohnung in einem Hochhaus.

BERGGREN: Das klingt alles sehr harmonisch. Aber bestimmt hat es auch mal Streit gegeben, oder?

JORDAN: Klar. Ich sage manchmal Sachen, die andere verletzen, obwohl ich das gar nicht will. Ich versuche zu lernen, wann man besser den Mund hält oder wie man etwas Unangenehmes nett sagt. Aber die Regeln sind sehr kompliziert. Becca kann auch ziemlich ruppig sein. Und Eileen ist schnell beleidigt.

BERGGREN: Und Michelle?

JORDAN: Die ist ziemlich cool, lässt sich nicht so leicht aus der Ruhe bringen.

BERGGREN: Michelle gibt also bei euch den Ton an.

JORDAN: Du meinst, dass sie so etwas wie unsere Anführerin ist? Vielleicht ein bisschen. Sie hat immer die besten Ideen. Dieser Urlaub war auch ihr Einfall. Wir wollten noch einmal zusammen verreisen, nur wir vier, bevor wir auseinandergehen.

BERGGREN: Auseinandergehen?

JORDAN: Na ja, in verschiedenen Städten studieren. Eileen in Paris, Becca in Berlin, Michelle in München ...

BERGGREN: Und wo wirst du hingehen?

JORDAN: Ich verlasse nicht gern meine vertraute Umgebung. Ich reise auch nicht gern.

BERGGREN: Und doch bist du hier.

JORDAN: Das ist etwas anderes. Ich habe ja meine Freundinnen dabei, und Becca kennt sich sehr gut aus, weil das Haus ihrem Onkel gehörte und sie schon oft hier war. Außerdem hatten wir die Insel ganz für uns allein. Jedenfalls bis ...

BERGGREN: Bis was?

JORDAN: Na ja, bis die beiden Jungs aufgetaucht sind.

BERGGREN: War dir das nicht recht?

JORDAN: Sie haben alles durcheinandergebracht.

BERGGREN: Inwiefern?

JORDAN: Schwer zu sagen.

BERGGREN: Versuch es zu beschreiben.

JORDAN: Wir haben sie in einem Eiscafé in Karlskrona kennengelernt. Michelle hat sie eingeladen, uns auf der Insel zu besuchen. Keine Ahnung, warum. Eigentlich sollte Kristiansholmen unser Rückzugsort sein. Nur für uns vier, vier Wochen lang, so war es vereinbart. Jedenfalls sind die beiden aufgekreuzt, haben Bier und Würstchen zum Grillen mitgebracht. Eigentlich war es auch sehr nett. Ich habe mich lange mit Vincent unterhalten, er stammt aus Deutschland und wohnt schon seit über zehn Jahren in Schweden. Am nächsten Tag sind sie wiedergekommen, und ab da waren sie fast jeden Tag da. Und Becca hatte plötzlich schlechte Laune. Es war noch schlimmer als sonst.

BERGGREN: Sie hat also häufiger schlechte Laune?

JORDAN: Sie ist sehr empfindlich, wenn sie malt. Dann darf man sie nicht stören. Mir ist das nur recht. Ich stecke mir Kopfhörer in die Ohren und höre Musik. Deshalb habe ich mir auch mit ihr das Zimmer geteilt.

BERGGREN: Ihr hört also beide gern Musik, Rebecca und du?

JORDAN: Aber sehr unterschiedliche. Ich mag Tschaikowsky, Becca Rammstein.

BERGGREN: Aha. Und die beiden Jungs?

JORDAN: Was die für Musik mögen?

BERGGREN: Mich interessiert eher, wie Rebecca mit ihnen klargekommen ist.

JORDAN: Sie hat mal mit Leon gestritten, glaube ich.

BERGGREN: Wann war das?

JORDAN: Ich weiß nicht mehr so genau. Ich habe es auch gar nicht selbst mitbekommen. Michelle hat es erwähnt.

BERGGREN: Dann weißt du also nicht, worum es ging?

JORDAN: Nein.

BERGGREN: Hatten die beiden etwas miteinander?

JORDAN: Wie bitte?

BERGGREN: Ob sie ein Paar waren.

JORDAN: Ja. Ich glaube schon. Aber ich bin nicht sicher, weil sie ja ständig so ... ich weiß nicht.

BERGGREN: Sie haben sich gekabbelt? Geneckt? Meinst du das?

JORDAN: Ich glaube ja. Ich habe es nicht richtig verstanden. Michelle meinte, dass Becca scharf auf Leon ist und ihn deshalb ständig angiftet. Und so war es wohl. Sonst hätten sie ja nicht ...

BERGGREN: Was hätten sie nicht?

JORDAN: Da war ein benutztes Kondom im Sommerhaus.

BERGGREN: In der kleinen Holzhütte in dem Waldstück?

JORDAN: Ja.

BERGGREN: Du glaubst, dass es von Rebecca und Leon war?

JORDAN: Von wem sonst?

BERGGREN: Es könnte schon seit Monaten dort liegen.

JORDAN: Nein. Es war frisch.

BERGGREN: Ach ja?

JORDAN: Als die Jungs anfingen, jeden Tag auf die Insel zu kommen, habe ich mich manchmal in die Hütte zurückgezogen, um meine Ruhe zu haben. Ich habe mich auf die alte Matratze in der Ecke gelegt und Musik gehört. Wenn da ein Kondom gewesen wäre, hätte ich es bemerkt.

BERGGREN: Wann ist es dir aufgefallen?

JORDAN: Irgendwann in der vergangenen Woche. Dienstag oder Mittwoch.

BERGGREN: Hast du mit den anderen darüber gesprochen?

JORDAN: Nein.

BERGGREN: Gibt es sonst noch etwas, das wir wissen sollten?

JORDAN: Nein. Glaube nicht.

BERGGREN: In Ordnung. Dann sind wir hier erst mal fertig.

JORDAN: Werdet ihr Becca finden?

BERGGREN: Wir suchen mit allen zur Verfügung stehenden Kräften nach ihr.

JORDAN: Ihr müsst sie finden.

BERGGREN: Wir versuchen es. Aber ich kann nichts versprechen.

JORDAN: Ich muss wissen, dass es ihr gutgeht. Ich könnte es nicht ertragen, ich ...

BERGGREN: Schon gut. Wir tun wirklich alles, was wir können. Versprochen. Soll meine Kollegin dich nach draußen begleiten?

JORDAN: Nein, nicht nötig. Dann ... dann gehe ich jetzt. Auf Wiedersehen. Und bitte findet sie.

ZWEI

Ich packe früh am Freitagmorgen. Es ist noch dunkel draußen, kein Wunder, es ist Mitte Oktober, der Winter naht. Auf der Insel wird es kalt und stürmisch sein, nicht strahlend blau und heiß wie in jenem scheinbar endlosen Sommer vor sechzehn Jahren. Ich verstaue Waschzeug, frische Wäsche, warme Socken und einen Schlafanzug in meinem Rucksack, schiebe eine Flasche Sojasoße ins Seitenfach, und nach kurzem Zögern noch eine zweite. Ich kontrolliere, dass mein Smartphone geladen ist und dass das Zugticket auch wirklich in der Handtasche steckt. Ich bin nervös, die Angst vor der Zugreise, vor den vielen fremden Menschen, vor dem Lärm, den unzähligen unberechenbaren Situationen, lässt mich schon wieder Gedichtzeilen murmeln.

Denn wütender wurde der Winde Spiel,
Und jetzt, als ob Feuer vom Himmel fiel ...

Feuer vom Himmel. So fühlt es sich an. Dabei habe ich noch nicht einmal das Haus verlassen.

Ich kraule Maynard noch einmal ausgiebig, erkläre ihm, dass mein Vater nach ihm schauen, ihm Wasser und Futter bringen wird. Allerdings habe ich nicht den Eindruck, dass es ihn sonderlich interessiert. In der Beziehung ist Maynard wie ich. Er ist gern allein und vermisst die Gesellschaft von anderen Lebewesen nicht im Geringsten.

Manchmal wünsche ich mir, ich könnte mit meinem Kater tauschen, könnte sein einfaches, auf wenige wesentliche Dinge beschränktes Leben führen, anstatt in diesem komplizierten Geflecht aus rätselhaften, völlig unlogischen und schwer greifbaren Regeln klarkommen zu müssen, das sich zwischenmenschliche Beziehungen nennt.

Mein Vater hat angeboten, mich zum Bahnhof zu bringen, doch ich habe abgelehnt, ich muss das allein schaffen. Das ist meine Reise, meine Suche nach der Wahrheit. Meine Schuld, die ich bei Becca abtrage. Ich kriege das hin. Ich muss.

Ich sehe ihn am Fenster stehen, als ich mich auf den Weg zur Haltestelle mache, aber ich drehe mich nicht um. Ich fürchte, die Sorgenfalten auf seiner Stirn zu sehen.

Am Bahnhof herrschen das übliche Gedränge und Chaos, und ich stecke rasch die Stöpsel in die Ohren, lasse mich von Smetana in wohlig beruhigende Klänge hüllen. Ich mag seine märchenhafte, immer etwas melancholische Musik. Ebenso wie die von Dvořák, Tschaikowsky und Liszt. Auf ihren Tönen reise ich in eine Zeit ohne stampfende Presslufthämmer, kreischende Autohupen oder hämmernde Technosounds.

Laute Geräusche jeglicher Art sind mir ein Gräuel, vor allem, wenn sie alle durcheinanderlärmen. Die scheppernden Lautsprecherdurchsagen auf dem Bahnhof, die schrillen Pfiffe, die vielen Menschen, die mit ihren Absätzen klappern, schreien und lachen – ohne die dämpfende Hülle aus besänftigender Musik könnte ich das nicht ertragen.

Bilder machen mir nicht halb so viel aus. Es ist mir egal, wie viele davon auf einmal auf mich einstürmen, solange sie still sind. Manchmal schaue ich Filme ohne Ton, vor allem Actionfilme mit viel Krach und Radau. Ich schalte lediglich die Untertitel ein, damit ich weiß, was gesagt wird. So kann ich sogar James Bond oder Jason Bourne bei ihren zahllosen Autojagden und Schießereien zuschauen, ohne durchzudrehen.

Viermal muss ich umsteigen, muss Bahnsteige finden und Zugabteile, muss meine Fahrkarte vorzeigen und meine Brote verzehren – kalte Speisen esse ich ohne Sojasoße –, während fremde Menschen mich anstarren. Immerhin schirmt die Musik mich ab.

Zwischen Hamburg und Kopenhagen sitzt mir ein kleines Mädchen mit seiner Mutter gegenüber, das einen imaginären Reisebegleiter von seinem Schokoriegel abbeißen lässt. Der Anblick spült Erinnerungen an Claire hoch, meine allererste beste Freundin, meine treueste Spielkameradin, die ich heiß und innig geliebt habe. Claire war perfekt in jeder Hinsicht, sie hat mich immer bestimmen lassen, was gespielt wurde, hat nie etwas kaputt gemacht, das ich mühsam aufgebaut habe, wollte nie den Stift haben, mit dem ich gerade malte. Claire war die beste Freundin, die man sich nur wünschen kann. Sie hatte nur einen Makel: Sie existierte ausschließlich in meiner Phantasie.

Ich erinnere mich, dass Claire lange Zeit der wichtigste Mensch in meinem Leben war. Meine Mutter musste sogar ein zusätzliches Gedeck auf den Tisch legen oder zwei Becher mit Limonade füllen, wenn Claire und ich im Garten spielten. Ich weiß noch, wie Claire aussah. Sie hatte lange glänzende blonde Haare, so wie ich sie mir immer gewünscht habe. Aber ich war nicht neidisch darauf, weil ich ja wusste, dass Claire ganz allein mir gehörte, dass sie meine allerbeste Freundin war.

Keine Ahnung, wann genau Claire aus meinem Leben verschwand, ob es war, als ich in die Grundschule kam, oder noch später. Sie war irgendwann nicht mehr da, vermutlich habe ich sie nicht länger gebraucht.

Wenn ich jetzt darüber nachdenke, erinnert mich Michelle ein bisschen an Claire. Vielleicht habe ich sie deshalb sofort gemocht, als sie in unsere Klasse kam. Eine Claire aus Fleisch und Blut. Eine Claire, die auch mal mit mir stritt oder beleidigt war, aber dafür lebendig und echt und trotz all meiner nervigen Ticks und Angewohnheiten bereit, mich so zu akzeptieren, wie ich bin.

Als ich endlich in Karlskrona aus dem Zug steige, bin ich todmüde, zitterig und trotzdem aufgekratzt. Schräg gegenüber dem kleinen Bahnhof liegt die Polizeistation. Der Anblick des hässlichen, schmutziggelben Klotzes löst Beklommenheit in mir aus. Ich habe plötzlich wieder den Geruch des Zimmers in der Nase, in dem ich damals befragt wurde, die stickige, bittere, abgestandene Luft.

Ich kneife mir fest in den Handrücken und laufe an dem Gebäude vorbei, ohne näher hinzusehen. Obwohl so viele Jahre vergangen sind, finde ich den Weg sofort wieder. Es gibt unzählige Bootsanleger in Karlskrona, denn die Stadt liegt auf einer Insel, die nur durch eine schmale Landzunge mit dem Festland verbunden ist. Aber ich bin sicher, dass ich dorthin muss, wo wir vier damals nach Kristiansholmen übergesetzt haben.

Ich sehe die beiden schon von weitem. Ein ungleiches Paar: Michelle groß und blond, Eileen klein und brünett. Genau wie früher. Einen Augenblick lang kommt es mir vor, als wären keine sechzehn Jahre vergangen, sondern gerade mal sechzehn Tage. Michelle steht neben einem riesigen silbernen Kofferungetüm, Eileen hat eine grüne Reisetasche zwischen die Beine geklemmt, als hätte sie Angst, sie könne vom Steg fallen.

Beim Anblick der beiden schießen mir Tränen in die Augen. Viele glauben, dass ich nichts fühle, nur weil ich mich schwer damit tue, die Gefühle von anderen zu erkennen und zu verstehen. Aber so ist es nicht. Ganz im Gegenteil. Ich fühle sehr wohl etwas. Manchmal habe ich den Verdacht, dass ich sogar mehr empfinde als andere, und dass es diese Überdosis an Empfindungen ist, die mir solche Schwierigkeiten bereitet. Gerade in diesem Moment nämlich rauscht ein Sturzbach aus Gefühlen durch meinen Körper, so wild, so überwältigend, dass ich Mühe habe, einfach ganz normal weiterzulaufen.

Mit wackeligen Beinen setze ich einen Fuß vor den anderen. Als ich nur noch ein paar Schritte entfernt bin, entdeckt Michelle mich und winkt.

Ich lasse die abgegriffene Einladungskarte, die ich den ganzen Weg lang wie einen Rettungsanker festgehalten habe, in meine Jackentasche gleiten, ziehe die Stöpsel aus den Ohren und winke zurück. Ich spüre, wie etwas wie ein Lächeln an meinen Lippen zupft, und wische mir hastig die Tränen aus den Augenwinkeln.

Da stehen sie, meine Freundinnen, meine besten, einzigen Freundinnen, wir sind wieder vereint. Es könnte fast wie früher sein. Wenn Becca auch hier wäre. Wenn sie diejenige wäre, die uns die anonyme Einladung geschickt hat. Einer ihrer dämlichen Streiche, mit denen sie uns in den Wahnsinn getrieben hat. *Ätsch, hier bin ich! Habt ihr etwa gedacht, ich wäre tot?*

Fast höre ich ihr hämisches Lachen. Und ich sehe sie wieder vor mir, die langen dunklen Haare im Nacken zusammengeknotet, ein Träger ihrer mit Farbe vollgekleckerten Latzhose ist ihr über die Schulter gerutscht, die Sonnenbrille ist so riesig, dass ihr schmales, kluges Gesicht fast vollständig dahinter verschwindet.

Ich bilde mir ein, dass ich sie genau so zum letzten Mal gesehen habe, dass dieses letzte Bild von ihr sich in mein Gedächtnis eingebrannt hat. Aber ich weiß natürlich, dass das nicht stimmt.

Als ich Becca zum letzten Mal sah, war es Nacht, die Flammen eines Lagerfeuers tanzten auf ihrem Gesicht, und ich war so betrunken, dass ich nicht mehr geradeaus schauen konnte. Und ich hatte ein Problem, das nicht das Geringste mit Becca zu tun hatte: Vincent Molitor hatte seine Hand auf meinen Oberschenkel gelegt, und ich wusste nicht, ob ich sie wegschieben sollte.

War es so gewesen? Gab es diesen Moment wirklich? Oder haben sich die unterschiedlichen Versionen unserer Erinnerungen an jene letzte Nacht auf der Insel derart vermischt, dass ich nicht mehr weiß, welche tatsächlich von mir sind?

Michelle breitet die Arme aus und drückt mich an sich. «Du hast es geschafft, wie wunderbar.» Sie riecht nach einem fruchtigen Shampoo, außerdem nach Wind und

Meer, als würde sie schon eine ganze Weile auf dem Steg stehen.

«Hi Michelle.»

Ich löse mich sanft von ihr, drehe mich zu Eileen um. Im Gegensatz zu Michelle, mit der ich regelmäßig skype, habe ich sie ewig nicht gesehen. Sie hat noch immer diese typische Schüchternes-Mädchen-Frisur, lange, glatte braune Haare ohne Pony, und trägt ein dunkles Kleid aus einem Stoff, der mir viel zu dünn für den skandinavischen Herbst erscheint.

«Hallo Eileen.»

«Lara.» Sie macht einen Schritt von ihrer Tasche weg auf mich zu. «Schön, dich zu sehen.»

Wir umarmen uns unbeholfen. Als sie wieder zurücktritt, streicht sie sich die Haare hinter die Ohren und blickt hinaus aufs Wasser. «Schon komisch, wieder hier zu sein, findet ihr nicht?»

«Verdammt komisch», stimme ich ihr zu. «Wisst ihr, wie es jetzt weitergeht?»

Eileen zuckt mit den Schultern. «Keine Ahnung. Weder, was als Nächstes kommt, noch, was wir überhaupt hier sollen. Ich hoffe doch sehr, dass wir bald erfahren, worum es eigentlich geht.» Sie sieht Michelle an. «Ob das Ganze ein blöder Scherz ist oder ...»

«Ich schätze mal, es ist sinnlos zu spekulieren.» Michelle schaut auf die Uhr. «Noch sieben Minuten bis vier. Lassen wir uns überraschen.»

Gerade als Michelle leicht genervt feststellt, dass es inzwischen zwölf Minuten nach vier ist, humpelt ein älterer

Mann mit strähnigen grauen Haaren auf uns zu und sagt etwas auf Schwedisch. Michelle versucht, ihn abzuwimmeln, doch dann wird uns klar, dass er unserer Fährmann sein muss. Wir verstehen den Namen der Insel, Kristiansholmen, und er deutet auf ein Motorboot mit zwei hölzernen Sitzbänken und einer kleinen Kabine.

«Wer hat Sie beauftragt, uns überzusetzen?», fragt Michelle auf Englisch.

Doch der Mann versteht kein Wort, deutet nur immer wieder auf das Boot.

«Mir ist die Sache nicht geheuer.» Eileen sieht mit einem Mal blass aus. Sie reibt sich über die Unterarme. «Ich finde, wir sollten auf dem Festland bleiben.»

«Unsinn.» Michelle drückt dem Mann ihren Koffer in die Hand. «Wozu bist du denn hergekommen, wenn du gar nicht auf die Insel willst? Das war doch der Deal, oder nicht?» Sie fasst Eileen bei der Schulter. «Kopf hoch, so leicht lassen wir uns nicht einschüchtern.»

«Aber ...» Eileen knetet ihre Finger. «Wir wissen doch gar nicht, was diese Person vorhat.»

«Was, wenn es Becca ist?», platze ich heraus. Die Frage beschäftigt mich, seit ich die Karte bekommen habe. Ich weiß, dass sie tot ist, ich war immer sicher, dass sie tot ist. Aber was, wenn ich mich irre, wenn sie doch noch lebt? Wenn sie damals verunglückt ist und das Gedächtnis verloren hat? Wenn sie sich erst jetzt erinnert hat?

Eileen starrt mich an. «Das ist –»

«Können wir das später klären?», unterbricht Michelle. «Es wird bald dunkel, ich würde lieber bei Tageslicht ankommen.»

«Und was sollen wir dort machen?» Eileen starrt in die Ferne, wo die Insel liegen muss, eine der zahlreichen Schären am Horizont. «Wir haben nicht einmal Vorräte dabei.»

«Vielleicht kocht uns unser mysteriöser Gastgeber ja was.» Michelle deutet auf Eileens Tasche, und der alte Mann hievt sie ebenfalls ins Boot. «Du hast es so weit geschafft, Eileen. Gib jetzt nicht auf.»

Eileen nickt, aber ihr Gesicht ist versteinert.

Ich kann sie gut verstehen. Mir ist auch mulmig zumute. Aber ich bin fest entschlossen. Ich behalte meinen Rucksack auf dem Rücken und klettere hinter den beiden an Bord. Als wir alle sitzen, lässt der Mann den Motor an. Der Krach ist ohrenbetäubend, und ich schiebe hastig die Stöpsel in die Ohren, was mir einen finsteren Blick von Eileen einbringt. Zumindest interpretiere ich ihn so, weil ihre Stirn in Falten gelegt ist und die Brauen zusammengezogen.

Das Boot lärmt und stinkt und hüpft auf den Wogen wie ein Gummiball, aber irgendwie überlebe ich die Fahrt. Zum Glück dauert sie nur wenige Minuten. Trotzdem sind meine Finger steif und kalt, als wir anlegen, so fest habe ich die Reling umklammert. Mit zittrigen Beinen betrete ich den Steg, erleichtert, wieder festen Boden unter den Füßen zu haben. Unser Fahrer deutet auf ein Motorboot, das am Steg vertäut ist, und erklärt, dass wir damit jederzeit zurückfahren könnten. Jedenfalls interpretiere ich seine Gesten so.

Ich drücke die Schultern durch, hake die Daumen in die Rucksackgurte und mache mich zusammen mit Eileen und Michelle an den Aufstieg, während der Alte erneut den Motor startet, in einer eleganten Schleife abdreht und davonfährt. Als ich mich nach einigen Metern noch einmal umdrehe und das Boot kleiner werden sehe, krampft sich mein Bauch zusammen. Entschlossen wende ich mich ab und stapfe weiter den Hang hinauf.

Nach etwa fünf Minuten erreichen wir eine Biegung, und da steht es. Das einzige Haus auf der Insel. Unser Haus, unsere Villa Kunterbunt. Knallgelb, mit rotem Dach, weißen Fensterrahmen und einem ebenso weißen Geländer am Balkon im ersten Stock. Ich bleibe stehen und frage mich, ob drinnen noch alles ist wie damals, ob das Haus sich noch immer anfühlt wie ein lebendes, atmendes Wesen oder ob irgendwer es gekauft und totmodernisiert hat.

Ich erinnere mich an jedes Detail, als wäre ich erst im vergangenen Sommer hier gewesen. Oben waren unsere Schlafzimmer. Beccas und meins links, mit Zugang zum Balkon, Eileens und Michelles rechts, direkt neben dem Bad. Beide hatten knarrende Holzböden und waren vollgestellt mit schweren alten Möbeln. Mit Schränken, deren Türen quietschten, als bereite ihnen jede Bewegung Schmerzen, mit Kommoden, deren Schubladen sich standhaft gegen jedes Aufziehen zur Wehr setzten, und Betten, in denen man so tief versank, dass man das Gefühl hatte, sich nie wieder aus ihrer Umarmung befreien zu können.

Im Erdgeschoss war die Küche, bestehend aus einem Gasherd, der mit Propanflaschen betrieben wurde, und alten, Dutzende Male überstrichenen türkisfarbenen Schränken. Der Kühlschrank brummte wie ein schlafendes Monster, der fleckige Tisch wackelte, sodass wir unsere Kaffeetassen nie zu voll machen durften. Immerhin gab es fließendes Wasser und Strom, der mit einem Generator erzeugt wurde.

Ans Wohnzimmer mit der monströsen roten Couchgarnitur grenzte ein Wintergarten mit Korbmöbeln, der einen unvergleichlichen Blick auf die Ostsee mit den benachbarten Schären bot.

Kurz darauf stehen wir in der türkisfarbenen Küche – die Haustür war unverschlossen, kein Schlüssel steckte im Schloss. Die Abendsonne hat ein Loch in die graue Wolkendecke gebohrt und taucht den Raum in blutrotes Licht. Alles sieht auf derart unheimliche Weise genauso aus wie vor sechzehn Jahren, dass es in meiner Brust schmerzt. Ich beiße mir auf die Zunge, damit meine Lippen nicht die Worte formen, die aus mir herausdrängen wie Lava aus einem Vulkan.

Bergeskamm, Erlenstamm. Bergeskamm, Erlenstamm.

Ich muss sie doch laut ausgesprochen haben, denn Eileen stöhnt laut. «Sind wir wieder beim Erlkönig, ja?»

«Die Brück am Tay», korrigiere ich. «Theodor Fontane.»

«Meinetwegen auch die Königin von Saba. Aber könntest du bitte aufhören, das nervt mich.»

«Lass sie in Ruhe, Eileen.»

«Ich kann dieses Gemurmel aber nicht ertragen. Es macht mich wahnsinnig.»

«Ich hör schon auf», werfe ich schnell ein. Wenn die beiden jetzt anfangen zu streiten, wird es noch schlimmer. «Es war nur der Schock, wieder hier zu sein.»

Michelle lächelt mich an. «Natürlich.»

«Dann habe ich hier noch mehr Fontane für dich», sagt Eileen, und etwas an ihrem Tonfall stimmt nicht. Ich vermute, es ist Ironie. Oder Sarkasmus. Sie deutet auf den Tisch. «Schaut mal.»

Eine Karte liegt dort.

Willkommen zurück, meine Lieben. Fühlt euch wie
zu Hause. Es ist für alles gesorgt.

DREI

Wir starren auf die Karte. *Fühlt euch wie zu Hause.* Die gleichen geschwungenen Druckbuchstaben wie auf der Einladung, das gleiche Papier. Keine Unterschrift.

Michelle scheint wütend zu sein, aber vermutlich täusche ich mich. Für Wut gibt es ja gar keinen Anlass. Bestimmt ist es Sorge, die ihr ins Gesicht geschrieben steht, oder das gleiche mulmige Gefühl, das auch ich spüre. Eileen sieht schon wieder so aus, als würde sie frieren. Dabei ist es warm im Haus. Irgendwer hat den Kamin im Wohnzimmer entzündet, die Flammen spiegeln das Rot des Sonnenuntergangs. Wo steckt bloß unser ominöser Gastgeber?

«Ich habe kein gutes Gefühl bei der Sache», sagt Eileen, wie eben schon am Bootssteg. «Wir sollten machen, dass wir verschwinden.»

«Und wie?», frage ich.

«Mit dem Boot natürlich.»

Ich bin mir sicher, dass Verachtung in Eileens Stimme mitschwingt.

«Es ist ziemlich klein», wende ich ein. «Da passen wir niemals alle mit dem ganzen Gepäck rein.»

«Dann fahren wir halt zweimal.»

«Und wer bleibt so lange allein hier auf der Insel?»

«Jetzt regt euch mal ab, ihr beiden», geht Michelle dazwischen. «Ihr benehmt euch wie hysterische Teenager. Bisher ist doch alles super gelaufen. Also, lassen wir uns überraschen, was unser Gastgeber als Nächstes vorhat.»

«Vielleicht will er uns umbringen. So wie in diesem Film.»

«In was für einem Film denn, Eileen?», fragt Michelle. «Du hast echt zu viel Phantasie.»

«Eine junge Frau verschwindet von einem Rastplatz. Ihr Freund will unbedingt wissen, was ihr zugestoßen ist, und lässt sich auf einen Deal mit dem Entführer ein. Und dann –»

«Herrgott, Eileen. Das hier ist kein Film. Und Becca ist nicht entführt worden, wie du sehr gut weißt.»

«Aber –»

«Klappe jetzt.» Michelle sieht mich an. «Nehmen wir unsere alten Zimmer?»

Das bedeutet, dass ich allein schlafen werde. Normalerweise wäre ich darüber sehr froh. Dann kann ich alles so machen, wie ich will, und muss auf niemanden Rücksicht nehmen. Aber diesmal weiß ich nicht, ob ich mich freuen soll. Alles in diesem Zimmer wird mich an Becca erinnern. Ich werde ihre Staffelei am Fenster stehen und ihre Klamotten auf dem Bett liegen sehen, und die Bilder in meinem Kopf werden mir vermutlich den Schlaf rauben.

Aber ich will nicht genauso hasenherzig wirken wie Eileen. «Meinetwegen», sage ich und zucke betont lässig mit den Schultern.

«Gut, dann lasst uns die Taschen hochbringen. Und danach schauen wir, ob wir was zu essen finden.»

Zehn Minuten später blubbert das Spaghettiwasser auf dem Herd. Der Kühlschrank ist gut bestückt mit Lebensmitteln aller Art. Milch, Eier, Butter, Käse, Aufschnitt. Im Hochschrank sind weitere Vorräte. Michelle rührt im Nudeltopf, Eileen macht einen Salat. Ich decke den Tisch, lege Messer, Gabel und Löffel ordentlich neben die Teller, genauso wie ich es immer bei mir zu Hause mache. Glas rechts, Sojasoße links, an meinem Platz jedenfalls. Ich gebe mir Mühe, den Tisch schön zu gestalten, lege Servietten neben die Teller, was ich zu Hause nie tue, und zünde eine Kerze an.

Inzwischen ist es dunkel draußen, und der Wind heult ums Haus. Es klingt wie ein Klagelied. Ich kann mich nicht erinnern, dass der Wind damals auch solche Geräusche gemacht hat. Ich würde mir gern die Ohren verstöpseln, aber das wäre unfair den beiden anderen gegenüber, also summe ich leise, um den Wind zu übertönen.

Ich bin gerade fertig, als Eileen einen seltsam keuchenden Laut ausstößt. Michelle und ich starren sie an. Sie lehnt mit bleichem Gesicht am Kühlschrank.

«Himmel, was ist los?», fragt Michelle.

«Becca.» Eileen flüstert das Wort so leise, dass ich nicht sicher bin, ob ich richtig gehört habe.

Michelle verdreht die Augen. «Was ist denn mit Becca?»

«Sie ist da draußen.»

«Blödsinn.»

«Ich habe sie gesehen. Glaubst du, sie kann ... glaubst du ... oh, mein Gott!»

«Verflucht, Eileen, reiß dich zusammen!» Michelle tritt ans Fenster und späht hinaus in die Dunkelheit. «Da ist niemand.»

«Aber ich habe sie gesehen.»

«Wo hast du sie gesehen?», frage ich und schaue ebenfalls nach draußen.

«Nirgendwo.» Michelle dreht sich um und packt Eileen bei den Schultern. «Deine Nerven haben dir einen Streich gespielt. Kein Wunder. Wir sind nervös und aufgekratzt, weil wir nach all den Jahren wieder hier sind, weil alles wieder hochkommt. Und vermutlich ist es genau das, was die Person will, die uns hierher eingeladen hat.»

«Warum sind wir dann hergefahren?» Eileens Stimme ist noch immer kaum hörbar. «Warum lassen wir uns von diesem Unbekannten ködern?»

«Weil er behauptet, dass er weiß, was mit Becca geschehen ist», sagt Michelle und betont dabei jedes Wort, als würde sie es einem kleinen Kind erklären. «Und ich zumindest will gern die Wahrheit wissen. Auch wenn sie höchstwahrscheinlich schmerzhaft ist. Wir müssen Gewissheit haben, sicher sein, ist es nicht so?»

Eine Weile sagt keine von uns etwas. Ich habe das Gefühl, dass ich Michelle beipflichten sollte, aber ich fürchte, dass das erste Wort, das aus meinem Mund springt, wenn ich ihn jetzt öffne, *Bergeskamm* lautet, und das will ich auf keinen Fall. Eileen würde vor Wut explodieren.

Schließlich nickt sie und stellt die Salatschüssel auf den Tisch. Ich helfe Michelle, alle Fensterläden zu schließen. Die vom Wind hin und her gezerrten Bäume und Sträucher sehen wirklich wie lebendige Wesen aus, die ums Haus schleichen, und ich bin froh, als wir sie alle ausgesperrt haben. Für die Haustür haben wir keinen Schlüssel, also klemmen wir einen Stuhl unter die Klinke. Das muss genügen.

Beim Essen vermeiden wir das Thema Becca und plaudern über Alltägliches. Eileen beklagt sich über ihre Schüler, die ihr auf der Nase herumtanzen, heimlich im Unterricht mit ihren Handys herumspielen und nie ihre Hausaufgaben machen. Ich wage nicht, etwas dazu zu sagen, weil ich als Erstes fragen würde, warum sie Lehrerin ist, wenn es ihr keinen Spaß macht. Und das ist bestimmt wieder so eine verletzende Indiskretion, die man sich verkneifen muss. Also höre ich stumm zu und kaue auf den ungewohnt weich gekochten Spaghetti herum.

Eileen ist Lehrerin in einer Kleinstadt in Westfalen und mit einem Kollegen verheiratet. Sie unterrichtet Deutsch und Französisch, er Mathe und Physik, die perfekte Rollenverteilung. Die beiden haben keine Kinder, sie haben es jahrelang versucht, es irgendwann aufgegeben und sich stattdessen zwei Hunde gekauft, die sie Laurel und Hardy genannt haben. Eileens Mann Jens ist ein großer Fan von Stan Laurel und Oliver Hardy, überhaupt steht er auf alte Schwarzweißfilme. Eileen interessiert sich mehr für kitschige Liebesgeschichten, aber Jens wäre wohl nicht damit einverstanden gewesen, die Hunde Mr. Bingley und Mr. Darcy zu nennen. Viel mehr weiß ich nicht über Eileens Leben, und auch diese spärlichen Informationen habe ich nicht von ihr selbst, sondern von Michelle.

Nach dem Essen setzen wir uns ins Wohnzimmer. Ich lege Feuerholz nach, Michelle öffnet eine zweite Flasche Wein. Ich selbst nippe noch am ersten Glas, ich vertrage nicht viel, halte mich deshalb lieber zurück. Auch wenn der Gedanke, die Geister der Vergangenheit mit einem Rausch in Schach zu halten, bevor ich mich oben in dem mit Erinnerungen angefüllten Zimmer zu Bett begebe, durchaus etwas Verführerisches hat. Michelle hat noch einen Rest in ihrem zweiten Glas, Eileen lässt sich das dritte voll schenken und nimmt einen großen Schluck, bevor sie sich aufs Sofa plumpsen lässt.

Michelle zieht sich mit ihrem Glas in den Wintergarten zurück, um ihre Familie anzurufen. Sie spricht leise, dennoch bekomme ich Bruchstücke des Gesprächs mit. Lisa-Marie, ihre ältere Tochter, hat offenbar eine Klassenarbeit verhauen, und der Haussegen hängt schief. Sie hat die Versetzung nur mit Mühe, vielleicht auch mit Hilfe der Lobbyarbeit ihres Chirurgenvaters geschafft, und der Deal war, dass sie sich auf den Hosenboden setzt und büffelt. Was offenbar nicht geklappt hat.

Eileen grinst mich schief an. «Hat schon Vorteile, keine Kinder zu haben.»

Ich bin nicht sicher, wie ich reagieren soll. «Ich wollte ja sowieso nie welche», erwidere ich vorsichtig.

«Ich schon.» Sie seufzt und nimmt einen großen Schluck. Glas drei ist auch schon fast leer.

«Aber es hat nicht geklappt.» Ich lasse den Satz wie eine Frage ausklingen. Nicht zu aufdringlich sein, aber Interesse signalisieren. Jessie wäre stolz auf mich. Sie hat mir mal geraten, in solchen Situationen einfach nichts zu sagen und nur zustimmend zu nicken, anstatt all die Fragen zu stellen, die mir auf der Zunge brennen. So würde ich es der anderen Person überlassen, zu erzählen, was sie will.

«Ich hab's verbockt.» Eileen starrt in ihr Glas.

Ich habe das Gefühl, auf Eis zu stehen, umgeben von einem Spinnennetz aus Rissen. Ein falscher Schritt, und ich breche ein. Ich denke an Jessies Rat, sage nur «Hm» und starre in die Flammen.

Doch Eileen ist schon woanders. «Es tut mir leid, dass ich dich vorhin so angefahren habe», sagt sie. Anscheinend hat sie keine Lust, das Kinderthema zu vertiefen.

«Schon okay. Mein Fehler.»

«Aber ich kenne dich lange genug, ich sollte wissen, dass du es nicht aus Böswilligkeit machst, sondern nicht anders kannst.»

Ihre letzten Worte lösen ein ärgerliches Kribbeln in mir aus. Als hätte ich gar nicht die Wahl. Als litte ich unter einer Krankheit, die ich nicht kontrollieren kann. Dabei kann ich sehr wohl den Drang unterdrücken, wenn ich es wirklich will. Meistens jedenfalls.

Im Wintergarten erhebt Michelle ärgerlich die Stimme. «Nein, Lisa, auf gar keinen Fall. Die Party ist gestrichen. Das ist mein letztes Wort.»

Ich drehe das Glas in meinen Händen, überlege, ob ich mein Handy rausholen und nachschauen soll, ob es auf meinem Blog neue Kommentare gibt. Normalerweise poste ich um die Zeit immer etwas.

Da räuspert sich Eileen. «Ich war mal schwanger.»

Ich versuche, mir meine Überraschung nicht anmerken zu lassen. «Wirklich?»

«Ich habe abgetrieben.»

«Oh.» Ich beiße mir auf die Zunge, um mir die neugierigen Fragen zu verkneifen.

«Als Jens und ich dann Jahre später Kinder wollten, hat es nicht geklappt. Mein Arzt hat herausgefunden, dass ich vernarbtes Gewebe in der Gebärmutter habe und der Fötus deshalb vermutlich jedes Mal abgestoßen wurde. Die Narben stammen höchstwahrscheinlich von der Abtreibung. Also, selbst schuld.»

Ich sehe Eileen an, sie scheint zu erwarten, dass ich etwas sage. Wahrscheinlich sollte ich etwas Mitfühlendes äußern, aber mir fällt nur eine Frage ein. «Warum wolltet ihr das erste Kind nicht?»

«Nicht wir. Ich. Es war allein meine Entscheidung. Das Ganze war lange, bevor ich Jens kennenlernte. Eine Urlaubsliebe.» Sie verzieht das Gesicht. «Ich war in ihn verknallt, ich habe ihn angehimmelt, aber er hat es nicht einmal bemerkt. Er wollte eigentlich eine andere haben, die er nicht bekommen konnte. Ich war nur der Trostpreis. Und ich wusste es auch. Aber ich wollte ihn unbedingt. Ich dachte, er würde sich vielleicht doch für mich entscheiden, wenn wir erst einmal ... Idiotisch, ich weiß.»

«Ich schätze, so was passiert jedem irgendwann mal.» Ich weiß, wie es ist, sich in den Falschen zu verlieben. Damit kenne ich mich aus.

«Tut verdammt weh.»

«Ja.»

«Jedenfalls habe ich einen hohen Preis für meinen Fehler gezahlt.»

«Er wollte das Kind nicht, nehme ich an.»

«Ich habe ihm nie davon erzählt. Er hätte mich bestimmt unterstützt, er war keiner, der sich um seine Verantwortung drückt. Aber er hätte sich nur um das Kind gekümmert, nicht um mich. Und ich wollte eine richtige Familie.» Eileen leert ihr Glas und schenkt sich nach. «Du auch noch?»

«Nein, danke. Ich vertrage nicht so viel.»

«Ich auch nicht.» Sie schiebt eine Haarsträhne hinter das Ohr. «Merkt man ja. Aber wieder hier zu sein, hat mich so was von vom Hocker gehauen. Alles kommt wieder hoch und ...» Sie schüttelt den Kopf, sieht mich an. «Ich wollte sie Florentina Rebecca nennen, Florentina nach meiner Großmutter, und Rebecca nach ...»

«Sie? Redest du von dem Baby? Wusstest du, dass es ein Mädchen war?»

Eileen presst die Lippen zusammen. Ich denke schon, dass sie nicht antworten will, doch dann sagt sie: «Ich wusste es nicht, aber ich habe mir mein Kind immer als Mädchen vorgestellt. All die Male, die ich vergeblich gehofft habe, die ich mein ungeborenes Kind als Haufen Blut und Schleim in der Toilette verloren habe, dachte ich an das kleine Mädchen, das ich nicht haben wollte.» Sie trinkt, schluckt hastig, bevor sie fortfährt. «Wir haben nur ein einziges Mal miteinander geschlafen, wirklich. Und wir haben verhütet. Trotzdem ist es passiert. Ich wurde schwanger. Ein Kind, das sich so hartnäckig den Weg ins Leben erkämpft, sollte eigentlich eine Chance bekommen, findest du nicht?»

«Du konntest doch nicht wissen, dass –»

«Ich hätte dieses Leben nicht vernichten dürfen, das war egoistisch von mir.» Mir fällt auf, dass ihre Aussprache etwas schleift. Der Alkohol.

Ich weiß nicht, ob Eileen erwartet, dass ich widerspreche. Ich öffne den Mund, suche nach einer passenden Formulierung. Doch sie lässt mich gar nicht zu Wort kommen.

«Ich habe alles vermasselt», lallt sie, «meine gesamte

Existenz ist ein Scherbenhaufen. Ich hätte nach Paris gehen sollen, ich hätte Kinder bekommen sollen, ich hätte Übersetzerin werden sollen, wie ich es immer wollte. Stattdessen bin ich Lehrerin, noch dazu eine total unbeliebte, habe zwei Hunde und führe das langweiligste Leben, das man sich vorstellen kann. Ich bin eine Versagerin, ich habe nichts aus mir gemacht. Und alles hat hier angefangen, hier auf dieser beschissenen Insel, in diesem verfluchten Sommer – »

«Wie ich sehe, habt ihr die zweite Flasche auch schon geleert», unterbricht Michelle. Sie steht mit verschränkten Armen im Zugang zum Wintergarten.

«Ich schätze mal, das war vor allem ich», gesteht Eileen mit einem verlegenen Grinsen. «Morgen habe ich bestimmt einen fetten Kater.»

«Ich habe Kopfschmerztabletten dabei.» Michelle setzt sich zu uns. «Sag Bescheid, wenn du eine brauchst.»

«Und?», fragt Eileen. «Familienprobleme gelöst?»

Michelle winkt ab. «Lisa-Marie ist in einem schwierigen Alter. Daniel lässt ihr viel zu viel durchgehen. Wenn es nach ihm ginge, dürften seine Töchter alles machen, wozu sie Lust haben. Er würde ihnen am liebsten einfach teure Nachhilfelehrer besorgen, damit sie trotzdem das Abi schaffen. Aber er kriegt ja auch nur einen Bruchteil der Probleme mit, weil er nie da ist.» Michelle klopft sich auf die Schenkel. «Egal. Habt ihr Lust, eine Runde zu spielen? Ich habe das alte Monopoly-Spiel unten im Schrank entdeckt.»

«Oh nein.» Eileen stöhnt auf. «Das schaffe ich heute nicht mehr, mein Hirn ist ganz schwammig.»

«Unsinn, du kriegst das hin. Was ist mit dir, Lara?»

Ich würde lieber auf mein Zimmer gehen, noch ein bisschen was auf meinem Blog posten und dann schlafen. Die lange Reise hat mich geschlaucht. Und ich fühle mich noch überrumpelt von Eileens Geständnis. Aber mir ist klar, dass Michelle keine Ruhe geben wird. Außerdem haben wir ja nur dieses Wochenende.

«Meinetwegen», sage ich. «Obwohl du ja sowieso wieder gewinnen wirst.»

«Abwarten.» Michelle springt auf, öffnet die knarrende Tür des alten Wohnzimmerschranks und zieht den vertrauten Karton hervor. «Also, Eileen, bist du dabei?»

«Habe ich eine Wahl?»

Natürlich gewinnt Michelle und zieht Eileen und mir das Fell über die Ohren. Trotzdem macht es großen Spaß. Es ist fast wie damals, als wir auch oft zu dritt gespielt haben, weil Becca unbedingt noch irgendein Bild fertigstellen wollte. Mit ein bisschen Phantasie höre ich sie oben klappern und rieche Terpentin aus der Küche, wo ihre Pinsel in einem alten Marmeladenglas stehen.

Es ist nach Mitternacht, als wir das Spiel beenden, und ich bin so müde, dass ich es kaum die Treppe hinauf schaffe. Halb benommen ziehe ich mich aus, falle ins Bett und träume von Bäumen mit wehendem Haar aus trockenem Laub, die ums Haus schleichen und an den Fensterläden rütteln.

VIER

Am nächsten Morgen scheint die Sonne. Ich wache mit leichten Kopfschmerzen auf, doch nachdem ich ausgiebig geduscht habe, geht es mir besser.

Eileen und Michelle sind schon in der Küche. Michelle brüht Kaffee in einer alten Porzellankanne auf und singt dabei *Beautiful* von Christina Aguilera. Sie trägt Jeans und eine Bluse mit Blumendruck und jeder Menge überflüssigen Rüschen und Bändern. Ihr langes blondes Haar fällt weich über ihre Schultern. In diesem Moment sieht sie aus, als wäre sie keinen Tag gealtert. Obwohl ich weiß, dass sie zwei Töchter hat, die beide selbst schon Teenager sind – ihre Fotos hängen an meiner Pinnwand in der Küche –, kann ich kaum fassen, dass sie keine neunzehn mehr ist.

Beim Frühstück plappert Michelle wie ein Wasserfall. Vergessen sind die Probleme mit den Kindern, über die sie am Vorabend gejammert hat. Sie erzählt, dass ihr Mann eine Oberarztstelle in einer angesehenen Privatklinik angeboten bekommen hat und dass sie deshalb vielleicht umziehen müssen. Ich bin überrascht, dass ich noch nichts davon weiß. Denn normalerweise berichtet Michelle mir immer sofort von jeder kleinsten Veränderung in ihrem Leben, wenn wir telefonieren, was wir mindestens zweimal im Monat tun. Dann fällt mir ein, dass es bei unserem letzten

Telefonat um die merkwürdige Einladung nach Schweden ging; da hatten wir beide den Kopf ganz woanders.

«Mir graut jetzt schon davor», stöhnt sie. «Ich habe das Gefühl, dass ich die Kartons gerade erst ausgepackt habe. Und jetzt geht alles von vorn los.»

«Dann musst du ihm sagen, dass du nicht umziehen willst», sage ich.

«Natürlich will sie umziehen», erklärt Eileen kauend. «Sie möchte nur ein bisschen von uns bemitleidet werden.»

«Ist das wahr, Michelle?»

«Und beneidet», fügt Eileen hinzu. «Weil ihr Mann Oberarzt wird.»

«Aber ich bin nicht neidisch. Ich würde nie umziehen, nur damit mein Mann Karriere machen kann.»

«Schon klar, Schätzchen.» Michelle verdreht die Augen. Aber sie ist nicht böse, glaube ich.

Michelle war immer diejenige, die alles gemanagt hat, und sie ist es auch, die nach dem Essen vorschlägt, einen Spaziergang zu machen. Ich bin sofort einverstanden, denke dabei an die Formulierung in der Einladung. *Die Wahrheit liegt auf der Insel.* Ich weiß, es ist bestimmt nicht wörtlich gemeint, aber solange unser anonymer Gastgeber nicht erscheint oder uns weitere Hinweise gibt, müssen wir es auf eigene Faust versuchen. Und da kann es nicht schaden, die Umgebung zu erkunden und sich alle Orte auf der Insel noch einmal ins Gedächtnis zu rufen. Vielleicht stoßen wir ja auf etwas, das eine Erinnerung auslöst, etwas, das uns damals nicht wichtig erschien, das wir jetzt aber in einem anderen Licht sehen.

Eileen sagt gar nichts, zieht schweigend ihre Jacke an.

Ich habe ein schlechtes Gewissen, es ist meine Schuld, dass sie schlechte Laune hat. Ich habe beim Frühstück etwas Falsches gesagt. Natürlich nicht absichtlich, und ich habe auch nur eine ungefähre Ahnung, was es gewesen sein könnte. Ich würde mich gern entschuldigen, aber ich fürchte, dass ich es damit nur schlimmer machen würde. Dabei habe ich mir wirklich nichts Böses dabei gedacht. Ich habe Paris erwähnt, habe davon gesprochen, dass sie eigentlich dort studieren wollte. Eileen hat komisch geguckt, und Michelle ist sich mit dem Finger über den Hals gefahren, eine schnelle, kurze Bewegung, als würde sie sich selbst die Kehle aufschlitzen. Unser geheimes Zeichen, das bedeutet: Halt die Klappe, und zwar sofort.

Früher haben wir es verwendet, wenn Michelle mir unauffällig in der Öffentlichkeit signalisieren wollte, dass ich im Begriff war, eine Grenze zu überschreiten oder eine Regel zu brechen. Wenn ich unverschämte Fragen stellte oder unsensible Kommentare von mir gab.

Eileens Antwort war einsilbig ausgefallen. Ein Studium in Paris wäre zu teuer gewesen, ihre Familie hatte kein Geld dafür. Natürlich. Hätte ich mir denken können. Bei mir zu Hause ist Geld nie ein großes Thema gewesen, es war immer genug da. Ich hätte nach dem Abi eine Weltreise machen und danach in den USA oder in Japan studieren können, wenn ich gewollt hätte. Meine Eltern hätten mir einfach eine Wohnung in der Stadt meiner Wahl gekauft. Nicht so bei Eileen. Ich schätze mal, der größte Teil des Familieneinkommens ging immer schon für ihren kranken Bruder drauf. Ich habe mir verkniffen, nach ihm zu fragen. Ich weiß, dass das ein heikles Thema ist.

Ich verstehe zwar noch immer nicht, warum sie überhaupt je den Plan hatte, nach Paris zu gehen, wenn von vorneherein klar war, dass dafür kein Geld da sein würde. Aber ich werde das Thema ganz bestimmt nicht noch einmal anschneiden, sondern unter der riesigen Rubrik «Dinge, die ich an anderen Menschen nicht verstehe und nie verstehen werde» ablegen und vergessen.

Als wir vor die Tür treten, schlägt uns eisiger Wind ins Gesicht. Durch die Fenster sah die Sonne so warm und einladend aus, doch in Wirklichkeit ist sie blass und kraftlos. Ich wickle den Schal fester um den Hals und schaue mich um. Kristiansholmen hat die Form eines ausgefransten Dreiecks, dessen Spitzen nach Osten, Westen und Süden zeigen. Das Haus steht an der höchsten Stelle auf dem westlichen Zipfel. Von dort geht es bergab in eine bewaldete Senke und dahinter wieder hinauf zu den anderen beiden Zipfeln.

Es gibt verschiedene Pfade, die über die Insel führen. Einer verläuft in einem geschwungenen Bogen hinunter zum Bootssteg, der auf der Nordseite liegt und dem Festland zugewandt ist. Einer führt durch den Wald bis zu einer kleinen, rot angestrichenen Holzhütte, die aus unerfindlichen Gründen Sommerhaus genannt wird. Von dort geht es hinauf auf die dicht bewachsene Kuppe des östlichen Hügels, der zum Meer hin steil abfällt. Der Hügel auf der Südspitze ist flacher und völlig kahl. Außerdem gibt es eine sumpfige, mit Schilfrohr bewachsene Bucht im Norden, von der Anlegestelle durch Felsen abgetrennt, und eine kleinere, schwer zugängliche im Osten. Insgesamt ist die

Insel nicht sonderlich groß, man braucht nur etwa zehn Minuten, um von einem Ende zum anderen zu laufen.

Wir schlagen den Pfad ein, der in den Wald führt. Bilder aus der Vergangenheit blitzen vor meinem inneren Auge auf: lähmende Sommerhitze, Eileens wippender Pferdeschwanz und ihr mit Mückenstichen gesprenkelter Nacken, als sie vor mir her zur Badestelle geht. Michelle, die die Wolldecke wie eine Wasserträgerin auf dem Kopf balanciert, und Becca, die sich mit dem Picknickkorb abmüht. Sie trägt ein altes Männerhemd, eine riesige Sonnenbrille, die ihr halbes Gesicht verdeckt, und kaut Kaugummi.

Als wir das Sommerhaus erreichen, stöhnt Eileen entsetzt auf. Auch ich erschrecke. Wenn bisher alles auf der Insel so aussah, als wären wir erst gestern hier gewesen, haben die vergangenen sechzehn Jahre an der Hütte allzu deutliche Spuren hinterlassen. Sie war schon damals baufällig, aber im Inneren war es trocken, es lag sogar eine Matratze auf dem Boden, und ein altes Metallregal stand an der Wand.

Jetzt ist das Dach eingestürzt, die Tür ist aus den Angeln gebrochen und liegt, von Efeu überwuchert, auf der Erde. Sträucher und sogar ein dürrer Baum erheben sich aus dem Inneren, drücken gegen die wackeligen Holzwände, die ihnen kaum noch standhalten. Die Scheiben des einzigen Fensters sind geborsten, aus der klaffenden Öffnung ragt ein Ast heraus wie ein nackter Arm.

Plötzlich schießen mir jede Menge Fragen durch den Kopf. Fragen, die ich mir längst hätte stellen sollen. Wem gehören das Haus und das Land jetzt eigentlich? Ist Becca damals für tot erklärt worden, oder ist sie noch immer offiziell die Hausherrin? Weiß der neue Besitzer, dass wir hier sind, oder halten wir uns unbefugt auf dem Gelände auf? Was ist aus Vincent und Leon geworden, den beiden Jungs, die uns damals auf der Insel besucht haben und die in jener Nacht dabei waren. Müssten sie nicht auch hier sein?

Ich muss mindestens eine der Fragen laut ausgesprochen haben, denn Michelle erklärt unvermittelt: «Ich habe das Haus gegoogelt. Es wird im Internet als Feriendomizil angeboten. Ich schätze mal, unser Gastgeber ...» Sie schneidet eine Grimasse. «... hat es für uns angemietet.»

«Aber warum?», frage ich.

«Ich gehe davon aus, dass er uns das schon sehr bald wissenlassen wird.»

«Mir gefällt es hier nicht.» Eileen wendet sich vom Sommerhaus ab und schüttelt sich. «Es ist irgendwie ... tot. Lasst uns weitergehen.»

Wir kommen ganz schön aus der Puste, als wir auf den im Osten gelegenen Hügel steigen. Krüppelige Eichen, deren Stämme mit Moos bewachsen sind, Wacholder, dürre, weiß leuchtende Birken und windschiefe Kiefern säumen den Weg. Hin und wieder raschelt es im Gestrüpp, und eine grau-schwarz gefiederte Dohle flattert auf. Der Pfad ist streckenweise so zugewachsen, dass wir Zweige abbrechen müssen, um voranzukommen, und kaum noch erkennen, wo es weitergeht. Einmal biegen wir falsch ab und müssen umkehren, als wir unvermittelt vor einem mannshohen Felsbrocken stehen.

Eileen schweigt während des Marsches durch den Wald, und auch Michelle wirkt nicht mehr so fröhlich wie am

Frühstückstisch. Ich nehme an, ihnen ist der Anblick der verfallenen Hütte genauso auf die Stimmung geschlagen wie mir. Es ist fast, als wäre damit der letzte Funke Hoffnung verglommen, dass Becca doch noch leben könnte. Der Anblick hat uns klargemacht, wie viele Jahre vergangen sind. Zu viele, um noch an ein Wunder zu glauben.

Ein Stück unterhalb der Kuppe erhasche ich im Vorübergehen einen Blick auf eine kleine Lichtung, einige Meter abseits des Pfades. Und auf ein orangefarbenes Seil, das von einem knorrigen Kirschbaum herabhängt, der seine Äste in alle Richtungen über die Lichtung ausstreckt. Ich erinnere mich, dass früher ein alter Autoreifen daran befestigt war. Eine schattige Schaukel, auf der man hin und her schwingen und seinen Gedanken nachhängen konnte. Der Reifen ist fort, das nackte Seil sieht verloren aus, wie es einsam an dem Ast baumelt, seiner Aufgabe beraubt.

Oben auf dem Hügel setzen wir uns auf einen moosbewachsenen Felsbrocken und ruhen uns aus. Eigentlich hatten wir auf einen weiten Blick über die Insel gehofft, ähnlich wie vom Haus aus. Doch man sieht nichts. Wir haben vergessen, wie dicht die Bäume hier stehen. Vielleicht sind sie aber auch erst in den vergangenen Jahren so eng zusammengerückt.

Ich halte es nicht länger aus, stelle die Frage, die mir nicht mehr aus dem Kopf geht, seit wir vor dem Sommerhaus standen. Während des gesamten Anstiegs habe ich darüber gebrütet, wie man das Thema auf Jessie-Art anschneiden könnte, aber mir ist keine Idee gekommen, also falle ich auf meine Art mit der Tür ins Haus.

«Wer hatte eigentlich damals Sex in der Hütte? Waren es Becca und Leon?»

Die beiden starren mich an.

«Scheiße, wie kommst du denn darauf?», fragt Michelle.

«Ich habe ein Kondom auf dem Boden gefunden. Am Tag zuvor war es noch nicht dort.»

«Echt?» Michelle sieht Eileen an. «Wusstest du das?»

Eileen nagt an ihrer Unterlippe. «Natürlich nicht. Aber wundern tut's mich auch nicht. Oder warst du das etwa mit Leon?»

«Ich? Du spinnst wohl.» Michelle wedelt mit den Armen. «Mit diesem Bauerntrampel. Bin ich verrückt?»

«Du mochtest Leon nicht?», frage ich verwundert.

«Doch, schon. Er war okay. Aber ich wäre niemals mit ihm in die Kiste gesprungen.» Sie guckt mich an. «Und auch nicht auf die Matratze, falls du es genau wissen willst. Schon gar nicht auf dieses versiffte Ding in der Hütte, auf dem schon Gott weiß wer ...» Sie schüttelt sich. «Wie eklig.»

«Ich dachte, du wärst auch scharf auf ihn gewesen», sagt Eileen. «Du hast ihn doch heftig angebaggert.»

«Das hast du falsch in Erinnerung. Er hat *mich* angebaggert, nachdem er bei Becca nicht landen konnte.»

«Und zweite Wahl zu sein», stellt Eileen fest, «wäre für dich sowieso nicht in Frage gekommen.»

«Wenn du das sagst.»

«Dann waren es also Leon und Becca in dem Sommerhaus», schließe ich.

Michelle verschränkt die Arme. «Oder vielleicht Vincent und du?»

«Nein.» Mein Herz macht einen Satz. «Natürlich nicht.»

«Ehrlich nicht?»

«Sie hätte wohl kaum danach gefragt, wenn sie genau wüsste, dass sie es selbst war», wirft Eileen ein. Sie steht auf. «Mir ist kalt.»

Michelle bleibt sitzen. «Aber ich habe Vincent einmal aus der Hütte kommen sehen. Und er sah ziemlich, nun ja, derangiert aus.»

«Derangiert?» Eileen kneift die Augen zusammen.

«Sein Haar war zerzaust, und er hatte sein T-Shirt verkehrt herum an.» Michelle wendet sich mir zu. «Wann genau war das denn mit dem Kondom?»

Ich rechne zurück. «Ein paar Tage bevor, na ja, bevor wir abgereist sind.»

«Könnte hinkommen.» Michelle legt den Finger an die Stirn. «Vielleicht haben Becca und Vincent – »

«Jetzt hör aber auf!», fährt Eileen sie an. «Das sind doch alles wilde Spekulationen. Kommt, mir ist echt scheißkalt, ich will zurück ins Haus.»

FÜNF

Auf dem Rückweg hängt jede von uns ihren eigenen Gedanken nach. Meine kreisen um die Hütte, um zwei im Dämmerlicht nur schemenhaft erkennbare Gestalten, in inniger Umarmung vereint. Einmal hören wir ein Knacken hinter uns, und Eileen und ich schreien auf. Einen Moment lang bleiben wir wie erstarrt stehen, doch alles bleibt still.

Ich bin erschöpft, erleichtert und ein wenig frustriert, als wir wieder in der Villa Kunterbunt ankommen. Ich weiß auch nicht, was ich mir von dem Ausflug erhofft habe, eine Erkenntnis vielleicht, einen neuen Blick auf die Ereignisse von damals. Aber wenn es je eine Spur von Becca auf der Insel gegeben hat, einen Hinweis darauf, was in jener Nacht passiert ist, hat die gefräßige Natur ihn längst verschlungen.

Die Wahrheit liegt auf der Insel.

Ich glaube nicht mehr daran. Es war eine Lüge, um uns herzulocken. Aber zu welchem Zweck?

Zu meinem Erstaunen liegt mein Handy auf der Fußmatte vor dem Haus. Es muss mir aus der Tasche gefallen sein, als wir aufgebrochen sind. Ich kann mich gar nicht erinnern, es eingesteckt zu haben. Zum Glück ist es unbeschädigt.

Ich verstaue es in meiner Hosentasche, während Eileen

sich am Wasserkocher in der Küche zu schaffen macht, um Tee zuzubereiten.

«Weißt du, wo mein Buch ist?», fragt Michelle. «Ich bin sicher, dass ich es auf den Tisch gelegt habe. Ich wollte im Wintergarten lesen, wenn wir zurück sind.»

«Wie kannst du jetzt lesen?», fährt Eileen sie an.

«Das spielt doch keine Rolle, sag mir lieber, wo das Buch ist.»

«Woher soll ich das wissen?»

Wir suchen zu dritt und finden es unter Michelles Kopfkissen. Michelle schwört, dass sie es dort nicht hingelegt hat, und sieht mich dabei komisch an.

«Reg dich nicht auf, wir sind alle nervös», sagt Eileen. «Ich habe vorhin meine Uhr gesucht, bis mir eingefallen ist, dass ich sie im Bad vergessen hatte.»

Michelle grummelt etwas, aber sie wirkt besänftigt, macht es sich mit ihrem Buch auf einem der Korbsessel vor dem großen Fenster bequem. Eileen schüttet drei Tassen Kräutertee auf, ich versuche mich am Kamin, und schon bald lodert ein behagliches Feuer.

Ich ertappe mich bei dem Gedanken, dass es so hätte werden können, wenn Becca nicht verschwunden wäre. Jahr für Jahr würden wir uns hier oben auf der Insel treffen, nur wir vier, Freundinnen fürs Leben, die nichts auseinanderbringt.

Uns wird erst klar, dass etwas nicht stimmt, als Eileen ihre Tabletten vermisst. Für das Handy und das Buch gab es einfache Erklärungen. Aber Eileen bewahrt ihre Tabletten immer in der Handtasche auf. Sie leidet schon seit ihrer Kindheit unter Migräneattacken, und deshalb achtet sie darauf, dass sie nie ohne ihre Pillen aus dem Haus geht. Zu unserem kurzen Inselspaziergang hat sie ihre Handtasche jedoch nicht mitgenommen. Und als sie jetzt nach Taschentüchern sucht, merkt sie, dass das Päckchen mit den Tabletten aus ihrer Tasche verschwunden ist.

Wieder suchen wir alles ab, erst an naheliegenden Stellen, im Bad und auf Eileens Nachttisch, dann auch an Orten, wo man seine Tabletten normalerweise nicht hinlegen würde. Im Korb mit den Holzscheiten. Im Kühlschrank. Sogar in der Dusche.

Irgendwann schüttet Michelle den Inhalt von Eileens Handtasche kurzentschlossen auf den Küchentisch. Ein Taschenkalender, ein Schlüsselbund, Taschentücher, Stifte, Haargummis, Hustenbonbons, alles landet auf der zerkratzten Holzplatte. Mein Blick bleibt an einem Gegenstand hängen, einer kleinen Dose, die gefährlich nah an die Tischkante herankullert und schließlich liegen bleibt.

«Was ist das denn?», fragt Michelle.

«Pfefferspray», sage ich.

«Das weiß ich auch.» Michelle sieht Eileen an.

«Ich wollte etwas dabeihaben, mit dem ich mich notfalls verteidigen kann.» Eileen verschränkt die Arme. «Findet ihr das so absurd?»

«Ganz im Gegenteil.» Michelle nimmt ihre eigene Tasche vom Haken im Eingang und legt etwas neben Eileens Pfefferspray. Einen Elektroschocker. «Sehr effektiv, habe ich mir sagen lassen. Ist nämlich keins von den legalen Teilen, die überhaupt keine Wirkung haben.»

«Das Ding ist illegal?», frage ich entsetzt.

Michelle hebt die Hände. «Was nützt mir eine Waffe,

wenn sie nicht funktioniert? Leider konnte ich sie nicht ausprobieren, aber sie soll echt Power haben. Und im Fall des Falles werde ich sie einsetzen.»

Die beiden schauen zu mir.

«Was denn?»

Michelle hebt die Brauen. Ich begreife.

«Ich habe keine Waffe dabei», erkläre ich. «Ich dachte nicht, dass wir eine brauchen.»

Michelle winkt ab. «Ich hoffe, dass es eine überflüssige Vorsichtsmaßnahme ist. Aber ich wollte nichts riskieren.»

Wir suchen weiter nach den Tabletten. Michelle entdeckt die Packung schließlich im Brotkasten. Wortlos starren wir sie an, als würden wir darauf warten, dass sie uns erklärt, wie sie dorthin gekommen ist.

«Also wenn das ein Scherz sein soll», bricht Eileen schließlich das Schweigen, «dann finde ich ihn nicht besonders witzig.»

«Du glaubst doch nicht, dass Lara oder ich das waren?», faucht Michelle.

«Wer sonst?»

«Becca», sage ich.

«Nein», stoßen Michelle und Eileen gleichzeitig hervor. Wobei Eileen ihrer Sache nicht ganz so sicher zu sein scheint wie Michelle.

«Ich schätze, unser mysteriöser Gastgeber spielt Spielchen mit uns», sagt Michelle.

«Und nun?», fragt Eileen.

«Wir warten ab, was als Nächstes passiert, wie die Show weitergeht.» Michelle breitet die Arme aus. «Mal sehen, was wir noch geboten kriegen.»

«Du willst einfach rumsitzen und warten?», frage ich ungläubig.

«Hast du einen besseren Vorschlag?»

Ich würde lieber etwas tun, als tatenlos auszuharren, aber da ich keine Idee habe, was wir Sinnvolles machen könnten, zucke ich mit den Schultern, schnappe mir meinen lauwarmen Tee, suche mir einen Platz im Wintergarten und starre nach draußen.

Michelle vertieft sich wieder in ihr Buch. *Der Untergang des Universums*, ein Science Fiction, solche Bücher hat sie schon immer gern gelesen. Ich ziehe mein Handy hervor und lese die Kommentare zu meinem letzten Blogeintrag, beantworte einige Fragen, aber nur ganz knapp, denn das Tippen auf dem Handy ist mühsam.

Eileen beugt sich ebenfalls über ihr Smartphone. Ich höre sie leise fluchen, frage mich, was in ihrem Kopf vorgeht. Ich hatte eben den Eindruck, dass auch sie nicht einfach tatenlos abwarten will, aber sie hat keine Einwände erhoben. Vielleicht geht es ihr ähnlich wie mir, und sie hat akzeptiert, dass Michelle sich ohnehin früher oder später durchsetzt. So ist es nämlich immer schon gewesen. Michelle hat die Ansagen gemacht, und wir sind ihr gefolgt. Sie hatte aber auch immer die besten Ideen. Und den Durchblick. Vor allem den Durchblick. Etwas, das mir total abgeht. Wäre Michelle nicht gewesen, wer weiß, was aus mir geworden wäre. Sie hat mich in den vergangenen Jahren mehr als einmal vor saudummen Fehlern bewahrt. Vor allem für die Geschichte mit dem Professor werde ich ihr bis in alle Ewigkeit dankbar sein. Ich kann noch immer nicht fassen, wie dämlich ich damals war.

Ich hatte für einen Dozenten den Semesterapparat zusammengestellt, zweiundzwanzig Bücher, die seinen Studierenden als Begleitlektüre zu seiner Vorlesung zur Verfügung stehen sollten. Ich kannte den Mann nicht, hatte nur die Liste per Mail aus dem Sekretariat bekommen. Professor Tom van Houten hatte zwei Doktortitel in Psychologie und einen in Soziologie und war als Gastdozent für ein Semester an die Uni gekommen. Er sprach mich an, als ich gerade damit beschäftigt war, die Bücher von seiner Liste ins Regal zu räumen.

«Frau Jordan, nicht wahr?»

Ich erschrak. Ich wurde nur selten in der Bibliothek angesprochen. Und mit meinem Namen so gut wie nie.

«Ja?»

«Tom van Houten.» Nicht Doktor oder Professor, einfach nur Tom. Damals fand ich das angenehm bescheiden. «Ich wollte mich bedanken, dass Sie das für mich erledigt haben.»

«Gehört zu meinem Job.»

«Trotzdem danke.»

«Gern geschehen.» Mir war so viel Dankbarkeit für eine so simple Arbeit peinlich, und ich wandte mich wieder den Büchern zu, aber van Houten war noch nicht fertig.

«Dürfte ich Sie auf einen Kaffee einladen?»

Ich drehte mich wieder zu ihm um. «Warum?»

Er lächelte. «Weil Menschen das tun, zusammen Kaffee trinken, ein wenig plaudern.»

Ich hätte ihm gern gesagt, dass ich nicht zu den Menschen gehöre, die das gewöhnlich tun, dass ich lieber allein bin und überhaupt nicht gern Zeit mit Personen verbringe, die ich nicht kenne, um mit ihnen über Dinge zu reden, die mich nicht interessieren. Aber ich traute mich nicht. Van Houten war ein angesehener Wissenschaftler, ich eine unbedeutende Bibliotheksangestellte. Zudem war ich nicht sicher, ob er womöglich auf eine verklausulierte Art, die sich mir nicht erschloss, fragte, ob ich ihm helfen könne, sich in der für ihn fremden Bibliothek zurechtzufinden. Und das gehörte ja zu meinen Aufgaben.

Also saßen wir uns in meiner Mittagspause in dem kleinen Café gegenüber, das im Eingangsbereich des Bibliotheksgebäudes untergebracht ist, und während er Zucker in seinen Cappuccino rührte, betrachtete ich ihn zum ersten Mal genauer. Tom van Houten war mindestens fünfzehn Jahre älter als ich, ich schätzte ihn auf Anfang vierzig. Sein dunkles Haar war voll, doch an den Schläfen bereits leicht ergraut, und bildete einen markanten Kontrast zu seinen eisblauen Augen. Über der Oberlippe hatte er eine kleine Narbe, so als hätte er als Säugling eine Hasenscharte gehabt, die genäht werden musste. Die schmale gebogene Linie verlieh seinem Gesicht etwas Verwegenes, das ich sympathisch fand.

Erstaunlicherweise war es einfacher, sich mit van Houten zu unterhalten, als ich befürchtet hatte. Er schien keinen Smalltalk zu erwarten, sondern wirkte aufrichtig interessiert. Wir sprachen über die Musik, die ich gern höre, über meine Leidenschaft fürs Schwimmen und sogar über meinen Kater und seinen merkwürdigen Namen.

Ich entspannte mich mehr und mehr, und als es Zeit war aufzubrechen, erzählte ich ihm, wie nervös ich vor unserem Treffen gewesen war, und auch, warum.

Er wirkte nicht überrascht. «Ich dachte mir bereits so etwas», sagte er nur.

«Wirklich?»

«Ich bin Doktor der Psychologie, für irgendwas muss das ja gut sein.» Er reichte mir die Hand. «Hat mich gefreut. Wirklich. Und ich würde Sie gern wiedersehen.»

«Ehrlich gesagt möchte ich das lieber –»

«Stopp.» Er hob die Hand. «Sagen Sie nichts. Nicht jetzt. Denken Sie in Ruhe darüber nach. In Ordnung?»

«Aber ...»

«Auf Wiedersehen, Frau Jordan.»

Mit diesen Worten wandte er sich ab. Ich blieb benommen stehen, dann kehrte ich an meinen Arbeitsplatz zurück. Ich war sicher, dass ich nie wieder etwas von Professor van Houten hören würde, doch ich täuschte mich.

Eine Woche später erhielt ich eine SMS. *Hole Sie am Freitag um 19:00 ab. Grieg in der Tonhalle. Peer Gynt. Einverstanden?*

Ich überlegte nicht lange. Meine Lieblingsmusik live an der Seite eines Mannes, in dessen Gesellschaft ich mich spontan wohlgefühlt hatte und den es offenbar nicht störte, dass ich so bin, wie ich bin, was gab es da zu überlegen?

Das Konzert war wunderbar, danach gingen wir essen. Auf dem Weg zum Taxistand küssten wir uns. Danach fuhren wir zu ihm und hatten Sex. Eine Woche später gingen wir wieder essen und hatten wieder Sex. Und am Wochenende danach rief Tom an und fragte, ob ich zu einer kleinen Party kommen würde, die er zu Hause geben wollte. Eine Art Einstand für seine Kollegen an der Uni.

Ich hätte am liebsten abgesagt. So gern, wie ich mit Tom

zusammen war, so sehr hasste ich jede Art von geselligem Beisammensein. Partys sind purer Stress für mich, ich weiß nie, was ich anziehen oder worüber ich mit wildfremden Leuten reden soll. Aber ich wollte Tom nicht hängenlassen, also sagte ich zu. Ich kaufte mir extra ein schwarzes Kleid, ich wollte ja nicht, dass Tom sich mit mir blamierte, und steckte mir die Haare zu einem komplizierten Knoten hoch, von dem ich hoffte, dass er mich so sexy aussehen ließ wie das Model in der Modezeitschrift, von dem ich ihn abgeschaut hatte.

Als ich um Punkt acht bei Tom klingelte, war ich so nervös, dass ich am liebsten die ganze Zeit *Mummenschanz, Mummenschanz* vor mich hin gemurmelt hätte, um mich zu beruhigen. Stattdessen kniff ich mir im Aufzug auf dem Weg zu seiner Wohnung den Handrücken grün und blau und hoffte, dass es niemandem auffallen würde.

Er erwartete mich im Türrahmen, hauchte mir einen Kuss auf die Wange und führte mich ins Wohnzimmer, wo offenbar schon alle versammelt waren. Ich versuchte gar nicht erst, mir die Namen der Personen zu merken, die er mir vorstellte. Keiner davon kam mir von der Uni her bekannt vor, was aber auch daran liegen mochte, dass ich vor Lampenfieber kaum hinhörte. Es waren fast nur Männer gekommen, alle in Toms Alter, sowie eine einzige Frau im Hosenanzug, die mich mit strenger Miene musterte.

Ich kam mir in meinem engen Cocktailkleid plötzlich völlig overdressed vor. Tom führte mich von einem Gast zum anderen, stellte mich als Lara vor. Keine weitere Erläuterung. Nicht Freundin, nicht Geliebte, nicht Partnerin, nicht einmal Kollegin von der Uni. Einfach nur Lara. Als würde das alles erklären.

Mehr als einmal ließ er mich mit einem wildfremden Mann stehen, um für Weinnachschub zu sorgen, nach den Häppchen zu sehen oder sich um irgendetwas anderes zu kümmern. Ich geriet jedes Mal in Panik, warf ihm verzweifelte Blicke hinterher und stand Höllenqualen aus, während mein Gegenüber mich mit höflicher Konversation malträtierte. Auch wenn ich sicher war, dass ich mich täuschte, hatte ich das Gefühl, dass die hämmernde Popmusik, die aus Toms Anlage dröhnte, immer heftiger lärmte, dass die Gäste immer lauter redeten, mit ihren Gläsern klirrten und lachten.

Je länger der Abend dauerte, desto schlimmer wurde es. Zwischendurch war Tom ganz verschwunden, und ich drehte fast durch, flüchtete schließlich auf die Toilette, um wenigstens für einen Moment durchatmen zu können.

Als ich ins Wohnzimmer zurückkam, trat Tom auf mich zu. «Lara, wo hast du gesteckt?», fragte er.

Offensichtlich hatte ich mich länger auf der Toilette versteckt als gedacht. Ich spürte, wie mir die Röte ins Gesicht stieg, die anderen Gespräche verstummten, alle starrten mich an.

«Ich glaube, sie hat Angst vor uns», sagte ein dicker Kerl mit Halbglatze. «Wir sind aber auch furchterregend.»

Die anderen lachten. Einer pfiff. Die Musik, die kurz ausgesetzt hatte, setzte mit einem Schlag wieder ein, wummerte ohrenbetäubend, und irgendwer fing an, im Rhythmus auf den Boden zu stampfen. Tom sagte nichts, legte bloß den Kopf schief und sah mich fragend an.

Da machte es in meinem Kopf Klick.

Er fasst sie um, ein einz'ger Schrei,

Die Mutter hört's und kommt herbei;

Ich sah in ihren Gesichtern, dass ich die Worte laut ausgesprochen hatte. Mir wurde gleichzeitig heiß und kalt, aber ich konnte nicht aufhören.

Zu spät, verschüttet liegt der Wein,

Tot ist die Tochter und – allein.

Tom verzog das Gesicht. Ich konnte seinen Blick nicht deuten, doch immerhin löste er damit meine innere Starre. Ich murmelte eine Entschuldigung, drehte mich um und stürzte aus der Wohnung.

Ich nahm nicht den Aufzug, sondern hastete, so schnell ich konnte, die Treppe hinunter. Von oben rief Tom, bat mich zu warten. Ich stolperte aus dem Haus, rannte und rannte, bis ich sicher sein konnte, dass er mir nicht gefolgt war.

Am nächsten Tag wachte ich auf und schämte mich wie noch nie in meinem Leben. Ich hatte mich wie eine Idiotin benommen. Ich hatte nicht nur mich selbst blamiert, sondern auch Tom. In meiner Verzweiflung rief ich Michelle an. Sie ließ sich alles haarklein von mir erzählen.

Als ich fertig war, schnalzte sie mit der Zunge.

«Ich hab's ganz schön verbockt», sagte ich kleinlaut.

«Ganz im Gegenteil, Lara. Du hast genau das Richtige getan.»

«Ich habe Tom vor seinen Kollegen zum Gespött gemacht. Er wird mich hassen. Und nie wieder mit mir reden.»

«Ich fürchte, er wird sich schon sehr bald bei dir melden.»

«Echt?»

«Und dann musst du ihn abservieren, aber gründlich.»

«Wieso?», fragte ich entsetzt.

«Weil er dir das angetan hat.»

«Aber er hat doch ...»

«Er hat dich vorgeführt wie eine Missgeburt in einem Kuriositätenkabinett.»

«Ganz bestimmt nicht, Michelle, das würde er nicht tun.»

«Oh doch, genau das hat er getan. Er ist Psychologieprofessor, hast du gesagt? Dann bist du vermutlich ein interessantes Studienobjekt für ihn. Er setzt dich Stress aus und testet, wie du reagierst.»

«Du glaubst, er hat das absichtlich gemacht, die laute Musik und das alles?»

«Ja, das glaube ich, Lara. Vielleicht wollte er nur eine besondere Party-Attraktion, vielleicht hält er sich auch für Professor Higgins und dich für seine Eliza Doolittle. Jedenfalls musst du ihn sofort zum Teufel jagen. Zu schade, dass ich nicht bei dir bin, ich würde ihm eine Lektion erteilen, die er nicht vergisst.»

Tatsächlich schickte Tom mir nur eine halbe Stunde später eine Entschuldigungs-SMS. Und noch eine, als ich nicht reagierte. Dann klingelte mein Telefon. Wieder und wieder. Ich stellte es leise. Fast eine Woche lang versuchte es Tom. Interessanterweise tauchte er jedoch kein einziges Mal in der Bibliothek auf, wo er mich ja mit Sicherheit hätte finden können. Er wollte wohl keine öffentliche Auseinandersetzung riskieren.

Durch Tom van Houten ist mir klargeworden, wie verletzlich ich bin. Wie gefährlich meine Naivität ist. Wer weiß, wie er mich manipuliert, was er noch alles mit mir angestellt hätte, wenn Michelle ihn nicht durchschaut und mich vor ihm gerettet hätte.

SECHS

Ein Klopfen reißt mich abrupt aus meinen Erinnerungen. Jemand ist an der Tür. Eileen stöhnt leise, Michelle lässt das Buch sinken. Ich recke den Hals, aber vom Wintergarten aus kann ich die Haustür nicht sehen.

«Wer kann das sein?» Unwillkürlich flüstere ich.

«Wir sollten besser nicht aufmachen», sagt Eileen.

«Blödsinn», zischt Michelle. Aber auch sie wirkt verunsichert.

Wieder klopft es. Energischer diesmal.

«Wir können schlecht so tun, als wären wir nicht da», gebe ich zu bedenken.

«Aber wenn es der ist, der die Karten verschickt hat», wendet Eileen ein, «was dann?»

«Ich dachte, dass wir genau darauf warten, dass er sich endlich zu erkennen gibt.» Ich blicke fragend zu Michelle.

Sie nickt, zieht den Elektroschocker aus ihrer Hosentasche. «Okay. Mach auf.»

Ich gehe zur Tür, reiße sie auf. Halb erwarte ich, dass ein schwer bewaffneter Killer, halb, dass Becca davorsteht. Dass sie lebt, mich angrinst. *Hi Lara, wurde aber auch Zeit. Wo sind die anderen?*

Aber es ist nicht Becca. Und auch kein Killer. Ungläubig betrachte ich das fremde und zugleich vertraute Gesicht, die blauen Augen, die blonden Haare, die vom Wind in die Stirn geweht werden. Ich schlucke, weiche zurück, will etwas sagen, doch die Worte purzeln in meinem Mund durcheinander.

«Hej Lara», sagt er.

«Vincent», bringe ich mühsam hervor.

Er hat einen Bart und kleine Fältchen um die Augen, als sein Gesicht sich zu einem Lächeln verzieht. Da ist auch eine winzige weiße Narbe auf der Stirn, die damals nicht dort war.

Er macht einen Schritt auf mich zu, umarmt mich und drückt mir einen kratzigen Kuss auf die Wange, bevor ich ihn abwehren kann.

«Wie schön, dich zu sehen», flüstert er mir ins Ohr, dann lässt er mich los, um die beiden anderen zu begrüßen.

Hinter dem blonden Deutschen tritt der dunkelhaarige Schwede ins Haus, Leon Sjöberg, der mir immer ein wenig unheimlich war, weil er ständig so finster dreinblickte. Aber vielleicht war sein Blick überhaupt nicht finster, vielleicht war er ernst. Oder traurig. Oder nachdenklich. Auch Leon küsst mich zur Begrüßung auf die Wange, bevor er sich an mir vorbeischiebt.

Mit einem Schlag schwirrt das Haus, als wäre die Luft mit Elektrizität aufgeladen. Begrüßungen, Umarmungen, Wangenküsse. Albernes Lachen, spitze Schreie. Ich kneife mir den Handrücken grün und blau, bloß jetzt keine blöden Balladen zitieren, alles, nur das nicht.

Die Männer haben Sekt mitgebracht, wir stoßen an, obwohl es noch Vormittag ist, trinken auf die alten Zeiten. Ich schweige überwältigt, die anderen plaudern, sie schwelgen in Erinnerungen, an Marshmallows am Lagerfeuer, an das Mitternachtsbad im Meer – ohne Klamotten natürlich –, an das Wettspringen von der Klippe.

Nur über Becca reden sie nicht. Dennoch ist sie da, in jedem Wort, in jedem Blick. Ich kann sie sehen, so deutlich, als wäre sie hier im Raum. Doch ich ignoriere sie, tu so, als würde ich sie nicht bemerken.

Sehr bald höre ich kaum noch zu, denn ich kann mich nicht auf die hin und her springenden Gespräche konzentrieren. Und ich kann die Augen nicht von Vincent lassen, wieder und wieder muss ich ihn ansehen, den Jungen, der in jenem Sommer meine Welt auf den Kopf gestellt hat. Ich war verliebt, zum ersten Mal im Leben. Ich war mit verschiedenen Jungs zusammen gewesen, lange vor Vincent, aber ich hatte nicht das gefühlt, was andere offenbar dabei fühlten. Es war okay, aber es hat mir nicht den Boden unter den Füßen weggezogen. Und ich nahm an, dass eine wie ich womöglich nicht mehr empfinden kann. Ich tue mich schwer mit Empathie, ich kann Gefühle nicht lesen. Vielleicht kann ich auch nicht lieben, dachte ich.

Aber das stimmt nicht, es ist nicht wahr. Ich war verliebt in Vincent, und es hat sich angefühlt, als würde etwas in meiner Brust explodieren. Es war wunderbar, umwerfend, aber auch furchteinflößend. Es hat mir Angst gemacht, meine vertraute Welt ins Wanken gebracht, und deshalb habe ich Vincent zurückgewiesen. Vielleicht war es feige, vielleicht ein Fehler.

Und nun kitzelt die Erinnerung an das überwältigende Gefühl von damals in meiner Brust, nur ganz sacht, wie ein winziger Flügelschlag, der mich vor Aufregung zittern lässt.

Ich bin berauscht, schwebe in einer Zwischenwelt. Bis Eileen die Frage stellt, die uns alle in die Gegenwart zurückholt.

«Also habt ihr uns die Einladungen geschickt?»

Schlagartig ist es still im Raum.

Ich schaue mich um und begreife, dass erst wenige Minuten vergangen sein können, seit die beiden Männer aufgetaucht sind. Nur eine Sektflasche steht auf dem Tisch, die Gläser sind noch halbvoll.

Vincent guckt verwirrt und zieht eine gefaltete Karte aus seiner Hosentasche. Es ist das gleiche schwere Papier wie bei unseren Einladungen. «‹Wenn du wissen willst, was damals geschah›», liest er vor, «‹komm auf die Insel. Die anderen sind auch dort.›»

«Wann hast du das bekommen?», frage ich.

«Die Karte war heute Morgen im Briefkasten. Keine Briefmarke. Kein Absender. Ich habe sofort Leon angerufen.»

Ich blicke zu dem Schweden.

«Ich hatte keine Ahnung», erklärt er mit erhobenen Händen. «Ich war auf der Arbeit, oben in Rödeby, ich habe da einen Job im Wald.» Er kratzt sich am Kopf. «Also, was hat das zu bedeuten?»

«Das wüssten wir auch gern.» Michelle steht auf und holt ihre Handtasche, zeigt den beiden erst ihre Einladung und dann die Karte, die gestern bei unserer Ankunft auf dem Küchentisch lag.

Vincent studiert beide eingehend, reicht sie dann an seinen Freund weiter. «Ihr habt alle drei so eine Einladung bekommen?»

«Ja.» Eileen kaut auf ihren Nägeln.

«Also hat keiner von uns –»

«Natürlich nicht», faucht Michelle. «Oder ...» Ihr Blick wandert zu Leon.

«Das ist nicht dein Ernst, oder?» Er schüttelt den Kopf, dann steht er auf und holt seine Jacke. «Ich bin zu Hause vorbeigefahren und habe nachgesehen, bevor ich mich mit Vincent getroffen habe.» Er zieht einen Umschlag hervor. «Aber natürlich könnte ich mir den auch selbst in den Briefkasten geworfen haben.»

Ich starre ihn an. «Warum solltest du das tun?»

«Weil deine Freundin offenbar glaubt, dass ich euch auf die Insel gelockt habe.»

«Ist das so?» Mein Blick schießt zu Michelle.

«Quatsch», zischt sie.

Ich bin verwirrt, habe wie so oft das Gefühl, dass mir der wichtigste Teil des Gesprächs entgeht.

«Und nun?», fragt Vincent.

«Wir müssen wohl abwarten, was als Nächstes passiert.» Leon verschränkt die Arme hinter dem Kopf.

«Und wenn gar nichts passiert?» Eileen natürlich.

Vincent schaut auf die Uhr. «Ich kann nicht so lange bleiben.»

«Deine Familie kann wohl nicht ohne dich.» Leon sieht mich von der Seite an und rasch wieder weg.

«Du hast Kinder?», frage ich. Etwas sitzt plötzlich in meinem Hals, macht mir das Sprechen schwer.

«Einen Sohn und eine Tochter, acht und sechs. Sie sind dieses Wochenende bei mir, deshalb muss ich auch gleich wieder zurück. Eine Nachbarin passt auf sie auf.»

«Geschieden?»

«Getrennt. Und du?»

«Du weißt doch, wie ich bin.»

«Also keine Familie?»

«Nein.»

«Aber ich bin doch nicht der Einzige von uns, der Kinder hat, oder?» Vincents Blick wandert herum, bleibt fragend an Eileen hängen.

Doch es ist Michelle, die antwortet. «Zwei Töchter. Und sie sind schon fast so groß wie ich.» Sie kichert. «Ist das nicht erschreckend?»

«Und wie. Ich fühle mich jedes Mal furchtbar alt, wenn ich Lars und Mia anschaue.»

«Das ist nicht euer Ernst, oder?», keift Eileen. «Wir sind doch nicht hier, um uns über unsere Familien auszutauschen. Das ist kein beschissenes Klassentreffen.»

«Schon gut, reg dich ab.» Michelle verdreht die Augen.

«Ich schätze mal, Eileen hat recht», sagt Vincent. «Hat irgendwer eine Idee, wer uns diese Karten geschickt haben könnte?»

«Wir könnten den Mann befragen, der uns übergesetzt hat», schlage ich vor. «Er muss doch wissen, wer ihn beauftragt hat.»

«Und wie sollen wir den finden?» Eileen knabbert schon wieder an ihren Fingern.

«Silvertärna», sage ich.

«Silvertärna?» Eileen nimmt die Finger vom Mund. «Was soll das bedeuten?»

«Das ist der Name des Bootes. Ich hab's mir gemerkt, weil das Wort so schön klingt.»

«Es bedeutet Küstenseeschwalbe», erklärt Leon. «Sehr gut, Lara. Damit müssten wir den Mann finden.»

Ich weiß, dass Sätze, in denen das Wort gut vorkommt, oft ironisch gemeint sind, deshalb bin ich nicht sicher, ob sein Lob ehrlich gemeint ist, aber sein Lächeln wirkt echt.

«Man müsste doch bei der Ferienhausagentur erfahren können, wer das Haus gemietet hat», sagt Michelle.

«Falls da am Wochenende jemand zu erreichen ist», wendet Eileen ein.

«Wir können es zumindest versuchen.» Michelle zieht ihr Smartphone hervor. «Ich schicke denen sofort eine Mail.»

Vincent schaut auf die Uhr. «Ich müsste jetzt los. Leider.»

Leon steht auf. «Wir kommen morgen wieder.» Er sieht Vincent an. «Tun wir doch, oder?»

Vincent erhebt sich ebenfalls. «Ich frage noch mal meine Nachbarin wegen der Kinder. Christin wird nicht begeistert sein, wenn sie davon erfährt. Dafür sind die Papa-Wochenenden eigentlich nicht gedacht. Aber das ist eine Ausnahmesituation, das wird sie wohl verstehen.»

Ich trage die Gläser in die Küche. Mir schwirrt der Kopf, ich brauche Ruhe, wenigstens für eine Minute, doch die habe ich nicht. Vincent folgt mir mit der leeren Flasche, stellt sie auf dem Tisch ab.

«Ich habe oft an dich gedacht, Lara. Wie geht es dir?»

«Gut.»

Er lächelt. «Und es gibt wirklich niemanden in deinem Leben?»

«Doch natürlich. Es gibt jede Menge Menschen in meinem Leben. Was dachtest du denn?»

Sein Lächeln wird breiter. «Ich meine jemand Besonderen. Einen Liebhaber. Einen Ehemann.»

Ich wende mich ab, reihe die Sektgläser ordentlich nebeneinander auf der Spüle auf. «Ich bin lieber allein. Dann muss ich nicht ständig Rücksicht nehmen und kann alles so machen, wie es mir gefällt.»

«Manchmal ist es gut, etwas zu ändern, es nicht so zu machen, wie man es immer schon gemacht hat.»

«Das sehe ich anders.» Ich erwarte nicht, dass er das versteht. Niemand versteht wirklich, wie sich das Leben in meiner Haut anfühlt, daran habe ich mich gewöhnt.

Er tritt hinter mich, dreht mich um und ergreift meine Hände. «Eines Tages wirst du verstehen, was ich meine, da bin ich sicher. Und du wirst mir recht geben.»

Ich mache mich los, verschränke die Arme. «Und was ist mit dir?»

«Für mich wird sich in nächster Zeit eine Menge ändern.» Er lächelt. «Ich gehe weg aus Karlskrona. Nach Angola. Ich fange bei ‹Ärzte ohne Grenzen› an, in einem Lager für Flüchtlinge aus der Demokratischen Republik Kongo. Dafür habe ich Medizin studiert. Um dort zu helfen, wo meine Hilfe wirklich gebraucht wird.»

«Du kannst doch auch hier helfen.»

«Natürlich. Aber es ist nicht dasselbe. Nicht das, was ich wirklich tun will.» Er fährt sich durch das Haar. «Ich warte nur noch auf meinen Nachfolger, er tritt nächsten Monat seinen Dienst an, dann breche ich auf.»

«Und deine Kinder?»

«Christin zieht zu ihrem neuen Partner nach Stockholm, sobald die Scheidung durch ist. Ich würde Lars und

Mia ohnehin höchstens einmal im Monat sehen. Es tut mir weh, sie zurückzulassen. Ich werde natürlich versuchen, sie so oft zu besuchen, wie es geht, aber ich muss meinen eigenen Weg gehen.»

Ich bin irritiert, es fühlt sich an, als würde Vincent mich verraten, obwohl ich weiß, dass das totaler Unfug ist. Ich will etwas entgegnen, doch in dem Moment höre ich ein Geräusch und drehe mich um.

Leon steht im Türrahmen. «Hier bist du, Vin. Ich störe doch nicht?»

«Warum solltest du?», frage ich, etwas ruppiger als beabsichtigt.

Er grinst Vincent an. «Sollen wir?»

Vincent wirft mir einen Blick zu, dann nickt er. «Natürlich.»

Wir bringen die Männer hinunter zum Anleger, genau wie wir es damals so oft getan haben. Die Sonne ist verschwunden, dunkle Wolken jagen über den Himmel. Die Luft schmeckt herb und salzig.

Kurz bevor wir am Steg ankommen, nimmt Vincent mich zur Seite. «Mir gefällt das nicht, Lara.»

«Was gefällt dir nicht?»

«Die ganze Situation.»

«Die gefällt wohl keinem von uns.»

«Das meine ich nicht. Ich mache mir Sorgen. Wir wissen nicht, wer uns herbestellt hat und warum. Ihr könntet in Gefahr sein.»

«Aber – »

«Achtet darauf, dass heute Nacht alle Türen und Fensterläden gut verschlossen sind. Und bleibt zusammen, wenn ihr rausgeht.» Er nimmt eine Visitenkarte aus der Brusttasche seiner Windjacke und drückt sie mir in die Hand. «Und ruf mich an, wenn dir irgendetwas merkwürdig vorkommt. Jederzeit, auch mitten in der Nacht.»

«Du glaubst, jemand könnte auf die Insel kommen?»

«Oder er ist schon da. Das kleine Motorboot am Anleger, war es bereits hier, als ihr angekommen seid?»

«Ja.» Ich schlucke. Das hatte ich ganz vergessen. «Und du denkst, dass diese Person uns etwas antun will?»

«Das glaube ich eher nicht. Irgendein verrückter Killer würde uns wohl nicht alle fünf auf einmal auf die Insel bestellen. Wenn ich das für möglich halten würde, würde ich euch nicht allein hier zurücklassen. Andererseits haben wir keine Ahnung, was dieser Kerl vorhat. Also müssen wir mit allem rechnen.»

Protokoll der Vernehmung des Zeugen Leon Sjöberg

ORT: Polizeistation, Järnvägstorget 5, Karlskrona
DATUM: Montag, 18.8.2003
Anwesend sind Polizeikommissar Johan Berggren und Polizeiinspektorin Karin Samuelsson

BERGGREN: Du bist Leon Sjöberg, wohnhaft im Ekedalsvägen in Lyckeby, ja?

SJÖBERG: Wenn's da steht, wird's wohl stimmen.

BERGGREN: Dreiundzwanzig Jahre alt, also kein Abiturient wie die anderen. Korrekt?

SJÖBERG: Und?

BERGGREN: Was wolltest du von denen?

SJÖBERG: Vin ist mein Freund, ist das vielleicht verboten?

BERGGREN: Mit Vin meinst du Vincent Molitor?

SJÖBERG: Wen sonst?

BERGGREN: Ebenfalls ein Deutscher, genau wie die jungen Frauen auf der Insel. Du bist also nicht nur der Älteste, sondern auch der einzige Schwede in der Gruppe gewesen.

SJÖBERG: Sieht so aus.

BERGGREN: Und was lief da mit den Frauen? Erzähl mal.

SJÖBERG: Da lief nichts. Die wollten bloß, dass wir sie auf der Insel besuchen.

BERGGREN: Und da konntest du nicht nein sagen.
SJÖBERG: Warum auch?
BERGGREN: Warst du an einer von ihnen besonders interessiert?
SJÖBERG: Die sind alle heiß. Na ja, bis auf die Irre vielleicht. Keine Ahnung, was Vin an der findet.
SAMUELSSON: Wen meinst du?
SJÖBERG: Na, diese Lara. Die ist echt schräg.
SAMUELSSON: Inwiefern?
SJÖBERG: Die redet wie ein kleines Kind. Und manchmal dreht sie aus heiterem Himmel durch.
SAMUELSSON: Und warum, glaubst du, tut sie das?
SJÖBERG: Sie hat so 'ne Krankheit. Irre halt, sag ich doch.
BERGGREN: Aber dein Freund mag Lara Jordan.
SJÖBERG: Denke schon.
BERGGREN: Sind die beiden ein Paar?
SJÖBERG: Das müsst ihr Vin fragen.
BERGGREN: Was glaubst du denn?
Der Zeuge murmelt etwas Unverständliches.
BERGGREN: Du musst laut und deutlich sprechen. Für die Aufzeichnung.
SJÖBERG: Ich habe keine Ahnung.
BERGGREN: Wie oft warst du auf der Insel?
SJÖBERG: Vier oder fünf Mal.
BERGGREN: Immer mit deinem Freund Vincent?
SJÖBERG: Ja.
BERGGREN: Auch über Nacht?
SJÖBERG: Nein. Aber es war meistens schon dunkel, wenn wir zurück aufs Festland gefahren sind.
BERGGREN: Du arbeitest in einem Sägewerk?

SJÖBERG: Was hat das damit zu tun?
BERGGREN: Beantworte bitte die Frage!
SJÖBERG: Ja.
BERGGREN: Du hast eine Vorstrafe wegen Körperverletzung, richtig?
SJÖBERG: Das war ja klar.
BERGGREN: Was war klar?
SJÖBERG: Dass ihr das hervorkramt. Ist ewig her. Und der Typ war ein Arschloch.
SAMUELSSON: Und Arschlöcher darf man zusammenschlagen?
SJÖBERG: Er hat angefangen.
SAMUELSSON: Er lag zehn Tage im Krankenhaus.
SJÖBERG: Er ist blöd gefallen.
SAMUELSSON: Passiert das öfter? Dass du dich nicht unter Kontrolle hast?
SJÖBERG: Nur, wenn mich jemand nervt.
SAMUELSSON: Bist du im Augenblick genervt?
SJÖBERG: Ihr wollt mich provozieren, ja? Ist das hier so 'ne Guter-Bulle-Böser-Bulle-Nummer wie im Fernsehen?
SAMUELSSON: Ich stelle nur Fragen.
SJÖBERG: Ich habe nichts mit Beccas Verschwinden zu tun. Ich wüsste selbst gern, wo sie ist.
BERGGREN: Du magst sie, oder?
SJÖBERG: Sie ist okay. Nicht so mädchenhaft und albern wie die anderen drei.
SAMUELSSON: Sie ist okay? Mehr nicht?
SJÖBERG: Da ist nichts gelaufen. Echt nicht.
SAMUELSSON: Liest du gern?
SJÖBERG: Was soll das denn?

SAMUELSSON: Mich interessiert, ob du gern Bücher liest.
SJÖBERG: Nicht so mein Ding. Ich sehe lieber Filme.
SAMUELSSON: Aber du warst in der vergangenen Woche drei Mal in der Stadtbücherei.
SJÖBERG: Fuck.
SAMUELSSON: Wie bitte?
SJÖBERG: Was geht dich das an?
SAMUELSSON: Was wolltest du in der Bücherei?
SJÖBERG: Vielleicht wollte ich einen Film ausleihen? Was tut das zur Sache?
SAMUELSSON: Hast du einen Büchereiausweis?
SJÖBERG: Nein.
SAMUELSSON: Also konntest du gar keinen Film ausleihen.
SJÖBERG: Und?
SAMUELSSON: Die Mitarbeiterin der Bibliothek sagt, du hättest dir Bücher über Kunst zeigen lassen und dann stundenlang darin gelesen.
SJÖBERG: Dann war es eben so.
SAMUELSSON: Warum liest ein Arbeiter aus einem Sägewerk Bücher über Impressionismus, Kubismus und Postmoderne? Wolltest du dich beruflich umorientieren?
SJÖBERG: Ich wusste nicht, dass das verboten ist.
SAMUELSSON: Wolltest du Rebecca Frankendorf beeindrucken? Sie malt doch, oder? Sie will Kunst studieren.
SJÖBERG: Und wenn schon.
SAMUELSSON: Vielleicht hat sie deine Bemühungen nicht gewürdigt, hat dich trotz allem abblitzen lassen. Und da bist du wütend geworden.
SJÖBERG: Blödsinn!

SAMUELSSON: Es gab also keinen Streit, weil sie nichts von dir wissen wollte?

SJÖBERG: Wir haben nicht gestritten.

SAMUELSSON: Da haben wir etwas anderes gehört.

SJÖBERG: Dann habt ihr etwas Falsches gehört.

SAMUELSSON: Du warst also vorgestern Abend mit ihr zusammen, bevor sie verschwand?

SJÖBERG: Wir waren alle mit ihr zusammen, wir haben draußen vor dem Haus Fisch gegrillt.

BERGGREN: Um wie viel Uhr hast du Rebecca zum letzten Mal gesehen?

SJÖBERG: Ich weiß nicht genau. Irgendwann an dem Abend, schätze ich. Sie war ziemlich lange in ihrem Zimmer, wollte noch was fertig malen.

BERGGREN: Sie ist nicht mit hinunter zum Bootsanleger gekommen, um sich zu verabschieden?

SJÖBERG: Nein.

BERGGREN: Und die anderen?

SJÖBERG: Michelle und Eileen sind mit uns zum Anleger. Diese Lara war stockbesoffen und schon Stunden zuvor weggetreten, und Becca ... die war da bereits im Haus.

BERGGREN: Sie hat sich nicht von dir verabschiedet?

SJÖBERG: Nein.

BERGGREN: Das muss bitter für dich gewesen sein. Es war doch der letzte Abend. Die Frauen wollten am nächsten Morgen abreisen, und die, für die du in der Bücherei stundenlang dicke Kunstbände gewälzt hast, um sie zu beeindrucken, nimmt sich nicht einmal die Zeit, dir Lebewohl zu sagen.

SJÖBERG: So ist sie halt. Ihre Kunst geht ihr über alles.

BERGGREN: Hat sie vielleicht einen Freund in Deutschland?
SJÖBERG: Sie hat keinen erwähnt.
BERGGREN: Hat sie denn erwähnt, dass sie schwanger ist?
SJÖBERG: Was? Natürlich nicht, so ein Quatsch!
BERGGREN: Was, glaubst du, ist vorgestern Nacht geschehen?
SJÖBERG: Keine Ahnung.
BERGGREN: Wollte Rebecca sich umbringen?
SJÖBERG: Blödsinn.
BERGGREN: Und das Boot, das auf dem Meer trieb?
SJÖBERG: Vielleicht hat sie sich mit den anderen gezofft und wollte weg.
BERGGREN: Es ist ihr Haus.
SJÖBERG: Wirklich? Das wusste ich nicht.
BERGGREN: Sie hat es von einem Onkel geerbt. Sie war als Kind einige Male in den Sommerferien hier. Bist du ihr da nie begegnet?
SJÖBERG: Selbst wenn, wüsste ich es nicht mehr. War's das?
BERGGREN: Eine Frage noch. War vorgestern Abend noch irgendjemand auf der Insel?
SJÖBERG: Nein, natürlich nicht. Wir waren immer nur zu sechst. Außerdem ... nein, falsch. Nicht immer. Da war diese Kleine.
SAMUELSSON: Was für eine Kleine?
SJÖBERG: Ein Mädchen. Sie war mit einem Kajak gekommen. Aber das war schon vor Tagen.
BERGGREN: Du hast ein Mädchen auf der Insel gesehen? Wann war das?

SJÖBERG: Sagte ich doch, vor ein paar Tagen.

BERGGREN: Kanntest du sie?

SJÖBERG: Nee, nie gesehen.

BERGGREN: Eine Freundin der vier Frauen vielleicht?

SJÖBERG: Nee, die war viel jünger. Dreizehn oder vierzehn höchstens.

BERGGREN: Was hat sie auf der Insel gemacht?

SJÖBERG: Keine Ahnung. Ich denke, sie ist einfach nur hingepaddelt, hat eine Pause gemacht und ist wieder zurück.

BERGGREN: Hast du mit ihr gesprochen?

SJÖBERG: Nein. Sie war zu weit weg.

BERGGREN: Aber du bist dir sicher, dass es ein Mädchen war.

SJÖBERG: So weit weg nun auch wieder nicht.

BERGGREN: Und die jungen Frauen? Haben die das Mädchen auch gesehen?

SJÖBERG: Glaube ich nicht. Sie hat nicht am Steg angelegt, sondern auf der anderen Seite der Insel. Da gibt es eine flache Stelle mit Schilf.

BERGGREN: Gibt es noch etwas, das du uns mitteilen möchtest?

SJÖBERG: Wüsste nicht, was das sein sollte.

BERGGREN: Vielleicht ist dir etwas aufgefallen. Eine Kleinigkeit nur. Alles könnte wichtig sein.

SJÖBERG: Hm. Das Feuer, das war schon komisch.

BERGGREN: Was für ein Feuer denn?

SJÖBERG: Als wir am Samstag ankamen, da bin ich ins Haus, um auf die Toilette zu gehen, und da bemerkte ich, dass der Kamin im Wohnzimmer brannte. Also nicht mehr richtig, es war nur noch Glut drin.

BERGGREN: Und das war ungewöhnlich?

SJÖBERG: Wir hatten die ganzen letzten Wochen über dreißig Grad. Nicht gerade Kaminwetter. Aber vermutlich hat es gar nichts zu bedeuten. War bestimmt bloß eine von Beccas schrägen Ideen.

BERGGREN: Dennoch kam es dir merkwürdig vor.

SJÖBERG: Du wolltest doch wissen, ob mir was aufgefallen ist.

BERGGREN: Okay. Danke, das war es fürs Erste.

SJÖBERG: Glaubt ihr, dass Becca noch lebt?

BERGGREN: Das können wir nicht sagen.

SJÖBERG: Bestimmt lebt sie noch, sie gibt sich nicht so leicht geschlagen.

BERGGREN: Wir tun alles, was wir können, um sie zu finden. Halte dich bitte zur Verfügung, es kann sein, dass wir noch einmal mit dir sprechen müssen.

SIEBEN

Am Abend, nachdem wir uns vergewissert haben, dass kein fremdes Boot am Steg liegt, und nachdem wir dreimal alle Fensterläden überprüft und den Stuhl unter die Klinke geklemmt haben, kommt Michelle zu mir ins Zimmer. Ich habe bereits die Ohren zugestöpselt, denn ich wollte mich gerade ins Bett legen.

«Ich muss mit dir reden», sagt Michelle.

«Worüber?» Ich ziehe die Kopfhörer aus den Ohren.

«Eileen. Ich mache mir Sorgen um sie.»

«Warum denn?»

«Die ganze Geschichte scheint sie extrem mitzunehmen. Du hast ja mitbekommen, wie hysterisch sie auf jede Kleinigkeit reagiert. Ich weiß nicht, was mit ihr los ist. Aber ich möchte dich bitten, ein Auge auf sie zu haben.»

«Und worauf soll ich achten?»

«Wenn sie komisches Zeug erzählt oder Dinge tut, die du dir nicht erklären kannst oder die du merkwürdig findest, sag mir Bescheid.»

«Was sollten das denn für Dinge sein?»

Michelle fährt sich durch die Haare. «Das kann ich dir nicht sagen. Ich habe ja keine Ahnung, was in ihr vorgeht. Ich möchte halt nur vermeiden, dass wir ...» Sie räuspert sich. «Dass wir wieder zu spät kommen.»

Ich bin mir nicht sicher, ob ich sie richtig verstehe. «Inwiefern zu spät?»

«Wie bei Becca, meine ich.» Michelle senkt die Stimme. «Irgendwas müssen wir damals übersehen haben. Einen Hinweis. Einen Hilferuf vielleicht.»

«Du glaubst, sie hat sich umgebracht?»

«Keine Ahnung. Aber niemand kommt aus heiterem Himmel mitten in der Nacht auf die Idee, in ein Boot zu steigen. Was auch immer sie vorhatte, es muss schon länger in ihr gearbeitet haben. Und wir als ihre Freundinnen hätten es merken müssen.»

Ich senke den Kopf und betrachte meine Hände, die das Smartphone etwas zu fest umklammern. Was das angeht, bin ich eine miese Freundin. Niemand begreift schlechter als ich, was in anderen Menschen vorgeht. «Ich weiß nicht, ob ich überhaupt erkennen würde, wenn etwas nicht stimmt.»

«Du bist gar nicht so unsensibel, wie du glaubst, Lara. Erzähl mir einfach alles, was dir auffällt. Okay?»

«Okay.»

«Und jetzt schlaf gut.» Sie umarmt mich. «Und träum von Vincent.»

«Aber wieso ...?»

«Du hast ihn angestarrt wie eine Fata Morgana.»

«Echt?» Mir wird heiß. «Meinst du, alle haben es gemerkt?»

«Es war nicht zu übersehen.»

«Du hättest mir ein Zeichen geben können.»

«Warum denn? Er schien auch ziemlich angetan von dir zu sein. Und er lebt von seiner Frau getrennt.» Sie zwinkert mir zu. «Also, schnapp ihn dir.»

Ich schüttle den Kopf, halb ungläubig, halb verärgert. «Du bist verrückt, Michelle.»

«Warum denn? Er ist zwar nur ein einfacher Dorfarzt, aber er ist noch immer verdammt süß. Es gibt definitiv schlechtere Typen.»

Ich kann lange nicht einschlafen. Meine Gedanken kreisen um Vincent. Ich schalte das Licht an, betrachte die Visitenkarte, die er mir gegeben hat. *Dr. Vincent Molitor. Praktischer Arzt.* Auf Deutsch und Schwedisch. Dazu eine Adresse in Karlskrona. Ich denke an das, was nicht auf der Karte steht. Eine Frau. Von ihm getrennt, bald geschieden. Zwei Kinder. Ein Junge und ein Mädchen. Bestimmt ist er ein guter Vater, einer, der sich Zeit nimmt für seine Familie. Ob er den beiden gerade eine Gutenachtgeschichte vorliest? Nein, dafür ist es zu spät, sicherlich schlafen sie längst. Und er findet keine Ruhe, genau wie ich, steht am Fenster, starrt in die Nacht und fragt sich, ob hier auf der Insel alles in Ordnung ist.

Ich knipse das Licht aus und schalte die Musik ab, sie nervt mich auf einmal. Ich ziehe die Ohrstöpsel heraus, lausche den Geräuschen der Nacht. Der Wind hat einen monotonen Singsang angestimmt, das Haus ächzt und knackt. Ich bilde mir ein, auch das Meer zu hören, wie es sich Welle für Welle gegen die Felsen wirft. Und ich stelle mir Beccas bleichen, leblosen Körper vor, wie er im Rhythmus der Wellen auf dem Wasser tanzt.

Ich drehe mich auf die andere Seite, zwinge mich, an etwas anderes zu denken, hefte meinen Blick auf die wuchtige Kommode, zähle die Schubladen: sieben insgesamt, drei große unten und jeweils zwei kleine rechts und links des Spiegels. Der Mond, der sich hinter den Wolken hervorgekämpft hat, malt das Fensterkreuz auf das Holz, teilt das Möbelstück in vier ungleiche Teile. Hier oben im ersten Stock gibt es keine Fensterläden, nicht einmal Vorhänge, das Licht dringt ungehindert ins Zimmer.

Ein kleines Dreieck lugt hinter der Kommode hervor, zeichnet sich dunkel vor der geblümten Tapete ab. Neugierig setze ich mich auf, trete näher. Doch erst, als ich es berühre, spüre ich, dass es eine Leinwand ist. Ich ziehe sie behutsam hervor und stelle mich ans Fenster, um sie im Mondlicht anzuschauen.

Becca zwinkert mir zu, mit dem einen Auge, das hinter der schwarzen Maske hervorlugt. Es ist das Selbstporträt als Schelm von Bergen, in leuchtende Farben getaucht, ein Bild, auf dem für alle Zeit die Sonne scheint. Ich streiche mit dem Finger über die Leinwand, spüre die Stellen, wo die Farbe dicker aufgetragen wurde – am Rand der Maske, an dem bunt gemusterten Gewand, das Becca trägt –, und fahre die halb verborgenen Konturen ihres Gesichts nach.

«Wo steckst du, Becca?», flüstere ich. «Wo in aller Welt steckst du? Verrate es mir.»

Doch das Porträt schweigt. Falls der Schelm hinter der Maske etwas über Beccas Verschwinden weiß, behält er es für sich.

Ich stelle das Bild auf der Kommode ab, genau vor dem Spiegel, setze mich aufs Bett und betrachte es. Ich denke an Michelles Worte. Was genau wollte sie andeuten? Dass Becca sich umgebracht hat und Eileen es ihr nachtun könnte? Aber warum? Welchen Grund hätte Becca gehabt haben sollen, sich das Leben zu nehmen? Ist damals etwas vorgefallen, von dem ich nichts mitbekommen habe? Hat es vielleicht mit Leon zu tun?

Und Eileen?

Glaubt Michelle wirklich, sie könnte sich ebenfalls ins Meer stürzen? Ich presse die Hände gegen die Schläfen, als könnte ich meine Gedanken damit auf die richtige Bahn lenken. Warum bin ich so blind, wenn es um andere Menschen geht? Um ihre Gedanken und ihre Gefühle? Warum verstehe ich nicht, was in ihnen vorgeht? Was sieht Michelle, das ich nicht sehe?

Natürlich sind wir alle verwirrt und bedrückt, weil wir auf der Insel sind und all die vergessen geglaubten Erinnerungen schlagartig wieder hochkommen. Unsere Angst. Unsere Schuldgefühle. Aber das allein ist doch kein Grund, sich etwas anzutun. Oder doch?

Ich schließe die Augen, versuche, mich zu erinnern, beschwöre den Abend herauf, an dem ich Becca zum letzten Mal gesehen habe. Wir hatten gegrillt und dann ein Lagerfeuer entzündet. Das trockene Holz knisterte, Funken sprühten hoch in den Nachthimmel und vereinigten sich mit den Sternen. Vincent war dicht neben mir, ich erinnere mich an die Wärme seines Körpers und an seine Hand auf meinem Bein. Michelle saß genau gegenüber, den Kopf an Leons Schulter gelehnt. War es so? Oder war das an einem anderen Abend? War es nicht vielmehr Becca, die neben Leon saß?

Ich fahre zusammen, als es vor der Zimmertür knarrt. Das ist nicht das Haus, das sich in der Nachtkälte zusammenzieht. Jemand geht über den Korridor. Ich setze mich auf, lausche.

Schritte auf der Treppe.

Ich springe aus dem Bett, steige in meine Turnschuhe und greife nach meinem Handy. Vincents Nummer habe ich vor dem Zubettgehen gespeichert. Doch bevor ich ihn alarmiere, muss ich sicher sein, dass es nicht Michelle ist, oder Eileen, die wie ich nicht schlafen kann.

Vorsichtig öffne ich die Tür. Der Korridor ist still und dunkel. Habe ich mich getäuscht? Hat meine Einbildung mir einen Streich gespielt? Lautlos schleiche ich auf die Treppe zu. Am Absatz bleibe ich stehen und horche erneut. Noch immer nichts.

Ich setze den Fuß auf die oberste Stufe, und in dem Augenblick kracht es unten. Ich rufe Vincents Nummer auf, habe den Finger schon über dem Hörersymbol, als ich begreife, dass der Stuhl, den wir unter die Türklinke geklemmt hatten, umgefallen sein muss. Jemand ist nach draußen gegangen. Aber warum?

Ich haste die Treppe hinunter, reiße meine Jacke vom Haken und ziehe sie an, stecke das Handy in die Tasche. Dann öffne ich die Tür. Draußen ist es gespenstisch hell, der Mond macht die Nacht zu einem fahlen Tag.

Ich schaue nach rechts und links, aber ich sehe niemanden. Vorsichtig ziehe ich die Tür hinter mir zu und mache ein paar Schritte in Richtung des Pfades, der zum Bootsanleger führt. Mir schießt der Gedanke durch den Kopf, dass sich die Vergangenheit wiederholt, dass Becca vielleicht vor sechzehn Jahren genau so mitten in der Nacht aus dem Haus geschlichen ist.

Plötzlich sehe ich eine Gestalt zwischen den Bäumen. Sie trägt ein weißes Sommerkleid, ihr Haar flattert im Wind. Ich kneife die Augen zusammen, doch ich kann das Gesicht nicht erkennen, es liegt im Schatten. Ich will rufen, mich bemerkbar machen. In dem Augenblick macht die Gestalt einen Schritt nach vorn, und das Mondlicht fällt auf ihr Gesicht.

Becca. Gütiger Himmel, es ist Becca!

Ich finde meine Sprache erst wieder, als die Gestalt zwischen den Bäumen verschwunden ist.

«Becca!», rufe ich. «Warte auf mich. Becca!»

Ich renne los. Becca muss den Pfad hinunter ins Wäldchen genommen haben. Ich springe über Steine, stolpere über Wurzeln, Äste peitschen mir ins Gesicht, greifen nach meiner Jacke, nach meinen Haaren, versuchen mich aufzuhalten. Doch ich mache mich los, lasse mich nicht beirren, auch als der Pfad in den Wald taucht und der Mondschein verlischt.

Ich renne den Hang hinunter und auf der anderen Seite wieder hinauf, zögere kurz, als ich am Sommerhaus vorbeikomme. Doch niemand ist dort, also laufe ich weiter.

Als ich um eine Biegung komme, sehe ich noch einmal das weiße wehende Kleid, nur einen Wimpernschlag lang, dann wird die Gestalt erneut vom Wald verschluckt.

Schlagartig ragt etwas Schwarzes vor mir auf. Ich bleibe stehen, erkenne den Felsen, vor dem wir schon am Vormittag standen, als wir den falschen Weg genommen haben. Verdattert starre ich den Felsen an, frage mich, wohin die Frau verschwunden ist.

Da höre ich etwas, ein Keuchen und Kratzen wie von

einer wilden Bestie. Todesangst jagt durch meinen Körper, und in meinem Hirn explodieren Worte.

Mein Vater, mein Vater, und hörest du nicht,
Was Erlenkönig mir leise verspricht?
Sei ruhig, bleibe ruhig, mein Kind!
In dürren Blättern säuselt der Wind.

Bilder von Werwölfen, Vampiren und anderen Ungeheuern schießen mir durch den Kopf. Ich glaube nicht an solche Phantasiegestalten, aber hier draußen auf der einsamen Insel, mitten im Meer und mitten in der Nacht, mit dem heulenden Wind im Ohr und dem Anblick meiner totgeglaubten Freundin vor Augen, halte ich alles für möglich. Auch dass der Erlkönig durchs Unterholz streift und seine gierigen, dürren Arme nach mir ausstreckt.

Mein Vater, mein Vater, jetzt fasst er mich an!
Erlkönig hat mir ein Leids getan!

Wieder höre ich das Keuchen. Ich fahre herum, mache einige vorsichtige Schritte zurück in die Richtung, aus der ich gekommen bin, und sehe eine Gestalt. Sie kniet nur wenige Meter entfernt unter einem Strauch. Sie hat mir den Rücken zugewandt, ihr Oberkörper ist nach vorn gebeugt, und sie macht hektische Bewegungen mit den Armen. Es sieht aus, als würde sie in der Erde wühlen.

«Becca», flüstere ich.

Bleibe ruhig, mein Kind! Bleibe ruhig, mein Kind!

Sie hört mich nicht, scharrt weiter in der Erde.

Vorsichtig nähere ich mich, mein Herz stampft in meiner Brust. Ich fürchte mich vor der Erscheinung, fürchte mich vor dem, was sie tun könnte, und gleichzeitig fürchte ich, dass sie aufspringt und wegrennt, wenn sie mich bemerkt. Oder dass sie sich in Luft auflöst, wieder zu dem Geist wird, der sie all die Jahre war.

Ich erkenne jetzt, dass sie tatsächlich mit bloßen Händen ein Loch gräbt, dann höre ich etwas, eine Art Röcheln, und im selben Augenblick sehe ich, wie sie sich erbricht, wie sie spuckt und würgt, wieder und wieder, auch noch, als schon längst nichts mehr kommt.

Ich strecke meine Hand aus, ich muss spüren, dass sie wirklich existiert, dass sie aus Fleisch und Blut ist. Ich berühre sie sacht an der Schulter, die sich warm und lebendig anfühlt. Sie zuckt nicht zusammen, wimmert nur leise.

«Becca», sage ich. Das Wort klingt gepresst, mein Hals ist so eng, dass es weh tut.

Mein Kind! Mein Kind! Mein Kind!

Sie dreht den Kopf, wendet mir das Gesicht zu, das weiß ist wie eine Wand, und sieht mich mit weit aufgerissenen Augen an. «Hast du sie auch gesehen?»

Ich zucke zurück. «Eileen?»

Dann begreife ich. Natürlich. Wie dumm von mir. Es war Eileen, die aus dem Haus geschlichen ist, Eileen, der ich durch den Wald hinterhergerannt bin. Sie hat lange braune Haare, genau wie Becca, und sie trägt ein weißes Nachthemd, kein Kleid.

«Was machst du hier?», frage ich mit krächzender Stimme. Meine Kehle fühlt sich noch immer an wie zugeschnürt.

«Becca. Ich habe sie gesehen. Draußen vor dem Haus. Ich konnte nicht schlafen, es war so stickig im Zimmer, ich wollte das Fenster öffnen, und da stand sie und blickte zu mir hinauf.»

Ich denke an Michelles Worte. Hat sie geahnt, dass so etwas passieren würde?

Wahrscheinlich sollte ich Eileen jetzt in den Arm nehmen und trösten. Beruhigende Worte murmeln und ihr über das Haar streichen. Aber in so was bin ich nicht gut. Dieser zwischenmenschliche Kram mit seinen komplizierten Regeln ist für mich purer Stress.

«Steh auf, wir müssen zurückgehen», sage ich stattdessen. «Es ist eiskalt hier draußen. Du bist viel zu dünn angezogen, du wirst dich erkälten.»

«Hast du mir überhaupt zugehört, Lara?», fährt sie mich an. «Ich habe Becca gesehen, und ich verstehe nicht ...» Sie bricht in Tränen aus.

Ich wünschte, Michelle wäre hier. Ich weiß nicht, was ich tun soll. Irgendwie muss ich Eileen zurück ins Haus kriegen. «Komm mit, bitte», sage ich so sanft und freundlich, wie ich kann.

«Aber sie ist doch tot!», schluchzt Eileen.

Mir bricht der Schweiß aus, ich kneife mich einmal fest in die Hand. «Steh sofort auf!», brülle ich dann über ihr Schluchzen hinweg, weil ich nicht weiß, was ich sonst tun soll.

Und, o Wunder, Eileen gehorcht mir. Sie erhebt sich, hakt sich bei mir unter und lässt sich von mir zum Pfad führen. Aneinandergedrängt stolpern wir zurück den Hügel hinauf zum Haus. Eileen weint die ganze Zeit, aber sie lässt sich widerstandslos fortbringen. Erst als wir vor der Tür stehen, hält sie abrupt inne.

«Du musst mir etwas versprechen, Lara.» Eindringlich sieht sie mich an, ihr Gesicht ist noch immer tränennass. «Bitte!»

«Was denn?»

«Du darfst Michelle nichts davon erzählen.»

Ich versteife mich. Geheimnisse sind mir ein Gräuel. Und ich bin eine totale Niete darin, ein Geheimnis zu bewahren. Man sieht es mir an, egal, wie viel Mühe ich mir gebe, mir nichts anmerken zu lassen. Außerdem habe ich Michelle versprochen, ihr zu berichten, wenn Eileen etwas Merkwürdiges tut. Sich mitten in der Nacht in ein selbst gegrabenes Loch im Wald zu erbrechen, ist definitiv merkwürdig.

Andererseits ... wenn sie wirklich glaubt, Becca gesehen zu haben, ist es vielleicht eine ganz normale Reaktion auf den Schock. Ich habe es schließlich auch geglaubt und ähnlich panisch reagiert. In ein Loch kotzen ist letztlich nicht merkwürdiger als manisch den Erlkönig zu rezitieren.

«Lara?»

«Also gut», sage ich.

«Wirklich? Schaffst du das denn?»

Eileen kennt mich und meinen Drang, immer die Wahrheit zu sagen.

«Ich verspreche es dir. Wenn du mir versprichst, so etwas nicht noch einmal zu tun. Wenn du wieder glaubst, Becca zu sehen, dann weckst du mich, und wir schauen zusammen nach. Versprochen?»

«Versprochen.»

Wir schleichen ins Haus. Eileen verschwindet im Bad, um sich zu waschen, ich krieche unter die Bettdecke, schiebe mir die Stöpsel in die Ohren und schlafe auf der Stelle ein.

Protokoll der Vernehmung der Zeugin Michelle Calbach

ORT: Polizeistation, Järnvägstorget 5, Karlskrona
DATUM: Montag, 18.8.2003
Anwesend sind Polizeikommissar Johan Berggren und Polizeiinspektorin Karin Samuelsson

CALBACH: Wie lange wird das hier dauern?
BERGGREN: Du wirkst nicht sonderlich besorgt um deine Freundin.
CALBACH: Das bin ich auch nicht.
BERGGREN: Kannst du uns das erklären? Deine Freundin ist spurlos von der Insel verschwunden, das einzige Boot, mit dem man von dort wegkommt, ist gekentert, und du machst dir keine Sorgen?
CALBACH: Ich denke, das ist einer von Beccas blöden Scherzen. Ich hoffe es zumindest. Falls ja, ist sie diesmal allerdings zu weit gegangen. Das werde ich ihr nicht verzeihen.
SAMUELSSON: Du glaubst, deine Freundin hat ein Bootsunglück vorgetäuscht, um sich einen Scherz zu erlauben? Warum sollte sie das tun?
CALBACH: Sie kennen Becca nicht. Sie tut ständig solche Dinge. Sie macht, was ihr gerade einfällt, ohne darüber nachzudenken, wie sich das für andere anfühlt. Da ist

sie wie Lara, nur dass *sie* genau weiß, wann sie andere verletzt.

BERGGREN: Aber warum sollte sie ihren Tod vortäuschen?

CALBACH: Was weiß ich. Vielleicht war sie sauer auf uns. Oder es sollte eine ihrer blöden Kunstinstallationen sein. Einmal hat sie uns mit verbundenen Augen in ihr Atelier geführt, eine Hütte im Garten eines Nachbarn. Eine Überraschung, hat sie gesagt. Und als wir die Augenbinden abgenommen haben, war alles voller Spinnen. Wirklich alles, der Boden, die Wände, die Decke. Es müssen Hunderte gewesen sein. Manche davon fett wie meine Handfläche. Können Sie sich das vorstellen? Ein Zimmer mit Hunderten von Spinnen, die überall herumkrabbeln, sich von der Decke herunterlassen, über die Wände huschen? Mir ist kotzübel geworden. Und Eileen hat gekreischt, als würde man sie abschlachten. Becca hat vollkommen ungerührt unsere Reaktion gefilmt. Für ein Kunstprojekt. Sie kann echt ein Miststück sein.

BERGGREN: Das war ziemlich rücksichtslos, da hast du recht. Ich kann gut verstehen, dass du sauer warst. Aber ihr seid immer noch Freundinnen. Wie kommt das?

CALBACH: Sie kann auch sehr nett sein. Und witzig. Mit niemandem kann man so gut lachen wie mit Becca.

SAMUELSSON: Du sagtest, Rebecca war möglicherweise sauer auf dich. Warum? Ist etwas vorgefallen, hattet ihr Streit?

CALBACH: Nein. Keine Ahnung. War nur so ein Gedanke. Vielleicht weil wir Spaß hatten und sie nicht in Ruhe malen konnte. Oder wegen diesem Leon.

SAMUELSSON: Leon Sjöberg hat sich für Rebecca interessiert, richtig?
CALBACH: Anfangs schon. Er ist ihr ständig auf die Pelle gerückt. Aber sie hat ihn abblitzen lassen. Und als er daraufhin mich angebaggert hat, war sie eingeschnappt.
BERGGREN: Er hat dich angebaggert? Ist das wahr?
CALBACH: Und ob. Hat sich richtig ins Zeug gelegt. Aber ohne Erfolg. Ich stehe nicht so auf den Typ muskelbepackter Arbeiter.
SAMUELSSON: Und Rebecca war deswegen wütend?
CALBACH: Klar. Ich schätze mal, sie wollte ihn nur ein bisschen zappeln lassen und hat nicht damit gerechnet, dass er sich gleich an eine andere ranmacht. Was hat sie denn erwartet? Dass er sich wie ein Vollidiot von ihr herumschubsen lässt?
SAMUELSSON: Sie war also an Leon interessiert?
CALBACH: Vermutlich. Sie lässt ja nichts anbrennen. Aber es muss nach ihren Regeln laufen.
SAMUELSSON: Willst du damit andeuten, dass sie häufig wechselnde Beziehungen hat?
CALBACH: Beziehungen würde ich das nicht nennen. Sie geht mit den Typen ins Bett, danach verliert sie das Interesse. Eine echte Künstlerin halt. Ich finde, das ist ihre Sache. Auch wenn das für mich nichts wäre. Ich würde nicht mit jedem gleich in die Kiste springen. Da muss schon ein bisschen mehr sein, finde ich.
SAMUELSSON: Dann wundert es dich vermutlich nicht sonderlich, dass wir einen Schwangerschaftstest bei ihren Sachen gefunden haben.
CALBACH: Das ist nicht wahr, oder?

SAMUELSSON: Die Kollegen, die das Haus und die Insel abgesucht haben, entdeckten ihn im Papierkorb neben ihrer Staffelei.

CALBACH: War er ...?

SAMUELSSON: Benutzt? Ja. Und das Ergebnis war positiv.

CALBACH: Wie krass ist das denn? Ich fasse es nicht. Becca ist schwanger?

BERGGREN: Hier ist der Test. Schau ihn dir ruhig an. Du kannst die Tüte anfassen, nimm nur das Stäbchen bitte nicht heraus. Du hast es also nicht gewusst?

CALBACH: Ich hatte keine Ahnung. Aber es könnte erklären, warum sie in letzter Zeit so mies drauf war.

BERGGREN: Ich nehme an, sie will kein Kind? Zumindest nicht zum jetzigen Zeitpunkt?

CALBACH: Ganz bestimmt nicht. Sie will studieren. Ein Kind würde ihr überhaupt nicht in den Kram passen. Echt krass, ich fasse es nicht.

BERGGREN: Der Test wurde schon vor einigen Tagen gemacht. Hat Rebecca wirklich nichts gesagt? Oder vielleicht angedeutet?

CALBACH: Nee. Ganz sicher nicht. Sie hat nur in letzter Zeit noch mehr als sonst oben in ihrem Zimmer gehockt und gemalt.

SAMUELSSON: Das Zimmer, das sie mit Lara Jordan geteilt hat? Glaubst du, Rebecca hat ihr etwas erzählt?

CALBACH: Ganz bestimmt nicht. Lara wäre die Letzte, der sie ein Geheimnis anvertrauen würde. Die kann doch nichts für sich behalten. Da hätte sie auch gleich eine Annonce in die Zeitung setzen können.

SAMUELSSON: Hältst du es für möglich, dass die Schwangerschaft deine Freundin so aus der Bahn geworfen hat, dass sie eine Dummheit begangen hat?

CALBACH: Eine Dummheit? Sie meinen, sie könnte sich umgebracht haben? Blödsinn!

SAMUELSSON: Du hast selbst gesagt, dass sie mies drauf war.

CALBACH: Schlecht gelaunt, ja. Hat an allem rumgemeckert. Wollte nicht mit auf die Bootstour.

SAMUELSSON: Was für eine Bootstour?

CALBACH: Wir wollten mit dem Motorboot die Schären abfahren. Irgendwo picknicken, in der Sonne liegen, im Meer baden.

SAMUELSSON: Wann?

CALBACH: Anfang letzter Woche.

SAMUELSSON: Und die Jungs, wollten die auch mitkommen?

CALBACH: Nein. Es sollte unser Mädchentag sein.

SAMUELSSON: Was ist daraus geworden?

CALBACH: Wir sind zu dritt gefahren, ohne Becca. Aber es war eine Pleite. Eileen hatte die ganze Zeit Angst, dass wir auf einen Felsen auflaufen, Lara war ein Nervenbündel, weil ihr der Motor zu laut war und sie das Wellenklatschen gestresst hat, und ich bin auf einem Steg ausgerutscht und habe mir einen dicken Bluterguss am Oberschenkel geholt. Den Fleck sieht man noch immer.

SAMUELSSON: Die Stimmung war also gedrückt.

CALBACH: Wir haben versucht, das Beste draus zu machen, aber so richtig Spaß hatte keine von uns. Außer Becca vermutlich, die in der Zeit das Haus für sich allein hatte und in Ruhe malen konnte.

BERGGREN: Kommen wir zu Samstagabend. Ihr habt Fisch gegrillt?

CALBACH: Den haben die Jungs mitgebracht. Wir hatten eigentlich Würstchen gekauft. Aber Leon und Vincent meinten, am Meer muss man Fisch essen. Die beiden haben sich auch um den Grill gekümmert. Eileen hat Salat zubereitet, ich habe für die Getränke gesorgt. Lara hat beim Grillaufbauen geholfen und den Tisch gedeckt.

BERGGREN: Und Rebecca?

CALBACH: Ich glaube, die war mit Eileen in der Küche. Hat ihr beim Gemüseschnippeln geholfen. Kann aber auch sein, dass sie erst später runtergekommen ist.

BERGGREN: Wie verlief der Abend?

CALBACH: Ganz normal. Wir haben gegessen, getrunken, uns unterhalten. Lara hat ein bisschen viel Alkohol gekippt und war irgendwann nicht mehr ansprechbar.

BERGGREN: Gab es einen besonderen Grund dafür?

CALBACH: Wir waren alle etwas sentimental drauf. Letzter Abend und so. Vincent hat versucht, bei Lara zu landen, aber die war schon zu weggetreten. Er ist trotzdem nicht von ihrer Seite gewichen, sehr süß. Ich glaube, Leon und Becca waren zwischendurch mal weg. Aber sicher bin ich nicht. Ich war auch nicht ganz nüchtern und habe nicht drauf geachtet.

SAMUELSSON: Leon und Becca? Ich dachte, da wäre nichts gelaufen?

CALBACH: Na ja, nachdem er sich bei mir die Zähne ausgebissen hatte, hat er es wohl noch mal bei ihr versucht. Und es war ja der letzte Abend. Schon möglich, dass sie sich die Gelegenheit nicht entgehen lassen wollten.

SAMUELSSON: Aber sicher bist du dir nicht.

CALBACH: Meine Erinnerungen sind etwas verschwommen. Wir haben Cocktails ausprobiert, ziemlich wilde Mischungen. Und es war heiß. Sie verstehen?

SAMUELSSON: Wann hast du Rebecca Frankendorf zum letzten Mal gesehen?

CALBACH: Himmel, ich weiß es nicht. Ich habe mir schon das Hirn zermartert. Irgendwann an dem Abend. Aber ob es zehn oder zwölf war, keine Ahnung.

SAMUELSSON: War es schon dunkel?

CALBACH: Klar, ich denke schon.

SAMUELSSON: Wann sind die beiden Jungs gegangen?

CALBACH: Ich erinnere mich nicht, wie spät es war. Eileen und ich haben sie zum Anleger begleitet. Ich schätze, zu dem Zeitpunkt haben Lara und Becca schon tief und fest geschlafen.

SAMUELSSON: Und am nächsten Morgen?

CALBACH: Ich bin ins Zimmer der beiden, weil sich da drin nichts gerührt hat. Wir wollten ja abreisen und mussten noch das Haus aufräumen. Lara schlief, Becca war nicht da. Eileen und ich haben sie überall gesucht, dann haben wir Lara geweckt.

SAMUELSSON: Und Lara hat mit dir die Insel durchkämmt.

CALBACH: Ja. Bis wir das Boot entdeckt haben.

SAMUELSSON: Eileen hat euch nicht begleitet?

CALBACH: Sie war in Panik, ist völlig durchgedreht.

SAMUELSSON: Warum? Es war doch noch gar nichts geschehen.

CALBACH: Sie malt sich immer gleich das Schlimmste aus. Sie hat Becca schon am Fuß einer Klippe gesehen, oder auf dem Meeresgrund. Ich habe versucht, sie zu beruhigen. Und ich war echt sauer auf Becca. Sie hatte etwas an sich, konnte einen wirklich in den Wahnsinn treiben.

SAMUELSSON: Sie *konnte*? Warum sprichst du auf einmal in der Vergangenheit von deiner Freundin?

CALBACH: Ich weiß nicht ... ich, oh, mein Gott, glauben Sie, das bringt Unglück?

SAMUELSSON: Denkst du immer noch, dass alles nur ein dummer Streich war?

CALBACH: Ja. Nein. Ich weiß nicht. Herrgott, warum tut sie uns das an?

ACHT

Am nächsten Morgen ist Eileen fröhlich, als wäre in der Nacht rein gar nichts geschehen. Wenn ich nicht wüsste, dass sie sich in Wahrheit elend fühlen muss, würde ich es nicht einmal ahnen. Sie hat schon den Tisch gedeckt, als ich die Küche betrete, und brät Eier in der Pfanne. Ich mag keine gebratenen Eier, der Geruch am frühen Morgen dreht mir den Magen um, aber ich bin so erleichtert, dass es mir fast nichts ausmacht. Während sie mir den Rücken zuwendet, rücke ich unauffällig das Besteck auf dem Tisch zurecht, bis es so liegt, wie ich es gewohnt bin.

Michelle kommt die Treppe runter, ein Handtuch um den Kopf geschlungen. «Hat irgendwer einen Fön gesehen?»

Ihre Frage jagt mir aus unerfindlichen Gründen einen Schauder über den Rücken, und ein einzelnes Wort blubbert mir die Kehle hoch.

Gräberknecht.

Ich halte es fest, zwinge es wieder hinunter.

«In der Kommode im Flur liegt einer», sagt Eileen.

«Super.» Michelle verschwindet nach oben.

Beim Frühstück machen wir Pläne für den Tag. Wir haben alle drei Fahrkarten für den Zug um vier nach Kopenhagen.

Michelle fliegt von dort nach München, Eileen und ich steigen nach Hamburg um und fahren von Altona aus weiter nach Hause. Vincent und Leon haben versprochen, am frühen Nachmittag noch einmal vorbeizukommen, dann können wir mit zwei Booten übersetzen und brauchen keinen Fährmann.

Ich bin frustriert. Meine Hoffnung, die Wahrheit herauszufinden, ist wie eine Seifenblase zerplatzt. Die Reise war unsinnig, eine Schnapsidee, nichts ist dabei herausgekommen. Ich weiß nicht mehr über Beccas Verschwinden als zuvor. Kein einziges neues Detail ist ans Licht gekommen. Stattdessen sind all die vergessenen Erinnerungen geweckt, all die diffusen Gefühle von damals aufgewühlt worden, sodass ich nicht einfach nach Hause zurückkehren und so tun kann, als wäre nichts geschehen. Ich kann nicht da weitermachen, wo ich aufgehört habe. Ich kann nie wieder an diesen Punkt zurückkehren. Und das macht mich wütend und traurig zugleich. Ich wünschte, ich hätte diesen verdammten Brief nie bekommen.

Nach dem Abwasch schlägt Michelle vor, ein Erinnerungsfoto zu machen.

«Ich weiß nicht, ob ich mich wirklich an dieses Wochenende erinnern will», mault Eileen.

Aber ich finde die Idee gut. «Und Becca kommt auch mit aufs Bild», sage ich.

Eileen starrt mich an. «Du spinnst wohl.»

«Nein, ich meine es ernst. Ich habe gestern das Selbstporträt gefunden, das sie hier gemalt hat, das mit der Maske.»

«Wirklich?» Michelle runzelt die Stirn. «Wo denn?»

«Hinter der Kommode in unserem Zimmer.»

«Dann hat es der neue Eigentümer in all der Zeit nicht bemerkt», sagt Michelle nachdenklich. «Komisch. Er hat ja auch alle Möbel übernommen und offenbar nicht einmal renoviert.»

«Ja und?», fragt Eileen.

«Ich denke ja nur nach.»

«Und worüber?»

«Darüber, dass er das Bild vermutlich nicht vermissen würde.»

«Das können wir nicht machen», sage ich. «Das wäre Diebstahl.»

«Nun hab dich mal nicht so, Lara. Es geht um ein Bild, das höchstens sentimentalen Wert hat, nicht um einen Picasso. Und von dem der Eigentümer nicht einmal weiß, dass es existiert, und das ihn höchstwahrscheinlich auch nicht die Bohne interessieren würde, wenn er es wüsste.»

«Es ist trotzdem nicht richtig.»

«Wir könnten ihn ja fragen», schlägt Eileen vor.

«Falls wir es schaffen, ihn zu kontaktieren», entgegnet Michelle. «Bisher habe ich nicht einmal eine Antwort von der Agentur. Die kommt bestimmt nicht vor Montag, und dann sind wir weg.»

«Lasst uns erst mal das Foto machen», schlägt Eileen vor.

«Einverstanden. Ich hole das Bild.» Ich nehme zwei Stufen auf einmal, bin in Rekordzeit wieder unten.

Michelle und Eileen haben inzwischen entschieden,

dass der Wintergarten der ideale Ort ist. Viel Licht, und im Hintergrund ein Stück Insel mit Meer.

Wir nehmen das Gemälde in die Mitte und machen Selfies, erst mit Michelles Handy, dann mit Eileens und zuletzt mit meinem. Erst stehen wir ziemlich steif und verlegen da, doch mit der Zeit verlieren wir die Scheu, werfen uns in die unterschiedlichsten Posen, balancieren das Bild auf Schultern und Hüften und sind am Ende atemlos vor Lachen.

Becca bekommt einen Ehrenplatz auf dem Küchenbuffet, und während Eileen im Kühlschrank die Vorräte durchstöbert, um das Mittagessen zu planen, und Michelle die Schale mit den Weintrauben plündert, öffne ich den Fotoordner auf meinem Smartphone, um mir unsere Selfies in Ruhe anzusehen.

Ich klicke mich einmal komplett durch. Einige Bilder sind verwackelt, auf einigen sind Köpfe oder Arme abgeschnitten, aber es gibt eins, auf dem wir alle drei gemeinsam Beccas Porträt vor uns halten wie einen Pokal und auf dem wir richtig gelöst aussehen.

Als ich den Ordner schließen will, bemerke ich, dass ein weiteres Foto darin ist und öffne es. Etwas macht Plopp in meinem Kopf, Versfetzen stieben durch mein Hirn, und als Nächstes sehe ich Michelles Gesicht dicht vor meinem.

«Was ist denn los, Lara? Geht es dir gut?»

Ich fasse mir an den Kopf, schaue mich um. Ich sitze noch immer am Küchentisch, Michelle hat rittlings auf dem Stuhl neben mir Platz genommen und mustert mich mit in Falten gelegter Stirn. Eileen steht neben dem Kühlschrank, einen Salatkopf in der Hand.

«Was ...», frage ich.

«Du hast eine ultramoderne Kurzform des Erlkönigs vorgetragen und dabei gekeucht, als würdest du keine Luft kriegen», erklärt Michelle. «Ich dachte, du erstickst.»

«Das Foto.» Ich greife nach dem Handy, das vor mir auf dem Tisch liegt.

«Was denn für ein Foto?», fragt Eileen.

«Auf meinem Handy ist ein Foto von Becca.»

«Nicht nur eins, das wissen wir.» Michelle deutet auf das Selbstporträt auf dem Buffet.

«Nein, das meine ich nicht. Es ist ein richtiges Bild von der echten, lebendigen Becca.»

Das Foto ist unscharf und zeigt eine junge Frau im Profil. Das brünette Haar weht ihr ins Gesicht, sodass man nicht wirklich viel erkennen kann. Dennoch bin ich davon überzeugt, dass es Becca ist. Und Eileen ist es auch, da bin ich sicher. Ich erkenne es daran, wie sie den Salat an die Brust presst, während sie auf den Bildschirm meines Handys starrt. Es sieht aus, als würde sie sich daran festhalten.

Nur Michelle will davon nichts hören. «Das ist Eileen. Ohne jeden Zweifel», erklärt sie mit fester Stimme und gibt mir das Handy zurück.

«Aber ich habe kein Foto von Eileen gemacht.»

Michelle bleibt gelassen. «Und wie, bitte schön, soll dieses Foto sonst auf dein Handy gekommen sein? Denk doch mal nach.»

Ich kneife mir in den Handrücken. Michelle hat recht, wir müssen das Ganze rational angehen. Wenn ich nicht gestern Nacht der vermeintlichen Becca über die Insel gefolgt wäre, wäre das auch mein erster Impuls gewesen.

Aber der Anblick der Gestalt im weißen Kleid, auch wenn es sich später als Eileen im Nachthemd herausgestellt hat, sitzt mir noch in den Knochen.

Außerdem habe ich wirklich kein Foto von Eileen gemacht, ganz bestimmt nicht. Ich habe die Kamera in meinem Smartphone vorhin, als wir die Selfies gemacht haben, zum ersten Mal benutzt, seit wir auf der Insel sind.

«Also gut», sage ich. «Checken wir die Fakten.» Ich lasse mir die Eigenschaften des Fotos anzeigen. Es wurde definitiv mit meiner Handykamera geschossen, und zwar gestern Vormittag. Kein altes Bild von Becca also, das jemand auf das Handy überspielt hat. «Das Foto ist von gestern. Uhrzeit: acht Minuten nach zehn.»

«Da waren wir im Wald.» Eileen hat den Salat weggelegt und sich zu uns gesetzt.

«Eben», sagt Michelle triumphierend. «Das Bild wurde draußen geschossen, es zeigt Eileen vor der Felswand im Wald. Vermutlich hast du beim Fotografieren gar nicht gemerkt, dass sie mit auf dem Bild war. Oder du hast den Auslöser versehentlich gedrückt.»

«Aber ich hatte das Handy gar nicht dabei», wende ich ein. «Erinnert ihr euch nicht? Es lag auf der Fußmatte, als wir zurückkamen.»

Das lässt Michelle verstummen. Sie fährt mit dem Finger über den Handybildschirm. «Und du bist sicher, dass du es nicht erst hast fallen lassen, als wir vor der Tür standen? Beim Aufmachen vielleicht?»

«Ganz sicher. Außerdem hat Eileen die Tür geöffnet.»

Eileen knetet ihre Unterlippe. «Jemand hat das Handy genommen und das Foto damit geschossen.»

«Aber warum? Das ergibt doch keinen Sinn.» Ich schüttle den Kopf.

«Um uns zu verunsichern.» Michelle schlägt mit der Hand auf die Tischplatte. «Ich habe langsam genug von diesem Katz-und-Maus-Spiel. Ich finde, wir sollten packen und aufbrechen. Das bringt doch alles nichts.»

«Das sehe ich genauso.» Eileen legt die Hände flach auf den Tisch, betrachtet ihre Finger. Mir fällt auf, dass sie noch Erde von gestern Nacht unter den Nägeln hat. «Ich war ja von Anfang an dagegen, dass wir uns von diesem Unbekannten an der Nase herumführen lassen.»

«Ihr wollt wegfahren, ohne zu wissen, wer uns hergelockt hat und warum?», frage ich.

«Wir sind auf die Insel gekommen, um die Wahrheit über Becca zu erfahren, ist es nicht so?» Michelle sieht erst mich, dann Eileen an.

Ich nicke.

«Und? Sind wir in der Beziehung auch nur einen einzigen Schritt weitergekommen? Wissen wir irgendetwas, das wir vorher nicht wussten?»

«Nein», gebe ich nach kurzem Überlegen zu. «Aber vielleicht haben wir nicht gründlich genug nachgeforscht. Vielleicht müssen wir genauer hinschauen.»

«Und wohin sollen wir schauen, bitte schön?» Michelle hat die Stimme erhoben.

«Ich weiß es doch auch nicht. Aber ich finde, wir sollten nichts unversucht lassen. Wir haben nur noch wenige Stunden, nutzen wir sie.» Ich blicke hilfesuchend zu Eileen.

Doch die studiert noch immer ihre Finger. Jetzt zieht sie

sie abrupt weg und vergräbt sie auf dem Schoß. Vielleicht ist ihr die Erde unter den Nägeln aufgefallen, und sie will nicht von Michelle darauf angesprochen werden.

«Und wie möchtest du die Zeit nutzen?», fragt Michelle. «Was willst du tun?»

«Keine Ahnung. Wir könnten das Haus durchsuchen. Gründlich, meine ich. Auch den Speicher und den Keller.»

«Das hat die Polizei doch getan. Glaubst du wirklich, wir finden nach sechzehn Jahren den Hinweis, den damals alle übersehen haben? Wenn es den gäbe, warum hat die Person, die die Einladungen verschickt hat, nicht einfach die Polizei alarmiert?»

Ich lasse die Schultern hängen. «Das weiß ich doch auch nicht.»

«Wisst ihr, was ich glaube?» Michelle verschränkt die Arme. «Irgendwer hat uns so richtig auf den Arm genommen. Wer weiß, vielleicht ist jemand im Internet auf die alte Geschichte gestoßen, in einem Video über Menschen, die spurlos verschwunden sind zum Beispiel. So was gibt es doch zuhauf. Und er dachte sich, hey, das ist eine tolle Geschichte, da kann ich was draus machen.»

«Aber warum sollte er das tun, wenn er gar nichts mit uns oder Becca zu tun hat?»

«Weil er sich daran aufgeilt, Macht über fremde Menschen zu haben, was weiß ich.»

«Was sagst du dazu, Eileen?», frage ich.

«Ich finde, wir sollten aufbrechen. Ich hatte von Anfang an ein komisches Gefühl. Irgendwer ist hier. Und er führt nichts Gutes im Schilde. Wenn er uns helfen wollte, wäre er längst aufgetaucht.»

«Meine Rede.» Michelle erhebt sich von ihrem Stuhl. «Zwei zu eins, Lara. Du kannst ja hierbleiben, wenn du willst. Ich habe jedenfalls keine Lust mehr, mich von einem durchgeknallten Psychopathen an der Nase herumführen zu lassen. Ich gehe jetzt packen.» Sie wendet sich ab und stapft die Treppe hinauf.

Eileen und ich bleiben am Küchentisch zurück.

«Glaubst du das mit dem Psychopathen?», fragt sie.

«Nein.»

«Aber es wäre doch möglich.»

«Das ist Quatsch. Ein Psychopath, der drei Frauen auf einmal in die Falle lockt? Und dazu auch noch zwei Männer? Was sollte der wollen?» Ich denke an die Serienkiller in Jessies Romanen. Die gehen definitiv anders vor, picken sich ihre Opfer einzeln heraus, brutal und ohne Vorwarnung. Und ganz bestimmt lassen sie ihnen kein Boot da, mit dem sie fliehen können.

«Vielleicht will er uns in den Selbstmord treiben, aus Rache für Beccas Tod.»

Ich starre Eileen an. Michelles Worte hämmern in meinem Kopf. *Ich mache mir Sorgen um sie.* Verdammt, hätte ich Michelle von gestern Nacht erzählen sollen?

«Denk doch mal nach, Eileen», sage ich. «Wer bitte schön sollte uns wegen Becca etwas Böses wollen? Und dann auch noch sechzehn Jahre nach ihrem Verschwinden? Wir haben ihr doch gar nichts getan.»

«Aber *jemand* könnte das glauben.» Sie betont das Wort jemand so merkwürdig, dass ich verwirrt bin.

«Denkst du an eine bestimmte Person?»

«Becca», flüstert sie kaum hörbar.

«Was?»

«Was, wenn sie keine Ruhe findet, weil sie uns die Schuld an ihrem Tod gibt? Wenn ihr Geist deshalb hier herumspukt?» Sie leckt sich über die Lippen. «Ich habe gehört, dass Verstorbene manchmal auf Fotos auftauchen.» Sie tippt auf mein Handy. «Das auf dem Foto bin ich nicht. Ganz sicher.» Sie senkt die Stimme. «Es ist Becca.»

Mir bricht der Schweiß aus. Michelle hatte recht, Eileen dreht völlig am Rad. Wie gut, dass wir aufbrechen.

Ich räuspere mich. «Es gibt keine Geister von Verstorbenen, die herumspuken, Eileen, weder auf Fotos noch im Wald oder sonst irgendwo. Becca ist tot, sie ist nicht mehr da. Ihre Gebeine liegen vielleicht irgendwo auf dem Meeresgrund, aber sie selbst existiert nicht mehr. Und sie wandelt auch nicht als Gespenst umher. Es gibt für alles eine rationale Erklärung.»

«Du hast ja keine Ahnung!» Sie schiebt abrupt den Stuhl zurück und steht auf. «Für dich ist es leicht. Du verkriechst dich in deiner Autistenwelt, und wir müssen die Scheiße wegräumen.»

Ich schnappe nach Luft. «Asperger gehört zwar zum Spektrum der autistischen Störungen», entgegne ich so ruhig, wie ich kann. «Aber ich bin keine Autistin. Und ich lebe auch nicht in einer anderen Welt.» Meine Finger zittern, mein ganzer Körper zittert. Noch nie, in all den Jahren nicht, hat eine meiner Freundinnen meine Diagnose benutzt, um mich zu beleidigen. Ich bin außer mir.

«Das glaubst du, Lara. Aber es ist nicht wahr!» Eileen wendet sich ab. «Ich packe jetzt. Ich habe echt die Schnauze voll.»

Sie marschiert auf die Treppe zu, gerade als Schritte die Stufen herunterpoltern.

Michelle wedelt mit ihrem Smartphone. «Ich habe Antwort von der Agentur. Ratet mal, wer das Ferienhaus für uns gebucht hat!»

NEUN

Zwanzig Minuten später zieht Michelle die Haustür hinter uns zu, und mein Herz krampft sich zusammen. Es fühlt sich falsch an, einfach abzuhauen. Als würden wir Becca ein zweites Mal im Stich lassen.

Die Person, die das Haus gebucht hat, hat sich gegenüber der Agentur als Becca ausgegeben. Das Ganze wird immer mysteriöser. Ich wüsste gern, wer dahintersteckt und was er mit dieser Einladung bezweckt hat, aber ich bezweifle, dass ich es herausfinden würde, wenn ich allein auf der Insel zurückbliebe. Andererseits kann ich mir nicht vorstellen, morgen einfach wieder zur Arbeit zu gehen und so zu tun, als wäre nichts geschehen. Alles ist anders. Ich bin anders. Die Büchse der Pandora ist geöffnet und lässt sich nicht wieder schließen.

Michelle scheint das nichts auszumachen. Energisch zieht sie ihren silbernen Rollkoffer über den Pfad, die winzigen Räder sträuben sich ratternd und krachend gegen die Tortur, doch Michelle ist gnadenlos. In der rechten Hand hält sie den Kofferbügel, unter dem linken Arm klemmt Beccas Selbstporträt.

All meine Proteste haben nichts genutzt, sie ist fest entschlossen, das Bild mitzunehmen.

«Verpetz mich doch bei der Agentur», hat sie erwidert,

als ich erklärte, dass es auch dann Diebstahl sei, wenn der Eigentümer gar nichts von seinem Besitz wisse. «Ich gebe dir gern die Mailadresse.»

«Aber es ist nicht richtig», wendete ich ein.

«Ach ja? Jemand hat uns unter einem Vorwand hergelockt, hat mit uns gespielt, hat versucht, uns zu Tode zu erschrecken mit irgendwelchen Taschenspielertricks, und du hältst es für verwerflich, dass ich ein Bild mitnehme, das niemandem gehört? Du solltest mal deine Prioritäten überprüfen.»

Ich habe aufgegeben, es Michelle auszureden, weil ich weiß, dass sie sich nie von etwas abbringen lässt, das sie sich einmal in den Kopf gesetzt hat.

Über uns ballen sich finster die Wolken, der Wind wird mit jedem Meter kräftiger. Er treibt uns vor sich her, als wolle er uns Eindringlinge, die es gewagt haben, die Totenruhe zu stören, von der Insel fegen.

Wir haben beschlossen, das Gepäck auf dem Steg abzustellen, überzusetzen und es später zu holen oder holen zu lassen. Vielleicht können Vincent und Leon das erledigen. Das Boot ist eigentlich nur für zwei Personen ausgelegt, aber es sollte möglich sein, dass eine von uns sich zu Füßen der beiden anderen auf den Boden quetscht, sodass keine von uns allein zurückbleiben muss. Ich habe mich bereiterklärt, mich mit dem unbequemen Platz zu begnügen, Michelle wird das Steuer übernehmen, und Eileen wird ihr beim Navigieren helfen. Das sollte nicht weiter schwierig sein, schließlich kann man das Festland von der Insel aus sehen – bei klarem Wetter zumindest.

Als wir aus dem Schutz der letzten verkrüppelten Kiefern heraustreten, reißt eine Böe Michelle das Bild aus der Hand. Sie schreit erschrocken auf, schnappt danach, doch die Leinwand springt davon, holpert über die kahlen Felsen und verschwindet aus unserem Blickfeld.

«Shit.» Michelle schüttelt ihre Finger aus. «Blödes Bild.»

«Es wollte hierbleiben», erklärt Eileen mit Grabesstimme. «Bei Becca.»

Michelle funkelt sie an. «Du hast sie wohl nicht mehr alle.»

Ich kann meine Wut nicht länger zügeln. «Wenn du es nicht unbedingt hättest mitnehmen wollen, wäre das nicht passiert. Jetzt ist es zerstört.»

«Herrgott, Lara. Es ist ein Stück Leinwand, kein Grund, in Tränen auszubrechen.»

«Es war nicht irgendein Stück Leinwand», schreie ich sie an. «Becca hat es gemalt. Es war eins ihrer letzten Bilder. Und du hast es mit deinem Egoismus kaputt gemacht.»

«Du wagst es, mich egoistisch zu nennen? Das ist ja wohl lächerlich. Wer ist denn diejenige, auf die alle anderen ständig Rücksicht nehmen müssen?»

Tränen schießen mir in die Augen. Erst Eileen, jetzt Michelle. «Wie kannst du das nur sagen, Michelle? Das ist nicht fair, und das weißt du genau.»

«Könnten wir bitte weitergehen», geht Eileen dazwischen. «Der Wind wird immer heftiger. Das wird bestimmt keine ruhige Überfahrt.»

Michelle zuckt genervt mit den Achseln. «Nichts lieber als das. Ich war noch nie so froh, irgendwo wegzukommen.»

Die beiden setzen sich wieder in Bewegung, und mir bleibt nichts anderes übrig, als ihnen zu folgen. Ich werfe einen letzten Blick in die Richtung, in die das Bild fortgeweht ist, dann reiße ich mich los.

Endlich kommen wir um die Biegung, von der aus es nur noch ein kurzer, steiler Abstieg bis zur Anlegestelle ist. Ich beschleunige, um die beiden einzuholen, als Michelle so abrupt stehen bleibt, dass Eileen gegen ihren Koffer prallt.

«Au, verflucht!» Sie bückt sich und reibt über ihr Schienbein. «Muss das sein? Das hat weh getan.»

«Reg dich ab, wir haben andere Probleme.»

Ich schließe auf. «Was ist denn los?»

«Sieh selbst.» Michelle tritt zur Seite.

Ich recke den Hals, Eileen steht neben mir. Unter uns liegt der Steg, das Meer ist grau und aufgewühlt, Wellen lecken am Holz, hin und wieder rollt eine zischend und gurgelnd über die Planken, die salzig nass glänzen. An der Stelle, wo das kleine Boot lag, ist ein Stück blaues Tau um einen Holzpflock geschlungen. Sonst nichts. Das Boot ist fort.

Ich brauche genau drei Sekunden, dann schießt mein Blick zu der Stelle, die sich in mein Gedächtnis eingebrannt hat. Die Stelle, wo vor sechzehn Jahren das gekenterte Boot auf dem Wasser dümpelte.

Doch da ist nichts, nur die endlose, aufgebracht schäumende See.

Michelle kümmert sich um Eileen, die eine Panikattacke hat und hysterisch herumheult, während ich Vincent anrufe. Er geht nach dem dritten Klingeln ran.

«Hej.»

«Vincent? Lara hier.»

«Lara, hallo, geht es dir gut? Ist alles in Ordnung bei euch?»

«Wie man's nimmt. Unser Boot ist weg.»

«Was soll das heißen, es ist weg?»

«Es liegt nicht mehr am Steg. Wir wollten aufbrechen, wir hatten keine Lust mehr, länger hier ... ach, das kann warten. Jedenfalls sitzen wir fest, und Eileen dreht gerade durch.»

«Okay. Ich muss noch was klären, aber wir kommen, so schnell wir können. Schließt euch im Haus ein.»

«Beeilt euch, die See ist ziemlich aufgewühlt. Ich fürchte, ein Sturm zieht auf.»

«Wir sind spätestens in einer Stunde da.»

«Danke.»

«Lara?»

«Ja?»

«Pass auf dich auf, ja?»

Da es nach Regen aussieht und wir nicht wissen, wann die Männer tatsächlich hier auftauchen, bugsieren wir unser Gepäck wieder nach oben. Es ist ein schweigsamer Marsch durch den heulenden Sturm, so ganz anders als bei unserer Ankunft auf der Insel vor zwei Tagen.

Auf halber Strecke greift Michelle nach meinem Arm. «Tut mir leid wegen eben, Lara. Das hätte ich nicht sagen dürfen.»

«Schon gut.»

«Nein, nicht gut. Ich habe mich über meine eigene Blödheit geärgert und es an dir ausgelassen. Vergeben?»

Ich lächle sie an. «Vergeben und vergessen.»

Wir gehen weiter, schließen zu Eileen auf, die schon fast die Kuppe erreicht hat. Ich atme erleichtert auf, als das Haus endlich in Sicht kommt. Wenigstens ist es drinnen trocken und warm. Wir sind fast da, als plötzlich eine Frau um die Hausecke biegt.

Wie vom Donner gerührt bleiben wir stehen. Alle vier. Starren uns an. Michelle, Eileen und ich starren Becca an, und Becca starrt zurück. Diesmal besteht kein Zweifel, es ist Becca, und sie ist eindeutig aus Fleisch und Blut. Kein Geist, keine optische Täuschung, kein Phantom aus der Vergangenheit. Unsere Freundin Becca, die lebendige echte Becca steht da, in Jeans und Windjacke, keine fünfzig Meter von uns entfernt.

Becca hat sich schneller wieder gefasst als wir, sie wendet sich abrupt ab und verschwindet auf dem gleichen Weg, auf dem sie gekommen ist. Wir lassen Koffer und Taschen fallen und rennen ihr hinterher. Ich erreiche die Hausecke als Erste, doch Becca ist fort.

Da ist nur der Geräteschuppen, noch dichter als damals mit Gestrüpp und Ranken überwuchert, und ein Stück weiter zwischen einer Baumgruppe der alte Brunnenschacht und der Verschlag mit dem Stromgenerator.

Wir suchen alles ab, den Schuppen, den Verschlag, jeden Busch, jeden Strauch, wir spähen sogar hinunter in den Brunnenschacht, der halb zugeschüttet und nur ungefähr vier Meter tief ist. Von Becca keine Spur.

«Verdammt, sie kann sich doch nicht in Luft aufgelöst haben», schimpft Michelle.

«Wenn sie ein Geist ist, kann –»

«Das war kein Geist», fahren Michelle und ich sie gleichzeitig an.

«Und wo ist sie dann?»

«Sie muss zwischen den Bäumen hindurch zum Waldpfad gelaufen sein», sage ich.

«Jedenfalls müssen wir sie finden.» Michelle verschränkt die Arme. «Und zur Rede stellen.»

«Aber ...» Eileen sieht Michelle beschwörend an.

«Los, wir bringen das Gepäck ins Haus, und dann durchkämmen wir die Insel. So groß ist sie ja nicht. Wäre doch gelacht, wenn wir sie nicht finden würden.»

Wir tragen die Taschen hinein, stellen alles in der Küche ab. Michelle kramt den Elektroschocker aus der Handtasche.

«Was hast du vor?», frage ich.

«Gar nichts. Ich will nur auf Nummer sicher gehen. Ich hatte genug böse Überraschungen für ein Wochenende.»

«Du glaubst doch nicht, dass Becca uns etwas antun will?»

«Und du glaubst doch nicht, dass es wirklich Becca ist?», fragt sie zurück.

Verblüfft starre ich sie an. «Aber sie sieht genauso aus wie Becca.»

«Warum sollte sie dann vor uns weglaufen?»

«Vielleicht ist sie sauer. Vielleicht haben wir damals irgendetwas getan ...»

«Sodass sie sechzehn Jahre später diesen Hokuspokus mit uns veranstaltet?» Michelle wedelt mit dem Elektroschocker. «Du bist doch sonst immer so rational, Lara. Denk nach, traust du ihr das wirklich zu?»

Ich blicke aus dem Fenster, zu der Stelle, wo Becca oder wer auch immer eben stand. «Ich weiß nicht. Sie hat manchmal seltsame Dinge getan.»

«Die Spinnen», flüstert Eileen. Sie sieht elend aus, zittert am ganzen Körper. «Erinnert ihr euch, wie sie das mit den Spinnen gemacht hat?»

«Außerdem wissen wir nicht, was ihr in der Zwischenzeit widerfahren ist», ergänze ich, ohne auf Eileens Einwurf einzugehen. Ich suche verzweifelt nach einer Erklärung, greife nach Strohhalmen. «Sie könnte traumatisiert sein. Womöglich war sie jahrelang irgendwo eingesperrt, von einem Psychopathen, der sie wie eine Sklavin gehalten hat. Und sie konnte sich jetzt erst befreien.» So wie in einem der Thriller, die Jessie immer liest, ergänze ich stumm. Solche Dinge passieren. Nicht nur in Geschichten. «Oder sie hatte das Gedächtnis verloren und sich jetzt erst erinnert.»

«Und weil sie keine Erinnerung hatte, ist sie auch nicht gealtert, ja?» Michelle schüttelt den Kopf.

Ich schlucke, dann begreife ich. Die Frau, die ich gesehen habe, sah genau wie Becca aus, aber wie Becca vor sechzehn Jahren, so als wäre sie keinen Tag älter als damals. Als wäre sie noch immer neunzehn. Meine Gedanken überschlagen sich. Es muss eine Doppelgängerin sein, die jemand engagiert hat, um uns ... ja, um was eigentlich? Uns zu verwirren? Zu erschrecken?

Mir kommt ein anderer Gedanke. «Könnte es sein, dass diese Frau sich für Becca hält?»

Michelle legt den Kopf schief. «Wie das?»

«Keine Ahnung. Sie könnte psychisch krank sein, irgendeine Persönlichkeitsstörung haben, und sie könnte in der Zeitung oder im Internet von dem alten Fall gelesen haben und das Foto von dem verschwundenen Mädchen gesehen haben, die genauso aussieht wie sie ...»

«Und daraufhin lockt sie drei wildfremde Frauen hierher? Warum?»

«Keine Ahnung.»

«Ich glaube nicht, dass darüber noch berichtet wird», sagt Michelle und winkt ab.

«Du hast selbst eben gesagt –»

«Aber jetzt glaube ich das nicht mehr», unterbricht sie mich. «Becca ist doch für die Polizei längst abgehakt. Eine Wasserleiche, die nie gefunden wurde. Wenn sie an Land verschwunden wäre, dann vielleicht. Aber durch das gekenterte Boot war die Sache doch für alle ziemlich schnell klar.»

«Für mich nicht.»

«Ich weiß. Du konntest es nie akzeptieren.»

«Du etwa?» Ich kneife mir in die Hand, ich will nicht schon wieder mit Michelle streiten.

«Ich habe mich damit abgefunden, dass wir die Wahrheit nie erfahren werden.»

«Warum bist du dann hergekommen?»

«Weil ich wissen wollte, wer hinter der Einladung steckt.» Michelle fährt sich durch das Haar, sie wirkt ungeduldig. «Und was diese Person von uns will.»

Ich nicke, reibe mir über den schmerzenden Handrücken. «Ich glaube ja auch nicht, dass sie noch lebt. Sie ist tot, das habe ich längst kapiert. Aber es macht mich fertig, nicht zu wissen, was genau passiert ist. Ich dachte, ich hätte es hinter mir gelassen, ich dachte, ich könnte auch ohne Antworten weiterleben. Aber so ist es nicht. Seit ich den Brief bekommen habe, weiß ich, dass die Fragen all die Jahre an mir genagt haben. Es ist, als würden sie mich von innen her aushöhlen. Wenn ich wüsste, warum Becca in dieses verdammte Boot gestiegen ist, wenn ich wüsste, warum das Boot gekentert ist, ob es Absicht war oder ein Unglück, dann könnte ich ... ich weiß nicht, inneren Frieden finden, endlich loslassen.»

«Da wäre ich an deiner Stelle nicht so sicher», sagt Eileen.

Erst jetzt fällt mir auf, dass sie die ganze Zeit wortlos zugehört hat. Sie zittert noch immer. Ihre Jacke ist viel zu dünn. Sie hätte wärmere Anziehsachen mitbringen sollen. Sie hat schon früher ständig gefroren.

«Wie meinst du das?», frage ich.

«Du weißt doch nicht –»

«Wir sollten uns endlich auf die Suche machen», mahnt Michelle. «Je mehr Vorsprung diese Frau hat, desto besser kann sie sich verstecken.»

«Oder mit unserem Boot abhauen», ergänze ich. Und das will ich auf keinen Fall. Nur wenn wir die falsche Becca finden, bekommen wir Antworten.

«Du glaubst, sie hat es irgendwo versteckt?», fragt Eileen.

«Wäre doch naheliegend. Sie hätte damit um den Felsen herum zur Bucht fahren können.»

«Guter Gedanke.» Michelle macht ein grimmiges Gesicht. «Also, lasst uns aufbrechen.»

«Ich finde, wir sollten im Haus bleiben, hier sind wir sicher.» Eileen setzt sich auf einen Stuhl.

«Ich habe keine Angst», verkündet Michelle.

«Vielleicht ist das ein Fehler.»

«Komm schon. Wenn diese Frau uns etwas hätte antun wollen, hätte sie mehr als einmal die Gelegenheit dazu gehabt, oder nicht?»

Eileen nickt. Sie steht auf, kramt das Pfefferspray aus ihrer Handtasche und stellt sich neben Michelle. Sie macht ein entschlossenes Gesicht, aber ihre Finger zittern noch immer.

«Lara, was ist mit dir?»

«Eine Sekunde.» Ich ziehe die Küchenschublade auf und nehme das schärfste Messer heraus, das ich finde. Die Klinge glänzt und ist fast so lang wie meine Hand. «Ich bin bereit.»

«Dann los.» Michelle greift nach der Türklinke. «Wir teilen uns auf. Lara sucht hier ums Haus herum noch einmal alles gründlich ab. Und auf dem Pfad zum Bootssteg. Eileen und ich nehmen den Waldweg. Unten in der Senke, wo er sich teilt, geht sie zu der Bucht, wer weiß, vielleicht liegt da im Schilf ja wirklich das Boot. Ich laufe weiter bis zum Sommerhaus und dann den Hügel hinauf. Haltet Augen und Ohren offen. Dieses Miststück muss irgendwo sein, so viele Verstecke gibt es auf der Insel nicht.»

«Ich finde, wir sollten zusammenbleiben», wende ich ein.

Eileen wirft mir einen dankbaren Blick zu. «Das sehe ich genauso.»

«So finden wir sie nicht, glaubt mir. Wir müssen uns trennen, uns über die Insel verteilen, damit sie uns nicht alle drei im Auge behalten kann.»

Michelles Logik ist bestechend. Andererseits habe ich Vincents besorgte Worte noch im Ohr. *Bleibt zusammen, wenn ihr draußen seid.*

«Und?» Michelle drückt die Klinke runter. «Seid ihr bereit?»

Ich schiebe meine Bedenken zur Seite. Wir suchen eine junge Frau, keinen blutdürstigen Serienkiller. «Einverstanden, machen wir es so.»

«Eileen?»

«Meinetwegen.»

«Perfekt.» Michelle öffnet die Tür und blickt auf die Uhr. «Es ist halb elf. In einer halben Stunde treffen wir uns wieder hier.»

Ich bleibe vor der Haustür stehen, bis die beiden im Wald verschwunden sind. Als ich sie nicht mehr sehe, wende ich mich ab und nehme mir noch einmal systematisch das Grundstück vor, den Schuppen, den Generatorverschlag und den Kellereingang, eine hölzerne Falltür auf der Rückseite des Hauses, die jedoch mit einem rostigen Vorhängeschloss gesichert ist. Während ich suche, bewegen sich meine Lippen pausenlos. Es beruhigt mich, und da niemand in der Nähe ist, besteht auch kein Grund, mich zusammenzureißen.

Die «Schwalbe» fliegt über den Eriesee,
Gischt schäumt um den Bug wie Flocken von Schnee;
Von Detroit fliegt sie nach Buffalo –
Die Herzen aber sind frei und froh ...

Ich finde nichts, nicht einmal einen Fußabdruck. Inzwischen regnet es, dicke Tropfen klatschen vom Himmel, und ich fange an zu frieren. Trotzdem mache ich mich auf den Weg zum Bootssteg, schaue dabei in jedes Gebüsch, klettere auf Felsbrocken, um die Umgebung zu überblicken. Etwa auf halber Strecke zum Steg zweigt ein kaum erkennbarer Trampelpfad ab. Kurz entschlossen nehme ich ihn. Er endet nach wenigen Schritten vor einem Gestrüpp, doch als ich mich hindurchgezwängt habe, geht er auf der anderen Seite weiter. Von hier führt er steil den Hügel hinab und verliert sich in einer Gruppe mannshoher Felsklötze, die auf unheimliche Weise lebendig aussehen. Unwillkürlich schaudere ich.

Der Regen peitscht mir ins Gesicht, ich kann nur wenige Meter weit sehen, und ich glaube nicht daran, dass ich etwas finden werde. Ein Blick auf die Uhr verrät mir, dass ich noch keine zehn Minuten unterwegs bin. Ich erreiche einen toten Baum, der seine laublosen Äste in den Himmel streckt, und halte einen Moment inne, um mich zu orientieren. Hinter den Felsklötzen müsste man eigentlich freie Sicht auf die Bucht haben.

Ich will wieder loslaufen, doch plötzlich knackt es hinter mir, und ich erstarre. Gegen meinen Willen bewegen sich meine Lippen.

Und in die Brandung, was Klippe, was Stein,
Jagt er die «Schwalbe» mitten hinein.

Im nächsten Augenblick kracht es ohrenbetäubend, dann explodiert etwas in meinem Kopf, ein Schwindel erfasst mich, und alles wird dunkel.

Protokoll der Vernehmung des Zeugen Vincent Molitor

ORT: Polizeistation, Järnvägstorget 5, Karlskrona
DATUM: Montag, 18.8.2003
Anwesend sind Polizeikommissar Johan Berggren und Polizeiinspektorin Karin Samuelsson

BERGGREN: Wie lange wohnst du schon in Schweden, Vincent?
MOLITOR: Meine Familie ist aus Deutschland hergezogen, als ich acht war.
BERGGREN: Und? Lebst du gern hier?
MOLITOR: Es ist mein Zuhause.
BERGGREN: Du wirst also auch zum Studium hierbleiben?
MOLITOR: Ja. Medizin in Stockholm.
BERGGREN: Hast du Geschwister?
MOLITOR: Einen Bruder, drei Jahre jünger.
BERGGREN: Erzähl mir von den vier jungen Frauen.
MOLITOR: Die haben auf der Insel Urlaub gemacht. Das Haus gehört Becca, glaube ich. Sie hat es geerbt.
BERGGREN: Magst du sie?
MOLITOR: Sie ist okay. Ein bisschen verrückt, aber okay.
BERGGREN: Und Lara Jordan?
MOLITOR: Auch nett. Warum wollt ihr das wissen?

BERGGREN: Ich habe gehört, dass du Lara mehr als nur nett findest.
MOLITOR: Ich wüsste nicht, was euch das angeht.
BERGGREN: Eine junge Frau ist verschwunden, wir müssen rekonstruieren, was passiert ist. Und dafür müssen wir wissen, wer wie zu wem stand.
MOLITOR: Ich dachte, Becca wäre mit dem Boot verunglückt. Stimmt das gar nicht?
BERGGREN: Es sieht so aus. Fragt sich nur, wohin sie mitten in der Nacht wollte. Und warum. Also, wie stehst du zu Lara Jordan?
MOLITOR: Meinetwegen, ja, ich mag Lara, sehr sogar. Zufrieden?
BERGGREN: Obwohl sie ein bisschen ... ungewöhnlich ist?
MOLITOR: Mich stört das nicht. Ich habe einen Cousin, Ben, der Autist ist. Er lebt in Deutschland, aber im Sommer besucht er uns immer. Ich komme gut mit ihm klar. Mit Lara ist es ein bisschen wie mit Ben, nur nicht ganz so extrem.
BERGGREN: Und erwidert Lara deine Gefühle?
MOLITOR: Das solltest du sie selbst fragen.
BERGGREN: Du musst doch zumindest eine Ahnung haben.
MOLITOR: Ich glaube, dass sie Angst davor hat, sich auf eine Beziehung einzulassen. Und das kann ich gut verstehen. Zwischenmenschliches ist immer kompliziert, für jemanden wie sie muss es besonders furchteinflößend sein.
BERGGREN: Du hast ausgesprochen viel Verständnis für Lara.

MOLITOR: Ist das ein Problem?

BERGGREN: Natürlich nicht. Höchstens ungewöhnlich für einen so jungen Menschen. Erzähl uns von Samstagabend.

MOLITOR: Wir haben gegrillt und ziemlich viel getrunken. Zu viel. Aber es war eben der Abschiedsabend.

BERGGREN: Gab es Streit?

MOLITOR: Nein. Natürlich nicht.

BERGGREN: Was war mit dir und Lara? Seid ihr euch nähergekommen?

MOLITOR: Das geht die Polizei nun wirklich nichts an.

BERGGREN: Habt ihr beide euch zwischendurch von der Gruppe abgesetzt?

MOLITOR: Nein. Sie ist ziemlich früh eingeschlafen, hatte wohl zu viele Cocktails getrunken. Ich habe sie auf einen Liegestuhl gelegt und zugedeckt. Ich dachte, dass sie sich vielleicht nur kurz ausruhen muss. Aber sie ist nicht mehr aufgewacht, deshalb habe ich sie irgendwann ins Haus getragen.

BERGGREN: In das Zimmer, das sie mit Rebecca geteilt hat?

MOLITOR: Nein, die Treppe ist zu eng. Ich habe sie im Wohnzimmer aufs Sofa gelegt.

BERGGREN: Bist du bei Lara geblieben?

MOLITOR: Nein. Warum hätte ich das tun sollen?

BERGGREN: Und dein Freund? Was hat der an dem Abend gemacht?

MOLITOR: Leon? Ich glaube, er und Becca haben sich zwischendurch mal verdrückt, zumindest habe ich beide eine Weile lang nicht gesehen. Und Michelle hat so was angedeutet. Ich habe, ehrlich gesagt, kaum auf die anderen geachtet.

BERGGREN: Hatten sie Streit?

MOLITOR: Leon und Becca? Nein, nicht dass ich wüsste. Du glaubst doch nicht, dass er ...

SAMUELSSON: Dass er was?

MOLITOR: Na ja, etwas mit Beccas Verschwinden zu tun hat. Das hat er nämlich ganz bestimmt nicht. Er macht sich echt Sorgen um sie. Ihm liegt was an ihr. Wusstest du, dass er sich sogar mit Kunst beschäftigt hat, um sie zu beeindrucken?

SAMUELSSON: Und Rebecca? Was hat sie dazu gesagt?

MOLITOR: Keine Ahnung. Jedenfalls hat Leon ihr bestimmt nichts getan.

BERGGREN: Du weißt von seiner Vorstrafe?

MOLITOR: Das ist Jahre her. Der Typ hat ihn provoziert, ich war dabei.

SAMUELSSON: Es gibt auf der Insel ein weiteres Gebäude. Eine kleine Hütte im Wald. Das Sommerhaus. Kennst du es?

MOLITOR: Möglich. Warum?

SAMUELSSON: In der Hütte wurde ein benutztes Kondom gefunden.

MOLITOR: Ja, und? Das lag vermutlich schon ewig da rum.

SAMUELSSON: Das Kondom war frisch. Gut möglich, dass sich DNA daran nachweisen lässt.

Der Zeuge schweigt.

SAMUELSSON: Vincent, hast du eine Ahnung, wer in der Hütte Sex hatte?

MOLITOR: Es war ...

SAMUELSSON: Es war was?

MOLITOR: Ein Ausrutscher.

SAMUELSSON: Das musst du mir erklären.

MOLITOR: Lara hat Angst vor einer Beziehung, das habe ich ja schon erklärt. Sie glaubt, dass es nicht gutgehen kann, weil sie ... weil sie so ist, wie sie ist. Vor ein paar Tagen bin ich allein durch den Wald gelaufen, ich brauchte Ruhe, Abstand, weil Lara und ich ...

SAMUELSSON: Ihr habt gestritten?

MOLITOR: Nicht richtig, nein. Wir hatten nur eine Meinungsverschiedenheit. Und dann tauchte diese Eileen auf und war so verdammt verständnisvoll.

SAMUELSSON: Du hast mit Eileen Haardt geschlafen? In dieser Hütte?

MOLITOR: Ich wollte es nicht. Es ist einfach passiert. Ich schäme mich dafür, das war keine Glanzleistung.

SAMUELSSON: Weiß Lara davon?

MOLITOR: Ich habe es ihr nicht gesagt. Und Eileen bestimmt auch nicht.

SAMUELSSON: Und es ist nur dieses eine Mal passiert?

MOLITOR: Ja, natürlich. Eileen ist nett, aber ... Werdet ihr Lara davon erzählen?

SAMUELSSON: Kommt darauf an, ob es für die Ermittlungen relevant wird.

MOLITOR: Das würde sie mir nicht verzeihen.

SAMUELSSON: Ich dachte, ihr hättet keine Beziehung.

MOLITOR: Aber sie bedeutet mir viel. Sie ist ein besonderer Mensch.

SAMUELSSON: Könnte es sein, dass jemand Eileen und dich in der Hütte gesehen hat?

MOLITOR: Ich hoffe nicht.

SAMUELSSON: Da war angeblich noch ein Mädchen auf der Insel. Eine Einheimische vermutlich.

MOLITOR: Ich habe niemanden sonst gesehen.

SAMUELSSON: Was, glaubst du, ist mit Becca geschehen?

MOLITOR: Ich habe keine Ahnung.

BERGGREN: Hattest du den Eindruck, dass sie depressiv war?

MOLITOR: Depressiv? Auf keinen Fall.

BERGGREN: Es ist möglich, dass sie schwanger war.

MOLITOR: Echt? Das wusste ich nicht. Auf mich wirkte sie ziemlich, hm, unbeschwert. In sich ruhend. Eine Frau, die weiß, was sie will. Hin und wieder war sie ein bisschen zickig, dann musste man sie in Ruhe lassen, aber ich hatte nicht den Eindruck, dass sie Sorgen hatte.

BERGGREN: Gut, das war's fürs Erste.

MOLITOR: Ich wäre euch dankbar, wenn ihr Lara nichts von Eileen und mir erzählen würdet.

BERGGREN: Wie gesagt, das können wir nicht versprechen.

MOLITOR: Ich bin so ein Idiot.

BERGGREN: Vielleicht solltest du selbst reinen Tisch machen.

MOLITOR: Ich glaube nicht, dass sie es verstehen würde. Sie ist so ... so ...

BERGGREN: So was?

MOLITOR: Offen. Ehrlich. Sie würde so etwas niemals tun. Wie könnte sie mir verzeihen, dass ich sie derart hintergangen habe?

BERGGREN: Deine Entscheidung. Falls sie es jedoch von uns erfährt ...

MOLITOR: Schon verstanden. Vielleicht taucht Becca ja bald wieder auf. Lara hat erzählt, dass sie manchmal verrückte Dinge anstellt. Wer weiß, vielleicht ist ihr längst klar, dass sie eine Grenze überschritten hat, und sie ist gerade auf dem Weg hierher.

ZEHN

Als ich zu mir komme, liege ich bäuchlings auf dem sandigen Untergrund, durchnässt und am ganzen Körper zitternd. Etwas Schweres drückt mich zu Boden, etwas Spitzes kratzt an meinem Hals. Ich hebe vorsichtig den Kopf und drehe ihn nach hinten. Ein Ast liegt quer auf meinem Rücken. Das Spitze, das in meinen Hals schneidet, ist das Messer, das ich noch immer fest umklammere.

Benommen setze ich mich auf. Ich blicke auf die Uhr. Ich war mindestens fünf Minuten weggetreten. Überhaupt nicht gut. Ich habe das manchmal, wenn der Stress zu groß ist, dann fährt mein Hirn einfach alle Systeme runter. Keine vernünftige Lösung. Vor allem, wenn ich gerade in einer Situation bin, in der ich meine Sinne beisammenhaben sollte. Auf einer belebten Kreuzung etwa. Wenn mir das Hupen, Motorendröhnen und Reifenquietschen auf einen Schlag zu viel wird. Oder auf einer einsamen Insel, auf der eine Irre herumläuft und versucht, mich zu Tode zu erschrecken. Und das offenbar mit Erfolg.

Ich schiebe den Ast weg und reibe mir über den rechten Unterarm. Er ist aufgescheuert, und die Berührung brennt höllisch. Der Schnitt am Hals ist nicht weiter schlimm, er blutet nicht einmal. Langsam stehe ich auf. Mein Knie tut auch weh. Ein Glück, dass ich nicht gerade auf einer Klippe stand, als ich den Aussetzer hatte. Sonst wäre ich womöglich ins Meer gestürzt. Ich schiebe das Messer in die Jackentasche und beschließe, zum Haus zurückzukehren. Es ist zehn vor elf, und mit dem kaputten Knie werde ich eine Weile für den Rückweg brauchen.

Als ich aufstehe, sehe ich etwas Buntes aufblitzen, das sich in einiger Entfernung zwischen zwei Steinen verklemmt hat. Die Leinwand! Ich humple hin und ziehe sie hervor. Sie ist durchnässt, ein Riss zieht sich über den linken Bildrand, aber ansonsten scheint sie unversehrt.

Das Bild schützend mit der bemalten Seite vor den Bauch gepresst mache ich mich auf den Weg zurück zum Haus, trotze dem Regen und dem Wind mit John Maynard.

Zehntausend folgen oder mehr,
Und kein Aug im Zuge, das tränenleer.
Sie lassen den Sarg in Blumen hinab,
Mit Blumen schließen sie das Grab.

Ein Grab für John Maynard, denke ich, aber keins für Becca, nur der hohle Baum auf dem Friedhof, den ich schon lange nicht mehr aufgesucht habe.

Und die endlose See.

Als ich am Haus ankomme, ist es drei Minuten nach elf. Von Michelle und Eileen keine Spur. Ich ziehe die nasse Jacke aus, lege das Messer auf dem Küchentisch ab, fülle ein Glas mit Wasser und trinke es in kleinen Schlucken. Mein Unterarm brennt noch immer, in meinem Knie sticht es. Ich schäme mich. Da draußen auf dem Felsen habe ich sekundenlang geglaubt, von einem Killer angegriffen zu werden. Dabei war es bloß ein morscher Ast. Wie bescheuert! Ich habe mich von einem Ast ins Bockshorn jagen lassen.

Ich stelle das Glas ab. Den anderen werde ich erzählen, dass ich gestürzt bin. Stimmt ja auch.

Inzwischen ist es zehn nach elf. Ich trete ans Fenster, sehe Michelle den Pfad hochkommen, den Kopf zum Schutz gegen den Regen gesenkt. Endlich.

«Und?», fragt sie, sobald sie vollkommen durchnässt die Küche betritt. «Irgendwas entdeckt?»

«Nur das hier.» Ich deute auf das ramponierte Bild.

«Oh.» Sie lässt sich auf einen Stuhl fallen, begräbt das Gesicht in den Händen.

Mir fällt auf, dass auch sie etwas angeschlagen aussieht. Ihre Hose hat Erdflecken, Blätter und Zweige haben sich in ihren Haaren verfangen, ein kleiner Kratzer verläuft über ihre Stirn. Vielleicht hat sie ebenfalls mit ihren Dämonen gekämpft.

«Und du?», frage ich.

«Ich habe alles abgesucht, habe mich sogar zu diesem verfluchten Sommerhaus durchgekämpft, trotz der Dornenranken.» Sie klopft Dreck von ihrer Jacke. «Keine Spur von dieser Schlampe.»

«Schlampe?»

«Sie hat uns diesen Mist doch eingebrockt.» Michelles Augen funkeln. Dann schimmern plötzlich Tränen darin.

«Schon gut», sage ich.

«Nichts ist gut.» Sie blinzelt, wendet den Blick ab.

«Mir ist auch nach Heulen zumute», gestehe ich. «Wir

sind alle mit den Nerven am Ende. Das ist eine völlig normale Reaktion auf derartigen Stress.»

«Wie gut, dass du mich darauf hinweist, Lara, da wäre ich von allein gar nicht drauf gekommen.» Sie steht abrupt auf und tritt ans Fenster.

Ich frage mich, was ich falsch gemacht habe. Ich wollte sie doch nur trösten. Mein Blick wandert zu Beccas Selbstporträt. Worte blubbern in mir hoch. Ich bewege stumm die Lippen, damit Michelle mich nicht hört.

Ein Auge, wie ein blanker Dolch.

Das Messer liegt noch immer auf dem Tisch. Ich weiß nicht, ob ich es zurück in die Schublade tun soll.

Michelle hat mir den Rücken zugewandt. Ich schaue auf die Uhr. Zwanzig nach elf. Die Männer müssten jeden Augenblick eintreffen, vielleicht legt ihr Boot gerade am Steg an. Und Eileen? Sie hatte doch die größte Angst, warum hält sie es dann so lange da draußen aus?

Könnte es sein, dass sie das Boot gefunden hat und zurück zum Anleger fährt? Möglich wäre es. Michelle hätte das sicherlich gemacht. Aber Eileen? Wahrscheinlicher ist, dass sie Panik gekriegt und sich irgendwo verkrochen hat.

«Ich habe ein komisches Gefühl», sage ich.

«Hm.» Michelle dreht sich um. «Sorry, dass ich dich schon wieder so angefahren habe. Du hast recht, wir sind alle mit den Nerven am Ende. Wird Zeit, dass wir von der Insel verschwinden.»

«Vielleicht sollten wir mit Vincent und Leon zusammen noch einmal alles absuchen.»

«Ich weiß nicht.»

«Irgendwo muss die Frau ja sein.»

Michelle antwortet nicht. Sie zieht ihre Jacke aus, tritt an die Spüle, wäscht sich Gesicht und Hände, trocknet sich ab. Mit den Fingern kämmt sie Laub und Zweige aus ihrem Haar. Sie lächelt. «Ich habe ganz schön mit dem Unterholz gekämpft.»

Und ich mit einem Ast.

Michelle setzt sich zu mir an den Tisch. «Ich weiß nicht, ob wir ihnen wirklich trauen können.»

«Wem?» Ich blicke nervös in Richtung Fenster.

«Vincent und Leon.»

«Du glaubst doch nicht, dass die beiden mit der Frau gemeinsame Sache machen? Warum sollten sie?»

«Keine Ahnung. Ich finde nur, wir sollten vorsichtig sein.»

Mir wird mit einem Mal ganz komisch. Ich habe das Gefühl, auf einer Hängebrücke zu stehen, deren Planken verfault und Seile morsch sind. «Aber sie haben doch auch eine Einladung gekriegt», wende ich ein. «Glaubst du, das haben sie nur vorgetäuscht?»

«Wissen wir es?»

«Welchen Grund sollten sie haben?»

Michelle presst die Lippen zusammen.

«Was denn?», frage ich. Die Brücke unter mir ächzt und knarzt.

«Wusstest du, dass Leon im Gefängnis gesessen hat?»

«Lieber Himmel, nein! Weshalb denn?»

«Er hat jemanden halb totgeschlagen, soviel ich weiß.»

«Ich hatte keine Ahnung.» Ich schüttele den Kopf. Mir war Leon immer ein wenig unheimlich, das ist wahr, aber für einen Schläger hätte ich ihn nie gehalten. «Wann war das denn?»

«Ein oder zwei Jahre, bevor wir ihn kennengelernt haben. Er war noch sehr jung, hat eine Jugendstrafe gekriegt.»

«Wie schrecklich. Glaubst du, er neigt zur Gewalt?»

«Ich schätze mal, davon müssen wir ausgehen. Jedenfalls sollten wir ihm nicht blind vertrauen. Und da Vincent sein bester Freund ist ...»

«Glaubst du, er weiß von der Haftstrafe?»

«Klar. Die beiden kennen sich seit der Grundschule. Vincent war wohl sogar dabei, als es passiert ist.»

«Woher weißt du das alles?»

«Vincent hat damals so was angedeutet. Und nachdem ... nachdem das mit Becca passiert war, habe ich die Polizei danach gefragt. Ich meine, es hätte ja sein können ...» Sie beendet den Satz nicht.

Ein Schauder läuft mir über den Rücken. «O Gott, das glaubst du doch nicht wirklich, oder?»

Michelle zuckt mit den Schultern. «Die Polizei hat es anscheinend nicht geglaubt. Oder zumindest keine Beweise gefunden.»

Wieder schaue ich auf die Uhr. Gleich halb zwölf. «Vielleicht kommen sie gar nicht.»

«Die kommen, da bin ich sicher.» Michelle steht auf und reckt sich.

«Eileen ist noch immer nicht da.»

«Bestimmt taucht sie gleich auf.»

«Sollten wir sie nicht suchen?»

Michelle wirft einen Blick aus dem Fenster, dreht sich um, zieht ihr Handy aus der Tasche. «Ich rufe sie mal an.»

Der schrille Klingelton lässt uns beide zusammenfahren. Er kommt aus Eileens Handtasche, die auf der Anrichte steht.

«Sie hat ihr Handy nicht dabei, Mist.» Michelle schiebt ihr eigenes Telefon zurück in die Tasche.

«Glaubst du, sie ist in Schwierigkeiten? Vielleicht ist diese Frau gefährlicher, als wir dachten.»

«Hoffentlich nicht.» Michelle überprüft ihr Aussehen in der Scheibe der Küchenanrichte. «Falls Eileen tatsächlich in Schwierigkeiten sein sollte, glaube ich ehrlich gesagt eher, dass sie sich selbst hineinmanövriert hat. Vermutlich hat sie sich verlaufen. Oder den Knöchel verstaucht. Oder sonst was Idiotisches gemacht.» Sie tritt zurück ans Fenster.

Ich stelle mich neben sie, spähe nach draußen. Keine Spur von Eileen. Und auch nicht von der anderen Frau. Der falschen Becca. Ich habe nicht die geringste Lust, noch einmal kreuz und quer über die Insel zu laufen, vor allem nicht in dem Regen. Aber es muss wohl sein. «Sollen wir?»

«Ja.» Michelle wirkt genauso wenig begeistert wie ich. «Ich glaube, in dem Schrank im Flur sind Regenmäntel.»

Tatsächlich hängen darin zwei schwere knallgelbe Mäntel, der eine etwas größer als der andere, als gehörten sie einem Mann und einer Frau. Michelle reicht mir den kleineren. Sie ist genauso schlank wie ich, aber einen halben Kopf größer.

Wir streifen die Mäntel über. Ich schnappe mir das Messer, Michelle hat den Elektroschocker noch immer in der Hosentasche.

Als wir vor die Tür treten, peitscht uns sofort der Regen

ins Gesicht. Ich schaue zum Pfad hinüber, vielleicht kommt Eileen ja gerade aus dem Wald. Aber niemand ist dort.

«Wo sollen wir anfangen?» Der Wind zerrt an uns, und ich muss schreien, damit Michelle mich versteht.

«Wir nehmen den Weg, den sie gehen wollte, den Pfad runter in den Wald und dann nach links zur Bucht.»

Wir hasten hintereinander her den Pfad entlang. Als wir den Wald erreichen, wird es ruhiger, die Bäume fangen den Wind ab, auch der Regen ist hier nicht ganz so stark. An der Gabelung unten in der Senke bleibt Michelle stehen und nimmt die Kapuze ab. Regentropfen sprenkeln ihr Gesicht. Die Wimperntusche ist ein wenig verschmiert.

«Hier haben wir uns getrennt. Ich bin weitergelaufen zum Sommerhaus, Eileen hat den Weg zur Bucht genommen.»

«Hat sie noch irgendwas gesagt?»

«Sie hat wieder gemeint, dass wir uns nicht trennen sollten.»

«Sie hatte Angst.»

Michelle reibt sich über das nasse Gesicht. «Ich hätte sie nicht drängen sollen.»

«Lass uns weitersuchen.»

Der Wald endet nach etwa fünfzig Metern, und der Wind klatscht uns wieder mit voller Wucht den Regen gegen die linke Körperseite. Ich halte die Kapuze fest, zwinge mich, den Kopf hochzuhalten, denn wenn ich nur auf den Boden starre, finde ich Eileen bestimmt nicht. Das ständige Jaulen und Pfeifen und Trommeln macht mir zu schaffen, ich merke, wie meine Nerven anfangen zu kribbeln. Zur Beruhigung sage ich den Erlkönig einmal von Anfang bis

Ende auf, bei dem Lärm kann Michelle mich ohnehin nicht hören.

Während ich die Verse zitiere, mich an den vertrauten Klang der Silben klammere, halte ich nach Eileen Ausschau. Doch ich sehe nichts als kugelige Felsblöcke, die aus dem moosigen Gras aufragen, Wacholderbüsche und die gebeugte Gestalt von Michelle, die sich vor mir durch das Unwetter kämpft.

Ich komme am Ende des Gedichts an, und das letzte Wort hallt in meinem Kopf wider. *Tot. Tot. Tot.* Warum habe ich ausgerechnet den Erlkönig ausgesucht?

Vor uns taucht Schilfrohr aus dem Regenschleier auf. Wir haben die Bucht erreicht. Becca hat einmal erzählt, dass hier ursprünglich ein See war, an dessen Ufer Schilf wuchs, so hoch, dass man sich darin verstecken konnte. Der See ist zu einer Art Sumpf versandet, der nahezu nahtlos ins Meer übergeht. Nur das Schilf ist geblieben, das im Wind hin und her wogt und Wellen schlägt wie das Meer.

Michelle dreht sich zu mir um. «Wir laufen bis zum Ufer», ruft sie. «Bleib dicht hinter mir, ich habe keine Lust, dich auch noch zu verlieren.»

Sie wendet sich wieder ab, bevor ich Einwände erheben kann, und stapft los. Ich habe keine Wahl, tauche hinter ihr in das Meer aus Halmen, die Hände schützend vor mir ausgestreckt, damit die Wedel mir nicht ins Gesicht schlagen.

Obwohl der Regen und der Wind solchen Lärm machen, höre ich die trockenen Halme unter mir ploppen und knacken, ein seltsamer hohler Laut, und ich höre auch, wie sie sich um mich herum wispernd aneinander reiben.

Tot, flüstern sie mir mit tausend Stimmen zu. *Tot, tot, tot.*

Vor mir bleibt Michelle abrupt stehen. «Scheiße», stößt sie hervor und hebt ihren Fuß an. «Guck dir diese Schweinerei an. Hier ist alles sumpfig, ich gehe keinen Schritt weiter.»

Ich blicke an mir herab. Auch meine Schuhe sind schlammig, ich habe es gar nicht bemerkt. Erleichtert stimme ich ihr zu. Ich will so schnell wie möglich raus aus diesem Schilfmeer mit seinen wispernden Stimmen.

Wir drehen um, und diesmal gehe ich voran. Im Laufschritt hasten wir zurück an den Waldrand. Unter einer halbwegs dicht belaubten Eiche bleiben wir stehen.

«Eileen kann sich auf was gefasst machen», stöhnt Michelle. «Uns so durch die Pampa zu scheuchen.»

«Lass uns zurück zum Haus laufen», schlage ich vor. «Bestimmt ist sie inzwischen dort. Oder zumindest Vincent und Leon. Die beiden können uns beim Suchen helfen.» Ich stampfe mit den Füßen auf. Die Feuchtigkeit ist durch das angeblich wasserfeste Obermaterial meiner Turnschuhe gedrungen, die nassen Socken kleben auf meiner Haut.

Michelle scheint nachzudenken.

«Also was nun?», frage ich.

«Lass uns vorher noch dem Pfad in die andere Richtung folgen. Einmal hoch auf den Hügel gehen.»

«Von dort sieht man doch sowieso nichts.» Ich bin durchgefroren, ich brauche trockene Socken. Mein Knie tut wieder weh. Und im Augenblick sind mir Eileen und die falsche Becca vollkommen schnuppe.

«Es dauert doch nicht lang», sagt Michelle. «Ich habe so ein komisches Gefühl, bitte lass uns nachsehen.»

Ich muss plötzlich an gestern Nacht denken. Ist das der Moment, in dem ich Michelle davon erzählen sollte? Von der Gestalt, die ich vor dem Haus gesehen habe, und die, da bin ich sicher, nicht Eileen im Nachthemd, sondern die falsche Becca war? Und von Eileens Zusammenbruch im Wald?

«Michelle, ich ...»

«Ja?»

Ich beiße mir auf die Unterlippe, ich habe es Eileen versprochen. «Ach, nichts.»

«Kommst du mit auf den Hügel?»

«Natürlich.»

Wir laufen los, durch den Wald zurück bis zum Abzweig. Biegen links ab in Richtung Sommerhaus. Kurz bevor wir die Hütte erreichen, sehe ich etwas Blaues zwischen den Stämmen aufblitzen.

Ich bleibe stehen. «Michelle?»

Sie fährt herum. «Hast du was gefunden?»

Ich deute stumm ins Unterholz. Das Blaue wölbt sich merkwürdig, es könnte eine am Boden liegende Gestalt sein. Durch die Zweige kann ich es nicht richtig erkennen, ich weiß nur, dass Eileen eine blaue Jacke anhat.

Michelle runzelt die Stirn. «Was ist das?»

Mein Herz schlägt plötzlich bis zum Hals. «Sollen wir nachsehen?»

ELF

Erst als wir direkt davorstehen, erkenne ich, dass die blaue Wölbung eine Plastiktüte ist, die auf einem Stein liegt, vom Regen festgeklebt. Meine Beine zittern vor Erleichterung. Ich muss mich an einem Birkenstamm festhalten, um nicht einzuknicken.

Michelle und ich tauschen einen Blick. Ihr scheint es nicht viel besser zu gehen.

«Wir sind ziemlich hysterische Wracks, findest du nicht?», sagt sie.

«Das ist ja wohl kein Wunder.» Ich lasse den Stamm los, stampfe ein paar Mal mit den Füßen auf, um das zittrige Gefühl loszuwerden. «Weiter?»

«Weiter.»

Kaum sind wir zurück auf dem Pfad, knackt es vor uns. Jemand nähert sich vom Hügel her.

«Eileen?», rufe ich.

Keine Antwort.

Aus den Augenwinkeln sehe ich, wie Michelles Hand zu der Hosentasche mit dem Elektroschocker schießt. Und dann steht plötzlich Leon vor uns.

Unwillkürlich schreie ich auf.

«Hej, da seid ihr ja.» Der Wind zerrt an seinen Worten, sodass ich ihn kaum verstehe.

«Verdammt, Leon!» Michelle löst die Hand nicht von der Hosentasche. «Was hast du da oben gemacht?»

«Euch gesucht. Ihr habt uns einen Mordsschreck eingejagt. Das Haus leer, das Gepäck in der Küche. Wir dachten nicht, dass ihr bei dem Wetter hier draußen herumspaziert.»

«Spazieren kann man es wohl kaum nennen», entgegnet Michelle.

Leon tritt unter einen Baum, zieht sein Handy aus der Tasche. «Ich sage Vin Bescheid, dass ich euch gefunden habe. Der ist vor Sorge fast verrückt geworden.» Er sieht mich an, dann wandert sein Blick über meine Schulter. «Wo ist denn Eileen?»

«Genau das ist das Problem», erklärt Michelle. «Sie ist weg.»

«Was soll das heißen?»

Ich kann Leon kaum verstehen, weil es in dem Moment im Wald hinter ihm laut ächzt. Ein Ast knickt ab, bleibt am Baum hängen und schwankt über dem Weg hin und her.

«Wir sollten zusehen, dass wir ins Haus kommen», ruft Leon über den Lärm hinweg.

«Nicht ohne Eileen.» Michelle sieht den Pfad hinauf. «Warst du ganz oben?»

«Da war plötzlich ein dicker Felsklotz.» Leon beugt sich über sein Display. «Fuck!»

«Dann bist du falsch abgebogen.»

«Fuck», wiederholt Leon. «Kein Netz.»

Ich taste meine Taschen ab, doch mein Handy liegt oben im Haus. Michelle hält ihres in der Hand, schüttelt mit zusammengepressten Lippen den Kopf.

Leon steckt sein Handy weg, lächelt grimmig an mir vorbei. «Da bist du ja.»

Ich fahre herum. Vincent steht auf dem Pfad, er ist klatschnass, sogar die Hosenbeine sind durchtränkt, als wäre er vom Festland herübergewatet.

«Verdammt, was macht ihr hier draußen?», ruft er, sieht mich an und fährt dann ohne eine Antwort abzuwarten fort. «Scheißwetter! Ich fürchte, wir müssen den Sturm vorüberziehen lassen, bevor wir zurückfahren können. Die See ist total aufgewühlt, es war eben schon nicht ohne.» Er klopft sich auf die nassen Hosenbeine. «Das ist Salzwasser, kein Regen.» Er sucht wieder meinen Blick. «Alles okay?»

«Eileen ist verschwunden.»

«Aber wie –»

«Das ist doch jetzt egal», unterbricht Michelle ihn. «Wir müssen sie suchen. Oder hast du sie irgendwo gesehen?»

«Nein. Ich war sogar in dieser kleinen Bucht auf der anderen Seite der Insel. Und danach noch mal im Haus, weil ich dachte, ihr wärt inzwischen zurückgekommen.»

«Dann kann sie nur da oben sein.» Michelle deutet den Hügel hinauf.

Zu viert machen wir uns auf den Weg. Michelle geht voran, gefolgt von Leon. Ich bin die dritte, Vincent läuft am Schluss. Es ist ein gutes Gefühl, ihn hinter mir zu wissen.

Bei der Hütte bleiben wir stehen. Die Männer kämpfen sich durch das Gestrüpp zum Eingang. Hoffnungsvoll blicke ich ihnen nach. Es könnte ja sein, dass Eileen hier vor dem Sturm Zuflucht gesucht hat.

Mir ist so kalt, dass meine Zähne klappern. Ich trete von

einem Fuß auf den anderen, während ich darauf warte, dass Leon und Vincent wieder zu uns stoßen.

Es dauert nicht lang. Leon erscheint im Türrahmen und schüttelt den Kopf.

«Da war seit Ewigkeiten keiner drin», sagt Vincent, als er wieder neben mir auf dem Pfad steht.

Schweigend kämpfen wir uns weiter den Hügel hinauf. Wir nehmen nicht die Abzweigung zum Felsen, wo Leon schon gesucht hat, sondern steigen weiter bergan. Michelle stolpert über einen heruntergefallenen Ast. Leon fängt sie im letzten Moment auf. Während sie über ihr schmerzendes Schienbein reibt, wandert mein Blick ins Unterholz.

Wir sind auf Höhe der Lichtung, wo früher die Reifenschaukel war. Ich sehe das orangefarbene Seil zwischen den Stämmen hervorblitzen. Worte explodieren in meinem Schädel.

Mit Mühe und Not. Mit Mühe und Not.

Da ist nicht nur das Seil.

In seinen Armen das Kind ...

Gütiger Gott, nein! Ich stöhne auf, meine Beine versagen den Dienst, knicken unter mir weg wie vorhin die Halme im Schilf.

... war tot.

Ich rolle mich auf dem nassen Erdboden zusammen und lege schützend die Hände über meinen Kopf. Aber das hilft nicht gegen die Sturzflut von Wörtern, die tosend über mich hereinbricht.

Klippenfisch. Ungestalt. Meeres Hyäne.

Schreckens Wahn. Strudel. Rasendes Toben.

Kind. Kind. Irres Rind.

Ich schreie, um die Verse zum Schweigen zu bringen, schreie und schreie, bis ich heiser bin. Schlagartig verstumme ich, verharre reglos, bis eine Stimme an mein Ohr dringt.

«Um Himmels willen, Lara.» Vincent hilft mir vom Boden auf. «Hast du dir weh getan?»

Ich mache mich von ihm los, spüre, wie sich in meinem Innern eine Tür schließt. Mit einem Mal bin ich vollkommen ruhig. Mein Hirn funktioniert wieder, aber ich fühle nichts mehr.

Die drei sehen mich fragend an.

«Eileen», krächze ich, noch heiser vom Schreien. «Dort auf der Lichtung.»

Vincent folgt meinem Blick. «Oh nein!»

Jetzt sehen es auch die anderen beiden. Leon flucht, Michelle schluchzt laut auf. Ich bleibe ruhig, auch als ich genauer hinschaue, den Anblick, der sich mir bietet, Stück für Stück in mich aufnehme.

Das untere Ende des Seils ist zu einer Schlinge geknotet und um Eileens Hals gelegt. Ihr Körper ist schlaff, ihr Gesicht starr, Zunge und Lippen sind bläulich verfärbt.

Vincent zögert nur eine Sekunde, dann stürzt er los. Leon folgt ihm. Vincent reckt sich nach dem Puls an Eileens Hals, Leon umfasst währenddessen ihre Beine und hebt sie an. Dann schüttelt Vincent den Kopf.

Ich stolpere mit noch immer etwas wackeligen Beinen den Männern hinterher auf die Lichtung. Michelle folgt mir, ihr Gesicht ist versteinert, sie ist kreidebleich.

«Wir brauchen ein Messer», ruft Leon. «Wir müssen sie abschneiden.»

«Nein, das dürfen wir nicht», höre ich mich sagen. Die Worte kommen wie von allein, mein Hirn ist auf Autopilot geschaltet. «Wir dürfen sie nicht anrühren, wegen der Spuren.»

Vincent starrt mich an. «Du willst sie hier hängen lassen?»

«Sie ist tot.»

Michelle funkelt mich an. «Und sie ist unsere Freundin.»

«Aber die Polizei –»

«Es kann Stunden dauern, bis Hilfe hier ist. Wir haben kein Handynetz.» Sie streckt die Hand aus.

«Was willst du?»

«Das Messer.»

Das hatte ich völlig vergessen. Mechanisch ziehe ich es aus der Tasche und reiche es ihr. Es kommt mir noch immer falsch vor, Eileen von hier wegzuholen, aber ich wage nicht zu protestieren. Der Blick, den Vincent mir eben zugeworfen hat, brennt noch auf meinem Gesicht. Ich hatte keine Schwierigkeiten, das Entsetzen und die Verachtung darin zu lesen. Ich bin ein Monster, weil ich meine tote Freundin für die Polizei am Baum hängen lassen will.

Unerwartet springt Leon mir bei. «Lara hat nicht ganz unrecht», sagt er. «Ich weiß, es ist schrecklich. Aber lasst uns wenigstens ein paar Fotos machen. Nur, damit es nachher keine blöden Fragen gibt.»

Er lässt den Körper los und zieht sein Handy hervor. Vincent tritt ebenfalls zurück, verschränkt die Arme. Michelle hält den Blick auf das Messer geheftet. Leon fotografiert erst die Tote von allen Seiten, dann den Knoten und zum

Schluss den Boden unter ihren Füßen, wo ein umgefallener Holzklotz liegt, den sie als Tritt benutzt haben muss.

Als er fertig ist, steckt er das Handy weg und nickt Vincent zu. Gemeinsam halten die Männer Eileen fest, während Michelle das Seil durchtrennt, mir dann das Messer zurückgibt. Sie legen sie auf dem Boden ab, knoten eine Art Trage aus ihren Jacken und betten sie darauf.

Eine Weile schauen wir wortlos auf sie hinunter. Ich denke, dass Michelle vielleicht etwas sagen will, doch ihre Lippen sind weiß, so fest presst sie sie zusammen. Wir sind alle benommen vor Entsetzen und Schmerz, und mir schießt der Gedanke durch den Kopf, dass es eine Scheißidee war, herzukommen.

Möglicherweise wäre das auch passiert, wenn Michelle und Eileen allein hergefahren wären, und dann hätte ich mir bestimmt Vorwürfe gemacht, weil ich nicht da war, um es zu verhindern. Aber ich hätte diesen Anblick nicht aushalten müssen, dieses zur Fratze entstellte Gesicht meiner Freundin, der rote Striemen um ihren Hals, die heraushängende Zunge und die auf unheimliche Weise halb geöffneten Augen.

Auf dem mühsamen Marsch zurück zum Haus sagt keiner von uns ein Wort. Ich fühle mich hohl, als hätte jemand alle Lebensenergie aus mir herausgesaugt und nur die Hülle zurückgelassen. Mechanisch setze ich einen Fuß vor den anderen, und es ist nur die Kondition, die ich durch mein tägliches Schwimmtraining habe, die meinen Körper weiterlaufen lässt, obwohl mein Geist sich auf den Boden werfen und nie wieder aufstehen will.

Bis zu diesem Augenblick hätte immer noch alles gut ausgehen können. Wir hätten Becca finden können, oder zumindest eine Spur von ihr. Alles war möglich, wenn auch nicht sehr wahrscheinlich.

Jetzt aber kann es kein gutes Ende mehr geben. Eileen ist tot, und keine Macht der Welt kann sie wieder zum Leben erwecken. Und Becca ist ebenfalls tot. Es war dumm, daran zu zweifeln. Von den vier Freundinnen, die in jenem Sommer vor sechzehn Jahren in eine verheißungsvolle Zukunft geblickt haben, sind zwei nicht mehr da. Und ich fühle mich schuldig, denn ich habe beide im Stich gelassen.

Michelle muss es ähnlich zumute sein wie mir. Ich hätte sie gern an meiner Seite, aber sie geht voran, die beiden Männer mit ihrer schweren Last laufen zwischen uns. Was auch bedeutet, dass ich Eileen ständig ansehen muss, ihr lebloses Gesicht mit den halb geöffneten Augen betrachten muss, die mich anklagend anzustarren scheinen.

Warum, Eileen, will ich sie fragen. Warum hast du das getan? Aus Angst? Aus Verzweiflung?

Oder Schuld?

Irgendwann während des Aufstiegs fällt etwas von der provisorischen Trage auf den Boden. Die anderen bemerken es gar nicht. Ich bücke mich danach, es ist Eileens Pfefferspray, mit dem sie sich gegen den Unbekannten verteidigen wollte, der uns auf die Insel gelockt hat. Es hat ihr nichts genützt. Ohne weiter darüber nachzudenken, stecke ich die kleine Dose in die Tasche des Regenmantels.

Als wir endlich am Haus ankommen, gibt es eine kurze Diskussion darüber, wohin wir Eileens Leichnam legen sollen, bis wir uns schließlich auf das Bett einigen, in dem sie geschlafen hat, und die Männer sie ächzend die Treppe hinaufhieven. Wieder muss ich an die Spuren denken, die damit zerstört werden, aber ich sage nichts, rede mir ein, dass es keine Rolle spielt. Eileen hat sich selbst getötet, hat sich an einem Baum aufgeknüpft. Der Fall ist eindeutig, niemand wird sich für irgendwelche Spuren interessieren.

Danach stehen wir ratlos in der Küche herum. Michelle hat noch einmal versucht, Hilfe zu rufen, doch ihr Handy hat keinen Empfang. Wir sind von der Außenwelt abgeschnitten. Selbst wenn wir jemanden erreichen würden, wäre es viel zu gefährlich, mit einem Boot überzusetzen. Der Sturm tobt immer heftiger, wir können nicht hier weg, und niemand kann zu uns kommen.

Michelle klappt ihren Koffer auf, nimmt ein Handtuch heraus und trocknet sich notdürftig ab. Stumm reicht sie es an mich weiter. Leon nimmt eins der Küchenhandtücher, um sich die Haare trocken zu rubbeln, Vincent winkt ab.

Leon räuspert sich. «Sorry, Leute», beginnt er. «Das klingt jetzt vielleicht pietätlos, aber ich habe seit dem Frühstück nichts gegessen.»

Ich sehe, wie Michelle erleichtert lächelt. «Mir geht's genauso.»

Sie durchstöbern gemeinsam den Kühlschrank, finden im Gefrierfach drei Tiefkühlpizzen.

Michelle holt Teller und Besteck aus dem Schrank, obwohl wir die Pizzastücke ebenso gut mit der Hand essen könnten. Ich denke, sie ist froh, etwas zu tun zu haben.

Ich fülle Gläser mit Wasser und stelle sie dazu. Meine Finger zittern ein wenig, aber es tut tatsächlich gut, eine Aufgabe zu haben. Als ich den Kopf hebe, begegne ich Vincents Blick. Er sieht mich merkwürdig an. Vielleicht ist er noch immer entsetzt über meine kalten Worte draußen im Wald. Oder er kann unseren Aktionismus nicht nachvollziehen. Als Arzt hat er öfter mit dem Tod zu tun, für ihn ist der Anblick alltäglich. Und dort, wohin er bald fährt, wird er viel schlimmere Dinge zu sehen bekommen als eine junge Frau, die sich das Leben genommen hat.

Die Pizza ist fertig, wir setzen uns an den Tisch, essen schweigend. Ich bin so neben der Spur, dass ich vergesse, Sojasoße auf mein Stück zu geben. In diesem Augenblick spielt es keine Rolle, wie meine Pizza schmeckt.

Ich hatte immer schon Schwierigkeiten, andere Menschen zu verstehen, doch noch nie hatte ich das Gefühl, so vollkommen orientierungslos zu sein. Ich möchte Michelle fragen, ob sie es mir erklären kann. Es ist genau das geschehen, was sie befürchtet hat. Eileen hat sich etwas angetan. Aber warum? Und bedeutet es, dass auch Becca sich umgebracht hat? Waren wir damals genauso blind und haben die Anzeichen nicht erkannt?

Hat es irgendwie mit dieser Insel zu tun, liegt ein böser Fluch auf ihr? Ich glaube eigentlich nicht an solche Dinge, ich glaube an handfeste, harte Fakten und logische Erklärungen. Andererseits sind meine geliebten Balladen voll von lebendigen, zerstörerischen Naturgewalten, die Menschen absichtlich in den Tod ziehen, sodass ich nicht sicher bin, was ich glauben soll.

O schaurig ist's, übers Moor zu gehn,
Wenn es wimmelt vom Heiderauche.

Ich schlage die Hand vor den Mund, fest überzeugt, dass ich die Worte laut ausgesprochen habe.

Doch Leon fragt nur: «Was hast du? Ist die Pizza zu heiß?»

«Nein, alles bestens.»

Wieder sieht Vincent mich an, als wolle er mir etwas mitteilen, doch als ich den Mund öffne, um ihn zu fragen, was los ist, schüttelt er stumm den Kopf.

Nach dem Essen gehen wir rüber ins Wohnzimmer. Im ganzen Haus ist es eisig, denn es ist kein Holz mehr für den Kamin da.

«Es muss doch irgendwo Nachschub geben», sagt Leon.

«Früher war immer im Schuppen welches.» Michelle stellt sich ans Fenster und starrt nach draußen. «Dieser verfluchte Sturm. Ich bin froh, wenn es endlich vorbei ist.»

«Wir hätten nicht herkommen sollen», platzt es aus mir heraus. «Es wäre nicht passiert, wenn wir zu Hause geblieben wären.»

«Also ich schaue mal, ob ich Holz auftreibe», erklärt Vincent. «Kommst du mit, Lara?»

«Ich kann dir helfen.» Leon, der sich gerade auf einen Sessel hat fallen lassen, steht wieder auf.

Doch Vincent schaut weiter zu mir. Da ist etwas in seinem Blick. Und endlich begreife ich. Er will mit mir reden. Allein.

«Ich mach das schon», sage ich rasch. «Ich bin froh, wenn ich etwas zu tun habe.»

«Kein Problem.» Leon sinkt zurück in den Sessel. «Ich reiße mich nicht darum, da rauszugehen.»

Ich streife den noch immer nassen Regenmantel wieder

über. Immerhin ist er von innen halbwegs trocken. Vincent zieht den größeren an, den Michelle vorhin getragen hat, denn seine eigene Jacke trieft vor Nässe. Die Kapuzen tief ins Gesicht gezogen huschen wir ums Haus herum zum Schuppen. Zum Glück ist er nicht abgeschlossen.

Drinnen ziehe ich die Kapuze ab und sehe Vincent erwartungsvoll an. «Und?», frage ich. «Was ist los? Warum wolltest du mit mir ...?»

Ich spreche den Satz nicht zu Ende, denn Vincent sieht mich gar nicht an. Er starrt mit aufgerissenen Augen über meine Schulter hinweg. Langsam drehe ich mich um.

Und da steht sie wieder. Becca.

Mummenschanz. Mummenschanz.

Durch meinen Kopf fegt ein Wirbelsturm, ich schlucke hart und schmerzhaft. Ich will die Hände auf die Schläfen pressen, doch meine Arme gehorchen mir nicht. Dann endlich begreife ich.

Trotz des Dämmerlichts im Schuppen erkenne ich jetzt, wo ich die Frau aus der Nähe sehe, dass es nicht Becca ist. Sie sieht ihr ähnlich, gespenstisch ähnlich. Aber sie ist es nicht.

Die Frau, die etwa einen Meter von mir entfernt steht, ist Ende zwanzig und etwa so groß wie ich. Sie trägt Jeans, Turnschuhe und eine graue Regenjacke. Ihr langes dunkles Haar klebt nass an ihrem Kopf, ihr Gesicht ist so blass, dass die dunklen Augen darin wie leere Höhlen aussehen.

Plötzlich brodelt unbändige Wut in mir hoch. Diese Frau ist schuld daran, dass meine Freundin sich das Leben genommen hat. Sie hat Eileen zu Tode erschreckt, im wahrsten Sinne des Wortes.

Aufgebracht packe ich die Fremde bei den Schultern. «Du hast sie getötet, du hast Eileen auf dem Gewissen!»

Ich schüttele die Frau, sie wehrt sich nicht, steht einfach da und sieht mich an.

«Warum hast du das getan?», brülle ich weiter. «Warum hast du meine Freundin in den Tod getrieben, du Monster?»

Ich spüre Vincents Hände auf meinen Oberarmen. «Schon gut, Lara», sagt er sanft.

«Nichts ist gut», fahre ich ihn an, ohne meinen Blick von der Frau abzuwenden. Wieder schüttle ich sie. «Du Verbrecherin! Du Mörderin!»

«Lara!» Gewaltsam reißt Vincent mich von ihr fort.

Ich erwarte, dass die Frau die Gelegenheit nutzt, um an uns vorbei aus dem Schuppen zu schlüpfen, doch sie bleibt weiter reglos stehen.

«Es tut mir so leid», sagt sie leise. «So unendlich leid. Das habe ich nicht gewollt, wirklich nicht.»

Ich starre sie an. «Du hast es nicht gewollt? Ach ja? Und was soll das alles hier?»

Sie legt eine Hand auf ihren Unterleib. «Ich wollte herausfinden, was mit Becca geschehen ist. Ich musste es wissen, es hat mir keine Ruhe gelassen.» Sie blickt auf ihre Hand hinunter. «Ich bekomme ein Baby. Ich werde eine Familie gründen.» Ein schwaches Lächeln zupft an ihren Lippen, verschwindet aber sofort wieder. «Ich möchte die Vergangenheit hinter mir lassen, möchte in die Zukunft blicken, für mein Kind. Aber ich kann es nicht, solange ich nicht weiß, was mit meiner Schwester geschehen ist.»

Protokoll der Vernehmung der Zeugin Nathalie Rodeck

ORT: Polizeistation, Järnvägstorget 5, Karlskrona
DATUM: Montag, 18.8.2003
Anwesend sind Polizeikommissar Johan Berggren und Polizeiinspektorin Karin Samuelsson

BERGGREN: Du bist Rebecca Frankendorfs jüngere Schwester, ist das richtig?
RODECK: Ja.
BERGGREN: Aber ihr lebt nicht zusammen?
RODECK: Nein.
BERGGREN: Wie kommt das?
RODECK: Unsere Eltern starben, als ich vier war. Becca war damals neun. Ich wurde sehr schnell adoptiert und zog in eine andere Stadt, Becca kam ins Heim und dann in eine Pflegefamilie. Deshalb habe ich auch einen anderen Nachnamen als sie.
BERGGREN: Das muss sehr schlimm für euch beide gewesen sein.
RODECK: Schätze schon.
BERGGREN: Du bist nicht sicher?
RODECK: Ich erinnere mich kaum. An die Zeit mit meinen leiblichen Eltern, meine ich. Im Grunde weiß ich gar nichts mehr davon. Ich habe ein paar Fotos, das ist alles.

Für mich sind meine Adoptiveltern meine richtigen Eltern, ich kenne keine anderen.

BERGGREN: Und bei deiner Schwester, wie ist es da?

RODECK: Ich glaube, für sie war es schlimmer. Sie war schon älter, sie kann sich genau an alles erinnern. Außerdem wurde sie nicht adoptiert. Ich glaube, das hat sie echt fertiggemacht.

BERGGREN: Du meinst, sie war gekränkt, weil du eine neue Familie gefunden hast, und sie nicht?

RODECK: Ja.

BERGGREN: Aber sie kam doch in eine Pflegefamilie.

RODECK: In verschiedene, sie hat mehrmals gewechselt.

BERGGREN: Weißt du, warum?

RODECK: Sie hat mir gesagt, dass keiner sie haben wollte.

BERGGREN: Das hat sie bestimmt sehr traurig gemacht. Vor allem, weil ihre Schwester es so viel besser getroffen hatte.

RODECK: Es hat auch mit dem Malen zu tun. Becca hat mir erzählt, dass unsere leiblichen Eltern sie sehr gefördert haben. Sie war ja noch in der Grundschule, aber sie haben sie Kurse machen lassen, waren mit ihr in Ausstellungen, haben alle Materialien für sie besorgt, die sie haben wollte.

BERGGREN: Und damit war Schluss, als sie in die Pflegefamilie kam.

RODECK: Klar. Nur dieser Nachbar hat sie unterstützt.

BERGGREN: Welcher Nachbar?

RODECK: Der neben der Familie lebt, bei der sie jetzt wohnt. Der hat seinen Gartenschuppen extra für sie ausgeräumt und ihr als Atelier überlassen. Weil sie doch nicht einmal ein eigenes Zimmer hat. Der ist echt nett, hat ihr sogar eine Staffelei gekauft.

BERGGREN: Das ist wirklich schön für sie. Sie will Kunst studieren, richtig?

RODECK: Ja.

BERGGREN: Ihr seid also all die Jahre in Kontakt geblieben? Obwohl ihr in unterschiedlichen Familien aufgewachsen seid?

RODECK: Nein. Das heißt, anfangs schon. Als wir jünger waren, haben wir im Sommer oft zusammen unseren Onkel hier in Schweden besucht. Den Onkel, von dem wir das Haus auf der Insel geerbt haben, ein Bruder meiner Mutter, der hierhin ausgewandert war. Das waren immer sehr schöne Urlaube. Mein Onkel war zwar ein ziemlicher Eigenbrötler, aber dafür hat er uns alle Freiheiten gelassen. Wir konnten machen, was wir wollten, solange er seine Ruhe hatte. Irgendwann gab es diese Urlaube nicht mehr, weil er krank wurde, und Becca und ich verloren uns aus den Augen. Ich glaube, sie hatte damals ziemlichen Stress in ihrer Pflegefamilie und einfach keinen Nerv für ihre jüngere Schwester. Doch als ich vor einem Jahr einen Computer bekam, wurde es wieder besser. Wir chatten regelmäßig, Becca tröstet mich, wenn ich Zoff mit meinen Eltern habe, macht mir klar, wie viel Glück ich hatte, von ihnen adoptiert zu werden. Und das stimmt auch. Sie sind wahnsinnig gut zu mir. Nur manchmal nerven sie, weil sie meinen, ständig auf mich aufpassen zu müssen.

BERGGREN: Du hast gestern hier auf der Polizeiwache angerufen und erklärt, du wärest ebenfalls auf Kristiansholmen gewesen. Was hast du dort gemacht?

RODECK: Ich bin meiner Schwester heimlich nachgereist. Das war albern, schon klar. Ich war neidisch auf sie und ihre Freundinnen, weil sie ohne Erwachsene in den Urlaub fahren durften.

BERGGREN: Wie bist du hergekommen?

RODECK: Getrampt.

BERGGREN: Und deine Eltern?

RODECK: Die denken, dass ich für ein paar Tage bei einer Schulfreundin bin.

BERGGREN: Sie werden vermutlich nicht erfreut sein, wenn sie die Wahrheit erfahren.

RODECK: Müssen sie es denn erfahren? Können wir das nicht anders regeln?

BERGGREN: Ich fürchte, das lässt sich nicht vermeiden. Du bist minderjährig, und deine Eltern haben keine Ahnung, wo du dich aufhältst. Wir können dich nicht einfach wieder laufen lassen.

RODECK: Scheiße, das gibt echt Ärger.

BERGGREN: Warum hast du dich vor den anderen versteckt?

RODECK: Ich fand es lustig, die vier zu beobachten.

BERGGREN: Wo hast du geschlafen?

RODECK: Es gibt da eine Höhle am anderen Ende der Insel. Ich glaube nicht, dass Becca die kennt. Ich war diejenige, die in den Ferien immer durchs Gelände gestreift ist und die Insel erkundet hat, Becca dachte schon damals immer nur ans Malen.

BERGGREN: Warum hast du nicht in der kleinen Hütte im

Wald geschlafen, die ist doch bestimmt bequemer als die Höhle. Es gibt sogar eine Matratze.

RODECK: Um dort von Michelle und einem ihrer Lover überrascht zu werden? Nein, danke.

BERGGREN: Was denn für Lover?

RODECK: Keine Ahnung. Irgendwelche Kerle halt. Michelle hat immer einen Schwarm von Verehrern, kein Wunder, so hübsch, wie sie ist. Den Richtigen hat sie aber noch nicht gefunden. Der muss nämlich Kohle haben, das ist ihr total wichtig. Irgendein armer Schlucker kommt nicht in Frage.

BERGGREN: Hat sie dir das erzählt?

RODECK: Natürlich nicht. Ich kenne sie überhaupt nicht, wir haben nie miteinander gesprochen. Ich weiß das alles von Becca. Michelle ist auf der Suche nach einem reichen Mann. Einem Arzt, wenn möglich. Ihr Vater ist nämlich auch Arzt. Zumindest behauptet ihre Mutter das. Michelle kennt ihren Vater überhaupt nicht. Angeblich war der schon verheiratet und Michelles Mutter seine Geliebte. Von Michelle wollte er nichts wissen. Ihre Mutter musste sie allein großziehen. Deswegen haben sie auch ganz wenig Geld. Na ja, jedenfalls wollte ich keine unangenehmen Überraschungen erleben, von irgendwem überrascht werden. Deshalb habe ich es mir in der Höhle bequem gemacht.

BERGGREN: Und das Kajak, mit dem du übergesetzt hast?

RODECK: Ein paar Äste drüber, und schon war es nicht mehr zu sehen.

BERGGREN: Warst du auch im Haus?

RODECK: Einmal, als alle zum Einkaufen in Karlskrona

waren. Ich habe ein paar Sachen durcheinandergebracht, um sie zu erschrecken, aber ich glaube, sie haben es nicht einmal gemerkt.

BERGGREN: Du bist gesehen worden, von einem der jungen Männer, Leon Sjöberg.

RODECK: Echt? Hat er mich verraten?

BERGGREN: Soviel wir wissen, nicht. Er hatte jedoch auch keine Ahnung, wer du bist, hat dich für eine Einheimische gehalten.

RODECK: Da habe ich ja Glück gehabt.

BERGGREN: Du warst also nur das eine Mal im Haus?

RODECK: Ja. Aber ich hab sie einige Male beobachtet. Vom Wald aus, mit dem Fernglas. Und manchmal auch vom Dach des Geräteschuppens.

BERGGREN: Hast du deine Schwester mal zusammen mit diesem Leon gesehen?

RODECK: Das ist der Dunkelhaarige, oder?

BERGGREN: Ja.

RODECK: Ich habe alle zusammen gesehen, manchmal auch die anderen ohne Becca. Sie war einige Male nicht dabei, hat oben im Zimmer gemalt. Einmal wollte ich sie dort überraschen, als die anderen einen Bootsausflug gemacht haben, aber dann habe ich mich doch nicht getraut.

BERGGREN: Warum nicht?

RODECK: Sie kann sehr sauer werden, wenn man sie beim Malen stört.

BERGGREN: Verstehe. Und was ist mit Leon? Hast du ihn mit deiner Schwester gesehen?

RODECK: Nein. Kann mich nicht erinnern. Warum? Hat er

etwas mit ihrem Verschwinden zu tun? Hat der Scheißkerl ihr etwa was angetan?

BERGGREN: Beruhige dich, Nathalie. Wir haben keinen Anlass, so etwas zu vermuten. Wir wollen nur die vergangenen Tage rekonstruieren, um herauszufinden, was geschehen ist.

RODECK: Ist sie ertrunken? Ist sie tot?

BERGGREN: Ganz ehrlich? Es ist durchaus möglich.

RODECK: Lieber Gott, nein! Sie darf nicht ... Ihr müsst sie finden!

SAMUELSSON: Hier nimm ein Taschentuch. Und beruhige dich, bitte. Wir tun alles, was wir können.

RODECK: Sie darf nicht tot sein! Ich habe doch nur sie.

SAMUELSSON: Möchtest du eine Pause machen, Nathalie?

RODECK: Nein, es ist okay. Geht schon wieder.

BERGGREN: Gut. Kommen wir zu Samstagabend. Warst du da auch auf dem Schuppendach?

RODECK: Da war ich schon weg, auf dem Festland. Ich musste ja pünktlich am Sonntag wieder zu Hause sein und hatte für den Vormittag eine Mitfahrgelegenheit bis Kopenhagen. Wenn ich gewusst hätte, dass Becca ... Ich hätte dortbleiben müssen, dann wäre das nicht passiert.

BERGGREN: Wo hast du in der Nacht geschlafen?

RODECK: In einer Scheune außerhalb von Karlskrona.

BERGGREN: Wie hast du erfahren, dass deine Schwester verschwunden ist?

RODECK: Ich habe am Morgen die Rettungsboote in See stechen sehen und rumgefragt, was da los ist. Sobald ich wusste, dass es um Becca geht, habe ich mich bei der Polizei gemeldet.

BERGGREN: Und deine Eltern? Es ist doch schon Montag. Vermissen sie dich nicht?

RODECK: Ich habe angerufen und gefragt, ob ich noch zwei Tage länger bei meiner Freundin bleiben darf.

SAMUELSSON: Du hast ihnen nichts vom Verschwinden deiner Schwester erzählt?

RODECK: Dann hätte ich ja sagen müssen, dass ich in Schweden bin. Den Ärger wollte ich mir ersparen.

BERGGREN: Wir werden sie in jedem Fall informieren müssen.

RODECK: Das ist mir jetzt auch egal. Meinetwegen sollen sie mir ein Jahr Stubenarrest aufbrummen. Hauptsache, Becca taucht wieder auf.

BERGGREN: Denk noch einmal nach. Ist dir auf der Insel irgendetwas aufgefallen?

RODECK: Was denn?

BERGGREN: Keine Ahnung. Eine Auseinandersetzung vielleicht. Oder eine fremde Person, die nichts auf der Insel zu suchen hatte.

RODECK: Nicht, dass ich wüsste. Das heißt, Moment, jetzt fällt mir etwas ein. Ich hatte es fast schon wieder vergessen. Am Freitag habe ich beobachtet, wie Becca sich mit Lara gezofft hat. Leider habe ich nicht mitbekommen, worum es ging. Ich sah Becca von weitem auf einem Felsen sitzen, ganz allein, und ich beschloss spontan, mich ihr zu erkennen zu geben. Ich hatte genug davon, allein in der Höhle zu hocken. Doch als ich fast da war, tauchte diese Lara plötzlich auf. Ich hörte, wie sie so etwas sagte wie: «Dann bist du wohl nicht gut genug.» Und da ist Becca total ausgerastet, hat Lara als gefühllose Kuh beschimpft und als gestörten Freak und rumgebrüllt, dass sie sie hasst und nie mehr sehen will.

BERGGREN: Hast du eine Ahnung, worum es ging?

RODECK: Nein. Aber es muss Becca wichtig gewesen sein. Sie hatte Tränen in den Augen und war so wütend, wie ich sie noch nie gesehen habe.

BERGGREN: Könnte es um ihre Malerei gegangen sein?

RODECK: Möglich, ja. Es würde erklären, warum Becca so ausgetickt ist.

BERGGREN: Was ist dann passiert?

RODECK: Becca ist weggerannt, und Lara stand da, glotzte ihr hinterher und murmelte irgendwas, das sich anhörte wie Schande.

BERGGREN: Schande?

RODECK: Ja, immer nur das eine Wort: «Schande, Schande.» Und dann noch ein anderes: «Brummbass.» Das war echt schräg. Ich habe mich wieder in die Höhle zurückgezogen. Wäre ich nur ein bisschen früher gekommen und zuerst bei Becca gewesen! Vielleicht wäre sie dann noch hier.

BERGGREN: Mach dir keine Vorwürfe, Nathalie. Deine Schwester ist erst zwei Tage später verschwunden. Vorher haben sie und Lara noch gemeinsam gegrillt. Sie hatten sich also anscheinend wieder versöhnt, und Rebeccas Verschwinden hat höchstwahrscheinlich nichts mit diesem Streit zu tun.

RODECK: Sie ist ertrunken, ist es nicht so? Ihr wollt es mir nur nicht sagen.

BERGGREN: Wir geben die Hoffnung nicht auf, sie lebend zu finden.

RODECK: Ehrlich?

BERGGREN: Ehrlich. Und jetzt solltest du dich etwas ausruhen. Wir informieren deine Eltern. Vielleicht ist es möglich, dass sie dich abholen.

RODECK: Ich will nicht weg, ich will helfen, Becca zu finden.

ZWÖLF

Als wir fünf Minuten später mit der jungen Frau zusammen das Wohnzimmer betreten, schreit Michelle erschrocken auf, und Leon stößt einen keuchenden Laut aus.

«Das ist Nathalie», sage ich schlicht. «Beccas Schwester.»

«Oh shit.» Michelle lässt sich kopfschüttelnd aufs Sofa fallen. «Shit, shit.»

«Du bist Beccas Schwester?» Ungläubig starrt Leon sie an. «Ich wusste gar nicht, dass Becca eine Schwester hat.»

«Aber wir wussten es», verkündet Michelle mit tonloser Stimme. «Wir Idioten. Shit.»

«Wir sind Nathalie nie begegnet», erkläre ich den beiden Männern. «Beccas und Nathalies Eltern sind gestorben, als die beiden noch klein waren. Becca kam in verschiedene Pflegefamilien, Nathalie wurde adoptiert und zog mit ihrer neuen Familie in eine andere Stadt, lange, bevor wir vier uns kennenlernten. Becca hat praktisch nie von ihr geredet, sie und Nathalie hatten auch all die Jahre kaum Kontakt.»

«Das stimmt nicht ganz», widerspricht Nathalie. Sie hält den Kopf leicht gesenkt, sieht uns nicht richtig an beim Sprechen. «Kurz vor ... also kurz bevor sie verschwand, hatten wir angefangen, wieder regelmäßig miteinander zu kommunizieren. Wir haben gechattet, manchmal jeden Tag. Und hin und wieder telefoniert. Ich war vierzehn und hatte Stress mit meinen Eltern. Nichts Weltbewegendes, nur der normale Pubertätskram. Becca war da, hat mich getröstet, mir gut zugeredet, wenn ich wieder mal Zoff mit meiner Mutter hatte und nicht ausgehen durfte.»

«Davon hat sie kein Wort gesagt.» Fragend schaue ich zu Michelle hinüber.

Die schüttelt wieder - oder noch immer - den Kopf. «Was willst du von uns?», stößt sie dann hervor und blitzt Nathalie an. In ihren Augen erkenne ich die gleiche Wut, die eben in mir hochgebrandet ist.

«Die Wahrheit.»

«Und wir kennen sie, ja?»

«Ich dachte, es würde eurem Gedächtnis auf die Sprünge helfen, wenn ihr noch einmal hierherkämt. Es würden euch Dinge einfallen, die ihr damals nicht bemerkt habt oder die euch nicht wichtig erschienen. Irgendwas in der Art.» Sie sieht Michelle beschwörend an. «Ich brauche Antworten, für mein Kind.» Sie legt wieder die Hand auf ihren Bauch. «Ich wollte mit der Vergangenheit abschließen, aber ich dachte, ich könnte es nicht, solange ich die Wahrheit nicht kenne.» Tränen schimmern in ihren Augen. «Es war ein Fehler, das begreife ich jetzt.»

«Ein Fehler, der Eileen das Leben gekostet hat.» Michelle steht auf und tritt ans Fenster.

«Es tut mir so leid.»

Michelle fährt herum. «Ach ja?»

«Ich konnte doch nicht ahnen, dass sie so reagieren würde. Wenn ich auch nur -»

«Fuck.» Leon baut sich vor Nathalie auf und beäugt sie mit zusammengekniffenen Augen. «Jetzt kapier ich es erst. Es geht dir gar nicht um uns oder um Becca, es geht einzig und allein um dich, um deine –»

Vincent packt ihn am Arm. «Komm runter, Leon. Wir sind alle fertig mit den Nerven. Kein Grund durchzudrehen.»

Leon schüttelt ihn ab. «Ich hätte es gleich erkennen müssen.» Er geht einmal um Nathalie herum, betrachtet sie von allen Seiten. «Fuck, nein! Ich hätte es schon damals erkennen müssen. Ich war blind. Du siehst ihr so ähnlich, wieso ist mir das nicht aufgefallen?»

«Wovon redet du?», frage ich verwirrt. «Was hättest du erkennen müssen?»

«Es geht nicht um unsere Erinnerung», fährt Leon fort, als hätten Vincent und ich gar nichts gesagt. «Es geht auch nicht um unsere Verantwortung oder Schuld, nicht um das, was wir vielleicht damals übersehen haben. Ist es nicht so, Nathalie?» Leon betont jede Silbe ihres Namens, als wollte er sie sich ins Gedächtnis hämmern. Na-tha-lie. «Es geht um *dein* Versagen. Um *deine* Schuld. Um das, was *du* hättest tun können, um deine Schwester zu retten.»

Plötzlich ist es still im Raum. Bis auf den Sturm, der mit ungeminderter Kraft ums Haus heult.

«Was sagst du da?», flüstert Nathalie.

«Ich habe dich gesehen.»

«Was soll das heißen, du hast sie gesehen?», frage ich. «Wann? Wo?»

«Vor sechzehn Jahren. Hier auf der Insel.»

Mein Blick schießt zu Beccas Schwester. «Das ist nicht wahr, oder?»

Sie senkt den Kopf. «Doch, ist es.»

«Verflucht, ich glaube es nicht!» Michelle sieht aus, als würde sie sich jeden Augenblick auf Nathalie stürzen.

Doch Nathalie weicht nicht zurück. «Ich bin euch nachgereist. Ich wollte ... ich weiß auch nicht. Cool sein. Es war eine blöde Idee. Lieber Himmel, ich war vierzehn. Und ich war neidisch. Eifersüchtig auf eure Freundschaft. Also bin ich von zu Hause abgehauen und hierhergetrampt. Ich habe euch heimlich beobachtet.»

«Du hast uns beobachtet?» Michelle verschränkt die Arme. «Das wird ja immer absurder.»

«Wie hast du das gemacht», will ich wissen, «ohne dass wir etwas gemerkt haben?»

«Ihr wart doch die ganze Zeit nur mit euch selbst beschäftigt, ihr hättet mich vermutlich nicht mal bemerkt, wenn ich nackt vor eurer Nase herumgetanzt wäre. Ich war meistens auf dem Schuppendach. Das war ja damals schon total zugewachsen, dort konnte man sich gut verstecken. Ich habe oben gelegen und euch belauscht.»

«Wie lange ging das so?», frage ich weiter. «Doch nicht die ganzen vier Wochen, oder?»

«Ich war fünf oder sechs Tage auf der Insel, nicht länger. Ich bin an dem Samstag ans Festland zurückgepaddelt, nur wenige Stunden, bevor ...» Sie senkt den Blick. «Wenn ich doch nur noch die eine Nacht geblieben wäre!»

«Du warst also tagelang auf der Insel, und keiner hat dich gesehen», schaltet Vincent sich ein. «Ich meine, bis auf Leon.» Er sieht Leon an. «Warum hast du nichts gesagt?»

«Ich wusste doch nicht, wer sie war. Für mich war sie ein kleines Mädchen, ein Kind. Ich dachte, sie wäre eine Einheimische, die einfach kurz angelegt hat, um auf der Insel zu picknicken oder was weiß ich. Ich habe sie ja nur einmal von weitem gesehen.»

«Aber du hast nicht fünf Tage lang auf dem Schuppendach gelegen», sage ich zu Nathalie. «Was hast du gegessen? Wo hast du geschlafen?»

«Es gibt eine Höhle am anderen Ende der Insel, in den Klippen unterhalb des Waldes. Sie liegt ziemlich gut versteckt, man muss ein Stück die Felsen hinuntersteigen, um sie zu erreichen. Ich wusste, dass ich dort sicher war. Becca kannte die Höhle nicht.»

«Und dort hast du dich auch in den vergangenen Tagen versteckt?»

Nathalie senkt den Kopf. «Ja.»

«Und du hast das Boot verschwinden lassen.» Michelle steht ans Fensterbrett gelehnt, die Arme verschränkt.

«Als ich mitbekam, dass ihr vorzeitig abreisen wolltet, sah ich keine andere Möglichkeit, euch davon abzuhalten. Es war meine letzte Chance, Antworten zu bekommen.»

«Und um unserem Gedächtnis ein wenig auf die Sprünge zu helfen, hast du Beccas Geist gespielt.» Michelle verzieht den Mund. «Du bist doch wohl völlig durchgeknallt.»

«Das war keine Absicht.» Nathalie sieht jetzt mich an. «Es war nicht geplant, dass ihr mich seht, das müsst ihr mir glauben. Ich wollte mich gerade zurückziehen. Ich wusste ja, dass ihr wieder zum Haus hochkommen würdet, sobald ihr bemerkt, dass das Boot fort ist. Ich war einfach nicht schnell genug.»

Mir kommt ein Gedanke. «Könnte es sein, dass Eileen dich später noch mal gesehen hat?», frage ich.

«Wieso glaubst du das?»

«Wir haben uns getrennt, um dich zu suchen. Irgendetwas muss der Auslöser gewesen sein ...» Ich kämpfe gegen einen erneuten Strudel aus Versen in meinem Kopf, bevor ich den Satz beenden kann. «... dafür, dass sie glaubte, es nicht mehr auszuhalten.»

Nathalie beißt sich auf die Lippe. «Wenn es so war, habe ich es nicht bemerkt. Ich bin zur Höhle zurückgelaufen, habe fieberhaft überlegt, was ich tun soll. Schließlich beschloss ich, mit euch zu reden. Ich wollte mich zu erkennen geben, ehrlich. Schließlich hattet ihr mich ja sowieso schon gesehen, es brachte also nichts mehr, mich weiterhin zu verstecken. Ich hatte doch keine Ahnung, dass ihr mich für Becca gehalten habt!»

«Haben wir auch nicht», sagt Michelle mit kalter Stimme. «Nicht eine Sekunde lang.»

Nathalie wirft ihr einen verunsicherten Blick zu. «Jedenfalls machte ich mich auf den Weg zurück zum Haus», fährt sie dann fort. «Doch dann sah ich euch alle auf dem Waldweg, und Eileen – erst nahm ich an, sie wäre verletzt, und ihr würdet sie deshalb tragen. Bis ich das durchschnittene Seil auf der Lichtung sah. Gott, was für ein grauenvoller Anblick!» Sie reibt sich mit zittrigen Händen die Augen. «Ich bin euch gefolgt, habe gewartet, bis ihr im Haus wart, und mich dann im Schuppen versteckt. Ich wollte einen geeigneten Moment abpassen, um mit euch zu reden. Und dann kamen Lara und Vincent, um Holz zu holen.» Sie reibt sich die Augen. «Das ist alles so furchtbar. Ich habe das nicht gewollt. Wenn es einen Weg gäbe, die Zeit zurückzudrehen ...» Sie nimmt die Hände runter, ich sehe Tränen auf ihren Wangen glitzern. «Ich habe alles noch schlimmer gemacht.»

«Genau das hast du», bestätigt Michelle. «Deinetwegen ist Eileen tot. Ich könnte –»

«Das genügt jetzt», geht Vincent dazwischen. «Komm, setz dich, Nathalie, du zitterst ja total.» Er führt sie zu einem Sessel und drückt sie ins Polster.

Seine Fürsorglichkeit berührt mich. Gleichzeitig versetzt sie mir einen Stich.

Michelle lässt sich nicht so leicht besänftigen. «Nimmst du sie etwa in Schutz?», fährt sie Vincent an. «Auf wessen Seite stehst du eigentlich?»

«So ein Quatsch», entgegnet Vincent. «Ich stehe auf keiner Seite. Darum geht es doch gar nicht. Es ist niemandem geholfen, wenn wir uns gegenseitig beschuldigen. Keiner von uns wollte, dass so etwas geschieht. Und keiner konnte es vorhersehen. Es war keine böse Absicht. Also bleibt bitte ruhig. So wie es aussieht, müssen wir noch einige Stunden zusammen hier ausharren. Das sollten wir irgendwie hinkriegen, ohne uns gegenseitig zu zerfleischen.»

«So einfach ist das also, ja? Vergeben und vergessen, war ja nur ein Versehen.»

Vincent atmet tief ein und aus. «So meine ich das nicht, Michelle. Und das weißt du auch.»

«Wir wollen es doch nur verstehen», schalte ich mich ein. «Wir haben uns die ganze Zeit Sorgen um Eileen gemacht. Sie war irgendwie ... komisch.» Ich schaue fragend zu Michelle. «Eigentlich schon, seit wir auf der Insel angekommen sind, stimmt's?»

Michelle nickt. «Sorry, Vincent, ich wollte dich nicht anschreien. Aber ich bin total fertig.» Sie tritt vom Fenster weg, lässt sich in einen Sessel fallen.

«Kein Thema.» Er hebt die Hände. «Eileen war also schon seit eurer Ankunft merkwürdig? Inwiefern?»

«Sie war ein Nervenbündel», antwortet Michelle. «Uns alle hat es aufgewühlt, wieder hier zu sein, klar. Aber sie war vollkommen durch den Wind.»

«Wir haben sogar darüber gesprochen», ergänze ich. «Michelle hat mich gebeten, auf Eileen achtzugeben. Ihr zu sagen, wenn mir etwas auffällt. Aber ich hätte doch nie gedacht, dass –» Ich stocke.

«Aber du hättest *was* nie gedacht?», fragt Vincent.

Michelle rutscht auf die Sesselkante, sie sieht beunruhigt aus. «Was ist los, Lara?»

«Da ist etwas, das ich dir nicht erzählt habe.» Ich wage es nicht, Michelle in die Augen zu sehen. Ich habe sie hintergangen, ihr verschwiegen, was ich wusste, obwohl sie mich ausdrücklich darum gebeten hat. Hätte ich es getan, wäre Eileen womöglich noch am Leben. Dabei hasse ich es, nicht aufrichtig zu sein. Ich wollte doch nur mein Versprechen halten.

Ich vergrabe das Gesicht in den Händen, sehe plötzlich wieder Eileen vor mir, wie sie in der Erde wühlt. Sie wirkte so zerbrechlich, so verzweifelt.

Worte blubbern in mir hoch. *Strauche, Hauche. Kind, Wind*. Ich dränge sie gewaltsam zurück. Eine Erkenntnis trifft mich so heftig, dass ich sie körperlich spüre wie einen Schlag ins Gesicht.

Ich lasse die Hände sinken. «Eileen muss etwas gewusst haben.»

Fragen prasseln auf mich ein. «Was denn? Was hat sie gewusst? Wovon redest du? Hat sie dir etwas erzählt?» Alle reden durcheinander, verstummen erst, als ich sie mit einer Geste zum Schweigen bringe.

Stockend erzähle ich, was in der Nacht passiert ist, wie ich Eileen auf der Treppe gehört habe, wie ich ihr nach draußen gefolgt bin, wo der vermeintliche Geist von Becca am Waldrand aufgetaucht ist.

An der Stelle breche ich ab, mein Blick wandert zu Nathalie. «Das warst du.»

Sie nickt. «Ich wollte Brennholz holen, es war so kalt in der Höhle.»

«Eileen hat dich gesehen. Sie ist dir über den Pfad durch den Wald gefolgt. Und ich bin ihr hinterher.»

Ich muss wieder abbrechen. Ein Zittern durchläuft mich, der Kamin ist noch immer kalt, ich friere. Vincent steht auf, kehrt kurz darauf mit einer Decke zurück und legt sie mir um die Schultern.

«Erzähl weiter», sagt er sanft.

«Ich verlor Eileen aus den Augen. Und Becca ... Nathalie ebenfalls. Irgendwann stand ich vor diesem Felsklotz. Dort, wo der Pfad abrupt endet. Ich konnte mir nicht erklären, wohin Eileen verschwunden war, bis ich sie hörte. Sie hockte im Unterholz und wühlte in der Erde herum. Und dann erbrach sie sich. Ich habe mich die ganze Zeit gefragt, warum sie sich die Mühe gemacht hat, dafür extra ein Loch zu graben. Aber das war gar nicht der Grund.»

Ich sehe die anderen der Reihe nach an. Keiner spricht ein Wort. Alle warten darauf, dass ich fortfahre.

«Sie hat das Loch nicht gegraben, weil ihr übel war. Das kam erst später. Sie hat dort etwas gesucht.»

Erst ist es sekundenlang still, dann reden alle durcheinander. Nathalie ist aufgesprungen und läuft unruhig hin und her. «Wir müssen da hin. Sofort.»

«Nicht bei dem Wetter», wirft Vincent ein. «Das ist viel zu gefährlich.»

«Du hast wohl Angst vor dem, was wir finden könnten», gibt sie zurück. Schon wieder schwimmen Tränen in ihren Augen. «Weißt du, was dort im Wald ist? Hast du mit Eileen unter einer Decke gesteckt?»

Vincent wird erst rot, dann blass. «Blödsinn», stößt er hervor. «Du spinnst wohl.»

Doch ich habe das Gefühl, dass er verunsichert ist, dass Nathalie einen wunden Punkt getroffen hat. Vielleicht liege ich aber auch mal wieder völlig daneben. Höchstwahrscheinlich sogar.

Ich räuspere mich. «Ich bin auch dafür, dass wir nachsehen.»

«Echt jetzt?» Michelle wirft mir einen unergründlichen Blick zu.

«Wir haben sowieso nichts Besseres zu tun, und das bisschen Wind und Regen machen uns ja wohl nichts aus», beharre ich.

Meinen Hauptgrund lasse ich unerwähnt, obwohl er

meine Wangen vor Scham glühen lässt. Wenn das so weitergeht, werde ich noch richtig gut darin, andere zu täuschen. Mein Motiv ist allerdings völlig eigennützig: Falls Eileen wirklich etwas über Beccas Verschwinden wusste, falls dort im Wald womöglich sogar der Beweis dafür liegt, dass sie irgendwie darin verwickelt war, dann wäre meine Schuld nicht ganz so groß. Dann hätte ich ohnehin nicht verhindern können, dass sie sich umbringt. Dann hätte ich vielleicht auch Beccas Tod nicht verhindern können. Dann wäre es kein Versäumnis meinerseits gewesen, dass meine Freundinnen gestorben sind, sondern Schicksal.

«Du glaubst doch nicht ernsthaft, dass Eileen etwas mit Beccas Verschwinden zu tun hatte?» Michelle sieht mich an, als hätte sie meine Gedanken gelesen. Ich schätze, sie stehen mir überdeutlich ins Gesicht geschrieben. So gut, wie ich dachte, bin ich dann wohl doch noch nicht darin, meine Gefühle zu verbergen.

«Wir wissen es nicht, oder?», gebe ich trotzig zurück.

«Das kann ich nicht glauben.»

«Dann sollte es ja kein Problem für dich sein, der Sache auf den Grund zu gehen.»

«Ich kann nicht glauben, dass du das überhaupt in Erwägung ziehst, Lara.»

«Es tut mir leid», sage ich, und ich meine es auch so. «Aber ich muss Gewissheit haben.» Ich blicke Nathalie an. «Sollen wir?»

Sie nickt. «Danke, dass du mitkommst.»

«Ich begleite euch.» Vincent greift nach dem Regenmantel. «Was ist mit dir, Leon?»

Der verschränkt die Arme hinter dem Kopf. «Ich wünsche euch viel Spaß.»

«Ihr spinnt doch total.» Michelle stellt sich wieder ans Fenster.

Ich halte kaum aus, dass sie sauer auf mich ist, es zerreißt mich innerlich. Aber ich muss das durchziehen.

Für Becca. Für Nathalie. Für mich.

DREIZEHN

Schweigend ziehen Nathalie und ich uns an und treten nach draußen. Eine Böe erfasst mich und lässt mich stolpern. Vincent hält mich fest.

«Im Wald ist es hoffentlich besser», sagt er. «Allerdings müssen wir aufpassen, dass uns kein morscher Ast auf den Kopf fällt. Das ist wirklich scheißgefährlich.»

Ich ahne, dass er nur mitkommt, weil ihm klar ist, dass er mich nicht abhalten kann, und ein warmes Gefühl durchströmt mich, lässt mich für einen Augenblick Kälte und Sturm vergessen.

Wir kämpfen uns durch das Unwetter auf den Wald zu. Als wir ihn fast erreicht haben, höre ich ein Rufen hinter uns, so leise und verzerrt, dass ich erst glaube, es mir nur einzubilden. Doch dann bleibt Vincent stehen. Er hat es auch gehört.

Als wir uns umdrehen, sehen wir Michelle und Leon, die auf uns zueilen. Leon trägt etwas über der Schulter. Einen Spaten.

Er bemerkt meinen Blick. «Wenn wir das schon machen, dann richtig», sagt er.

Ich sehe Michelle fragend an. «Du hast deine Meinung geändert?»

«Ich kann dich doch bei dieser Sache nicht allein lassen», sagt sie. «Auch wenn ich es nach wie vor idiotisch finde.»

Ich gehe voran durch den Wald. Der Regen ist hier kaum weniger heftig als auf dem kahlen Hügel. Der Sturm lässt die morschen Bäume ächzen. Einmal liegt ein beindicker Ast auf dem Weg, und wir müssen darüberklettern. Wir erreichen den Abzweig, kurz danach taucht der große Fels vor uns auf.

Ich bleibe stehen, drehe mich suchend im Kreis. Tagsüber sieht es hier ganz anders aus. Ich erkenne den Ort kaum wieder. Eine kurze, heftige Panikwelle überrollt mich. Was, wenn ich mir das alles nur eingebildet habe? Wenn ich phantasiert habe, einen meiner Anfälle hatte, und Eileen nie hier gewesen ist?

Ich atme schneller, spüre, wie sich die Verse in meinem Kopf zusammenrotten, bereit, den Kampf gegen die feindliche Außenwelt anzutreten.

Da entdecke ich einen Birkenstumpf, über den ich beinahe gestolpert wäre, als ich mich zu Eileen ins Unterholz gekämpft habe.

«Dort ist es.» Ich zeige auf die Stelle.

«Geh vor», bittet Nathalie mich.

Ich zwänge mich an einem Strauch vorbei, atme erleichtert aus, als ich die kleine Mulde finde, die Eileen gegraben hat. Ich glaube sogar, Erbrochenes zu erkennen. Aber ich bin nicht sicher. Es könnten auch morsche Holzstückchen oder Pilze sein, denn der Regen hat alles mit Wasser durchtränkt, selbst hier im Unterholz.

Die anderen haben zu mir aufgeschlossen, betrachten das kaum erkennbare Loch.

«Also gut», sagt Leon. «Wir wechseln uns ab. Ich fange an.» Er sticht den Spaten in die Erde.

Nathalie stöhnt auf.

«Was ist?», fragt er.

«Nichts. Mach weiter.»

Vincent legt ihr den Arm um die Schultern. «Setz dich da vorn auf den Baumstamm. Du musst nicht helfen, du solltest dich schonen.»

«Immer der Ritter in schimmernder Rüstung.» Michelle zieht die Augenbrauen hoch und wirft mir einen Blick zu.

Ich könnte nicht sagen, ob sie es ernst meint oder ironisch, ob sie Vincent dankbar ist oder sein Verhalten aus irgendeinem Grund missbilligt. Und ich kann es auch nicht in seinem Gesicht lesen, denn er wendet sich ab, um Nathalie zu dem Baumstamm zu begleiten.

Nach einer Weile löst Vincent Leon beim Graben ab. Es ist schwierig, mehr als einige Zentimeter tief ins Erdreich zu gelangen, denn es ist von Steinen und fingerdicken Wurzeln durchzogen. Vincent will erst protestieren, als ich nach etwa zehn Minuten die Hand nach dem Spaten ausstrecke, doch dann gibt er nach.

«Verausgabe dich nicht zu sehr», sagt er. «Niemand hat etwas davon, wenn du umkippst.»

«Keine Sorge, so schnell mache ich nicht schlapp.»

Entgegen meiner Behauptung bin ich schon nach wenigen Stichen erschöpft, grabe aber entschlossen weiter. Um keinen Preis will ich mir etwas anmerken lassen. Nach mir übernimmt Michelle, die jedoch kaum weiterkommt.

Erst als Leon wieder an der Reihe ist, stoßen wir auf etwas. Er sticht den Spaten in die Erde, hält abrupt inne, beugt sich über das Loch, das etwa dreißig Zentimeter tief ist und den Umfang eines Gullydeckels hat. Er streckt den Arm aus, nimmt etwas vom Boden auf und hält es hoch.

Obwohl ich damit gerechnet habe, überläuft mich ein Schauder. Entsetzt stöhne ich auf. Was Leon in der Hand hält, ist ein Knochen. Er ist nicht besonders groß, leicht gebogen und scheint an einem Ende abgebrochen zu sein.

Leon reicht Vincent seinen Fund. «Könnte der von einem Menschen stammen?»

Vincent nimmt ihn entgegen und studiert ihn eingehend. «Das ist ein Rippenknochen», sagt er dann. «Könnte von einem Menschen sein, aber ganz sicher bin ich nicht. Es fehlt ein Stück.»

Niemand sonst sagt etwas. Leon gräbt vorsichtig weiter. Ich sehe Michelle an, die die Arme um ihren Oberkörper geschlungen und den Blick starr auf die Grube gerichtet hat. Nathalie ist aufgestanden, als Leon den Knochen gefunden hat, und steht neben Michelle. Ihren Gesichtsausdruck kann ich nicht deuten.

Weitere Knochen tauchen auf, einige sehen aus wie Wirbel.

«Grab ein Stück weiter links», bitte ich Leon. «Wenn das wirklich ein menschliches Skelett ist, müsste dort der Schädel liegen.»

Leon sieht erst mich an, dann Vincent, der zustimmend nickt.

Vincent muss Leon noch einmal ablösen, dann schält sich mit einem Mal etwas helles Glattes aus dem Untergrund. Ich helfe Vincent, behutsam mit den bloßen Händen weiterzugraben, bis wir den Schädel freigelegt haben.

Einen Moment lang sehen wir ihn alle stumm an. Mein Blick wandert zu Nathalie, die mit einem Mal erstaunlich gefasst aussieht. Nicht traurig oder erschüttert oder am Boden zerstört, eher ... beruhigt. Aber vermutlich ist das nur der Schock.

Ich breche das Schweigen, wende mich an Vincent. «Kannst du erkennen, ob er von einem Mann oder einer Frau ist?»

«Ich bin kein Experte auf diesem Gebiet, aber ja, wenn ich mir die Augenbrauenwülste und die Ausprägung der Stirn- und Scheitelhöcker ansehe, bin ich ziemlich sicher, dass er von einer Frau stammt.»

«Es ist Becca.» Ich stehe auf, lehne mich an einen Baumstamm, ausgelaugt, körperlich und seelisch am Ende meiner Kräfte, vollkommen leergepumpt, sodass selbst die Dichter in meinem Kopf schweigen.

«Das wissen wir nicht sicher», gibt Vincent zu bedenken.

«Doch», widerspricht Nathalie und beugt sich über die Grube. Als sie sich wieder aufrichtet, hält sie etwas silbrig Glänzendes in der Hand. Es ist eine Kette, erstaunlich gut erhalten nach so vielen Jahren in der Erde. Der Anhänger besteht aus einem filigranen Traumfänger aus feinen Silberfäden, in deren Mitte ein kleiner Bernstein sitzt. Beccas Lieblingsstein, genau wie an dem Ring, den ich in dem hohlen Baum beerdigt habe.

«Beccas Kette?», fragt Vincent.

Nathalie nickt. «Ich hatte sie ihr zum Abi geschenkt.»

Sie legt ihre Finger um das Schmuckstück. Dann gibt sie einen seltsamen Wimmerlaut von sich und fängt an, hektisch ein- und auszuatmen. Sekunden später klappt sie zusammen wie eine Marionette, deren Fäden durchgeschnitten wurden.

«Fuck», zischt Leon und lässt den Spaten fallen, um sie aufzufangen.

Auch Vincent streckt die Arme aus, doch beide sind nicht schnell genug. Nathalie sinkt zu Boden, ihr Kopf kippt nach vorn, prallt auf die Erde, nur wenige Zentimeter neben Beccas bleichem Schädel.

Während die beiden Männer und Michelle sich um Nathalie bemühen, sie vom Boden hochheben und aufzuwecken versuchen, stehe ich reglos da und fühle mich wie eine Darstellerin in einem absurden Theaterstück, die ihren Text vergessen hat.

In meinem Hirn herrscht absolute Leere. Ich kann keinen einzigen klaren Gedanken fassen, geschweige denn, etwas Sinnvolles tun. Ich bin innerlich und äußerlich gelähmt. In den vergangenen Stunden ist so viel auf mich eingeprasselt, dass ich mit der Verarbeitung nicht hinterherkomme. Deshalb hat irgendetwas in mir den Notschalter umgelegt und alle Systeme abgeschaltet.

Protokoll der Vernehmung der Zeugin Eileen Haardt

ORT: Polizeistation, Järnvägstorget 5, Karlskrona
DATUM: Montag, 18.8.2003
Anwesend sind Polizeikommissar Johan Berggren und Polizeiinspektorin Karin Samuelsson

BERGGREN: Bitte beruhige dich, Eileen. Möchtest du ein Glas Wasser?
HAARDT: Nein. Oder doch, ja.
BERGGREN: Meine Kollegin holt dir eins. Meinst du, du kannst uns einige Fragen beantworten?
HAARDT: Aber ich weiß doch gar nichts.
BERGGREN: Dann erzähl einfach erst mal, wie du gemerkt hast, dass deine Freundin Rebecca verschwunden ist.
HAARDT: Das war ich nicht.
BERGGREN: Wie bitte? Was warst du nicht?
HAARDT: Ich meine, ich habe es nicht bemerkt, sondern Michelle. Wir sind aufgestanden, wir hatten uns extra den Wecker gestellt, und haben angefangen zu packen. Irgendwann meinte Michelle, dass es so still in dem anderen Zimmer wäre, in dem Becca und Lara schliefen. Und sie ist rübergegangen, um die beiden zu wecken.
SAMUELSSON: Hier, trink etwas Wasser.

HAARDT: Danke. Jedenfalls kam Michelle wieder und meinte, Becca wäre nicht in ihrem Bett.

BERGGREN: Erwähnte sie, ob das Bett benutzt war?

HAARDT: Ich ... ich weiß nicht.

BERGGREN: Gut, und weiter?

HAARDT: Wir haben das Haus abgesucht, keine Spur von ihr.

BERGGREN: Warum hast du Lara nicht geweckt?

HAARDT: Das haben wir ja.

BERGGREN: Aber erst, nachdem ihr Rebecca im Haus nicht gefunden hattet.

HAARDT: Ja. Mit ihr ist immer alles so kompliziert. Wir wollten sie nicht unnötig beunruhigen.

BERGGREN: Gut. Weiter.

HAARDT: Wir haben Becca nirgendwo gefunden, und da habe ich Panik gekriegt.

BERGGREN: Warum?

HAARDT: Na ja, wir waren auf einer Insel, wir waren am Abend zuvor alle ziemlich betrunken gewesen. Es hätte Gott weiß was passiert sein können.

BERGGREN: Was, dachtest du, wäre passiert?

HAARDT: Dass sie von einer Klippe ins Meer gestürzt ist vielleicht.

BERGGREN: Warum hätte sie mitten in der Nacht rausgehen sollen?

HAARDT: Becca macht manchmal solche Sachen. Sie ist unberechenbar.

BERGGREN: Wann hast du sie zum letzten Mal gesehen?

HAARDT: Ich habe mir schon den Kopf darüber zerbrochen, ich weiß es nicht mehr.

BERGGREN: Sie war nicht dabei, als Michelle und du die beiden jungen Männer zum Bootsanleger begleitet habt, richtig?
HAARDT: Stimmt. Da waren Lara und Becca schon schlafen gegangen.
BERGGREN: Gab es Streit an dem Abend?
HAARDT: Nein, natürlich nicht.
BERGGREN: Und vorher?
HAARDT: Nein.
SAMUELSSON: Auch nicht mit Lara?
HAARDT: Nein. Wieso?
SAMUELSSON: Lara hat also nicht herausgefunden, dass du mit Vincent geschlafen hast?
HAARDT: Was?
SAMUELSSON: Wenn sie es gewusst hätte, wäre sie doch bestimmt sehr wütend auf dich gewesen.
HAARDT: Aber woher ... Ich wollte das nicht. Nicht unbedingt mit ihm. Nicht ausgerechnet in dieser Hütte. Es sollte doch schön sein. Aber dann ist es einfach passiert. Es war ... ich hatte noch nie ...
BERGGREN: Hier sind Taschentücher, bediene dich.
HAARDT: Geht schon, danke.
SAMUELSSON: Du hattest also mit Vincent dein erstes Mal.
HAARDT: Die anderen wissen das nicht. Ich bin mir so albern vorgekommen. Selbst Lara hatte schon mal was mit einem Typen, sogar mit mehr als einem, und das, obwohl sie sich nicht gern anfassen lässt.
SAMUELSSON: Dennoch hat sie Vincent Molitor einen Korb gegeben.

HAARDT: Ich denke, das lag daran, dass es ihm so ernst ist. Damit kommt sie nicht richtig klar.

SAMUELSSON: Und wie erklärst du dir, dass er mit dir mitgegangen ist?

HAARDT: Er war unglücklich, weil Lara ihn zurückgewiesen hat. Sie kann so furchtbar direkt und unsensibel sein. Ich habe ihn getröstet, versucht, ihm zu erklären, wie sie ist. Und dann ...

BERGGREN: Hast du dich in ihn verliebt.

HAARDT: Nicht richtig, nein. Ich finde ihn nett, das schon, ja.

BERGGREN: Habt ihr in den vier Wochen auf der Insel noch von anderen Personen Besuch gehabt außer den beiden jungen Männern?

HAARDT: Nein.

BERGGREN: War jemand ungebeten dort?

HAARDT: Nein. Ich meine, ich hoffe nicht. Wir ... wir haben nackt gebadet und so. Wenn uns da jemand beobachtet hätte ...

SAMUELSSON: Wie stehst du zu Rebecca?

HAARDT: Sie war ein ganz besonderer Mensch. Eine begabte Künstlerin. Und eine gute Freundin.

SAMUELSSON: Sie *war*?

HAARDT: Das Boot, ich sehe immer das umgekippte Boot vor mir. Kann ich mehr Wasser haben?

SAMUELSSON: Natürlich. Bitte. Ich habe mir sagen lassen, dass Becca auch schwierig sein kann.

HAARDT: Launisch, ja. Und aufbrausend. Besonders wenn man sie beim Malen stört. Aber für uns ist das okay. Wir haben alle unsere Macken.

SAMUELSSON: Welche Macke hast du?
HAARDT: Ich bin total ängstlich. Deshalb war mir der Gedanke auch zuerst unheimlich, allein auf dieser Insel Urlaub zu machen. Ich habe mir alle möglichen Gedanken gemacht: Was, wenn das Boot einen Motorschaden hat und wir nicht wegkommen? Oder wenn ein Sturm losbricht und der Strom ausfällt? Wenn eine von uns sich verletzt und wir nicht einfach schnell ins Krankenhaus fahren können?
BERGGREN: Deine Freundin Michelle glaubt, dass Rebecca euch mit ihrem Verschwinden einen Streich spielen wollte.
HAARDT: Zuzutrauen wäre es ihr.
BERGGREN: Aber du glaubst das nicht?
HAARDT: Ich weiß nicht.
BERGGREN: Warum hast du eine Panikattacke gekriegt, als Rebecca gestern Morgen nicht im Haus war?
HAARDT: Ich weiß nicht. Ich ... Vielleicht, weil es das war, was ich die ganze Zeit befürchtet hatte. Keine Ahnung.
BERGGREN: Michelle hat dann Lara geweckt, um mit ihr die Insel abzusuchen.
HAARDT: Ja.
BERGGREN: Und du bist im Haus geblieben?
HAARDT: Ich konnte es nicht verlassen, ich konnte nicht da raus. Schon der Gedanke hat mir die Kehle zugeschnürt.
BERGGREN: Was hat Rebecca deiner Meinung nach mit dem Boot vorgehabt?
HAARDT: Mit dem Boot?
BERGGREN: Warum hat sie mitten in der Nacht das Boot genommen? Wohin wollte sie?

HAARDT: Ich weiß nicht.
BERGGREN: Könnte sie sich umgebracht haben?
HAARDT: Umgebracht? Gütiger Himmel! Warum?
BERGGREN: Weil sie den Studienplatz nicht bekommen hatte, den sie unbedingt wollte. Da war eine Absage von der Universität der Künste in Berlin auf ihrem Computer. Sie hat sich möglicherweise deswegen mit Lara gestritten. Hat sie das nicht erwähnt?
HAARDT: Eine Absage? Echt? Oh, mein Gott. Arme Becca, das war ihr so wichtig.
BERGGREN: Und dann war sie auch noch schwanger.
HAARDT: Schwanger?
BERGGREN: Das wusstest du auch nicht?
HAARDT: Becca war schwanger? Etwa von Leon?
BERGGREN: Hat sie den nicht abblitzen lassen?
HAARDT: Ja, schon. Aber dann hat sie auch wieder mit ihm geflirtet. Ich weiß nicht. Sie war schwanger? Sind Sie sicher? Oh, scheiße! Das ist ... Wir hätten nie herfahren sollen. Was für eine beschissene Idee. Das alles wäre nicht passiert, wenn wir zu Hause geblieben wären.
BERGGREN: So etwas kann niemand vorhersehen.
HAARDT: Das ist so schrecklich! Ich kann nicht mehr, ich halte das nicht aus ... ich ...
BERGGREN: Schon gut. Meine Kollegin bringt dich nach draußen zu Michelle. Ich melde mich, falls wir noch einmal mit dir sprechen müssen.

VIERZEHN

Wir beschließen, nur die Kette mitzunehmen, die Knochen jedoch in der Erde zu lassen, und zum Haus zurückzukehren. Diesmal stimmen mir alle zu, als ich sage, dass möglichst keine weiteren Spuren verwischt werden sollten. Denn das Grab im Wald bedeutet nicht nur, dass Becca tatsächlich tot ist, dass nicht doch noch ein Wunder geschehen kann und sie plötzlich lebendig vor uns steht.

Es bedeutet zudem, dass jemand Becca etwas angetan oder doch zumindest ihre Leiche beseitigt hat. Denn sie hat sich ganz bestimmt nicht selbst in der Erde verscharrt. Und es bedeutet auch, dass Eileen davon wusste. Sie hat nicht zufällig genau an dieser Stelle gegraben.

Ich begreife jetzt, warum sie ständig von einem Geist geredet hat. Sie wusste, dass Becca tot ist, sie wusste sogar, wo ihre sterblichen Überreste liegen. Deshalb hat es sie noch mehr als Michelle und mich geschockt, die vermeintliche Becca zu sehen. Sie musste an einen Geist glauben, für sie gab es keine andere Erklärung für Beccas Auftauchen.

Auf dem Hügel angekommen machen Leon und Vincent einen Abstecher zum Schuppen, um endlich Feuerholz zu holen. Michelle und ich bereiten Tee zu, Nathalie sitzt zusammengesunken auf dem Sofa und betrachtet die Kette, die sie noch immer in der Hand hält.

Kurz darauf flackert ein Feuer im Kamin, die nassen Jacken hängen über den Stuhllehnen in der Küche und an der Garderobe im Flur, und wir wärmen unsere Finger an den heißen Teetassen. Michelle hat sich neben Nathalie gesetzt und besteht darauf, dass sie ihre Tasse leert, um schneller warm zu werden. Leon tippt auf seinem Handy herum, steckt es dann genervt in seine Hosentasche.

«Noch immer kein Netz?», fragt Michelle.

«Keine Chance.»

Ich nippe an meinem Tee, muss daran denken, wie wir erst gestern hier gesessen und getrunken haben, Michelle, Eileen und ich, ohne zu ahnen, dass eine von uns vierundzwanzig Stunden später nicht mehr leben würde.

So viele unbeantwortete Fragen spuken in meinem Kopf herum, dass mir ganz schwindelig ist. Ich frage mich, ob es den anderen ähnlich geht oder ob für sie nun geklärt ist, was damals geschah.

«Ich begreife noch immer nicht ganz, wie das alles zusammenhängt», sage ich in das Schweigen hinein. «Was ist damals passiert? Und woher wusste Eileen, wo Becca begraben liegt?»

«Dafür gibt es leider nur eine Erklärung, fürchte ich.» Michelle stellt ihre Tasse auf dem Couchtisch ab. «Auch wenn sie uns nicht gefällt.»

«Und die wäre?», fragt Vincent.

Es beruhigt mich, dass die Ereignisse von damals offenbar auch ihm ein Rätsel sind.

«Eileen muss Becca getötet haben.» Michelle sieht erst mich, dann Nathalie an, die merkwürdig apathisch noch immer auf die Kette starrt. «Bestimmt war es ein Unfall, eine Tat im Affekt. Jetzt, wo ich darüber nachdenke, erinnere ich mich wieder, dass Eileen gegen Ende des Urlaubs ziemlich genervt von Becca war, weil sie sich so oft zurückgezogen hat. Die beiden hatten sogar einen handfesten Krach, erinnerst du dich, Lara?»

Ich runzle die Stirn, grabe in meiner Erinnerung. «Ich bin nicht sicher.»

«Doch, das weißt du bestimmt noch. Es ging um diesen blöden Fön. Becca hat damit eins ihrer Bilder getrocknet und wollte ihn Eileen nicht geben, die ihn nach dem Duschen brauchte. Eine Lappalie, aber sie haben sich deswegen ganz schön in die Wolle gekriegt. Fast wären sie aufeinander losgegangen.»

Mir dämmert vage, dass da etwas mit einem Fön war. Mein Magen ballt sich zusammen, die Härchen in meinem Nacken stellen sich auf. Ich erinnere mich an das nervtötende Geräusch in Beccas und meinem Zimmer, das mich in die Flucht getrieben hat. Und da ist noch etwas, das ich nicht mehr richtig zusammenbekomme.

«Kann sein», murmle ich nachdenklich.

«Jedenfalls vermute ich, dass die beiden wieder gestritten haben», fährt Michelle fort. «Irgendwann in der Nacht, nachdem wir Leon und Vincent zum Bootssteg gebracht hatten.»

«Davon habe ich nichts mitgekriegt.»

«Du warst ja auch total weggetreten.»

«Stimmt.» Leon schneidet eine Grimasse. «Ich erinnere mich, dass du schon ziemlich früh eingeschlafen bist. So hatte Vin sich den letzten Abend mit dir bestimmt nicht vorgestellt.» Er grinst seinen Freund an.

Vincent wirft ihm einen ärgerlichen Blick zu. «Blödsinn.»

Ich will nicht an das denken, was Leon da andeutet. «Erzähl weiter», bitte ich Michelle.

«Es ist ja nur eine Theorie», räumt sie ein. «Aber ich vermute, die beiden haben so heftig gestritten, dass Becca unglücklich gestürzt ist, vielleicht die Treppe hinunter oder gegen eine Tischkante. Von einem Moment zum anderen war sie tot, und Eileen geriet in Panik.»

«Und hat sie in den Wald geschleppt und dort vergraben?» Vincent schüttelt den Kopf. «Habt ihr eine Ahnung, wie schwer ein toter Körper ist? Selbst eine so zierliche Person wie Becca? Das hätte Eileen niemals allein hingekriegt.»

«Da steht eine Schubkarre im Schuppen», gibt Leon zu bedenken. «Damit hätte sie es schaffen können. Bis zu der Stelle am Fels geht es ja fast nur bergab.»

«Und das Loch? Wir haben zu viert fast eine halbe Stunde dafür gebraucht, die Knochen auszugraben.»

Leon zuckt mit den Schultern. «Damals war das Unterholz bestimmt noch nicht so dicht.»

Ich versuche mir vorzustellen, wie Eileen Beccas Leiche mitten in der Nacht quer über die Insel karrt und im Wald verscharrt, aber ich scheitere. Mein Hirn will sich das nicht ausmalen. Mein Blick wandert zu Nathalie. Sie hat glasige Augen, ihr Blick wirkt noch immer leer.

Vincent scheint es auch bemerkt zu haben. «Du solltest dich ein bisschen hinlegen, Nathalie», sagt er. «Du musst am Ende deiner Kräfte sein.»

Sie dreht den Kopf in seine Richtung. «Ich bin okay», nuschelt sie. «Kümmert euch nicht um mich.»

Vincent zuckt die Schultern. «Wie du meinst.»

«Ja, echt. Mir geht es gut. Wirklich.» Sie wedelt mit der Hand, die Bewegung ist fahrig und unkoordiniert. Wenn ich es nicht besser wüsste, würde ich annehmen, sie wäre betrunken.

Ich denke an ihren Zusammenbruch eben im Wald, frage mich, ob sie wieder kurz vor dem Kollaps steht. Doch da Vincent, der ja als Arzt die Anzeichen kennen sollte, nicht beunruhigt zu sein scheint, nehme ich an, dass keine akute Gefahr besteht.

Leon gähnt. «Mann, ich bin total kaputt.» Er stellt seine leere Teetasse ab. «Als hätte mir jemand mit dem Hammer auf den Kopf geschlagen.»

«Du hast ja auch ganz schön in der Erde rumgewühlt», sagt Michelle. «Vielleicht sollten wir uns alle etwas ausruhen. Wir sitzen ja ohnehin hier fest.»

Vincent erhebt sich. «Ich bin mal kurz oben.»

«Was hast du vor?» Michelle klingt alarmiert.

«Ich will nur auf die Toilette gehen, was dachtest du denn?»

«Nichts. Sorry.» Sie lächelt entschuldigend. «Was ist mit deinem Tee? Du hast ihn gar nicht angerührt.»

Er winkt ab. «Mir wäre was Stärkeres lieber. Wodka. Oder Scotch.»

«Soll ich nachsehen, ob hier irgendwo eine Flasche ist?»

«Nein. War ein Scherz.»

Mich ergreift das beunruhigende Gefühl, dass zwischen Michelle und Vincent etwas abläuft, das ich nicht verstehe, eine Art verbaler Machtkampf. Aber ich kann mir nicht vorstellen, worum es gehen sollte. Und ich will auch eigentlich gar nicht darüber nachdenken. Mein Hirn hat genug damit zu tun, zu begreifen, dass Eileen tot ist, dass sie sich umgebracht hat, weil sie nicht länger ertragen konnte, mit der Schuld zu leben. Der Schuld an Beccas Tod.

FÜNFZEHN

Vincent räuspert sich lautstark, bevor er in Richtung Treppe stapft. An der Zimmertür wendet er sich noch einmal um und sieht mir direkt in die Augen. Wieder habe ich den Eindruck, dass ich irgendeinen Subtext nicht mitbekomme, und ich drehe den Kopf weg, weil mir sein Blick unangenehm ist. Dann höre ich, wie er nach oben verschwindet.

Sekunden vergehen. Leon gähnt wieder. Da endlich begreife ich. Vincent wollte mir vorhin im Schuppen etwas mitteilen. Aber dann tauchte Nathalie auf, und die Ereignisse überschlugen sich. Er will, dass ich ihm nach oben folge.

Ich springe auf. «Ich gehe auch mal.»

Michelle wirft mir einen merkwürdigen Blick zu, sagt aber nichts.

Oben im Bad ist niemand, aber die Tür zu dem Zimmer, in dem Eileens Leichnam liegt, ist nur angelehnt. Ich drücke sie ganz auf und schlüpfe hinein.

Vincent steht vor dem Bett. «Mach die Tür zu.»

«Aber ...»

«Bitte.»

Ich schließe die Tür und trete näher. «Was ist los?»

«Ich möchte dir etwas zeigen.» Er nickt zu Eileen hin,

deren Augen noch immer auf irritierende Weise halb geöffnet sind.

Der blaurote Striemen um ihren Hals, wo das Seil ihr in die Haut geschnitten hat, sieht aus wie eine hässliche, viel zu dicke Kette. Ich möchte den Blick abwenden, doch ich schaffe es nicht.

Mein Herz schlägt plötzlich schneller. Angst steigt in mir auf, unerwartet und heftig. Was auch immer Vincent mir zeigen will, ich will es nicht sehen. Ich will endlich abschließen. Ich kenne jetzt die Wahrheit, ich habe die Antworten, die ich gesucht habe. Eileen hat Becca getötet, versehentlich, da bin ich sicher, und dann sechzehn Jahre später sich selbst, als sie durch diese Reise wieder mit ihrer Tat konfrontiert wurde und ihre Schuld nicht länger ertragen konnte.

Ich muss daran denken, wie sie am ersten Abend hier einen Wein nach dem anderen gekippt hat. Jetzt begreife ich, warum sie das Bedürfnis hatte, sich zu betäuben, dass es mehr war als Nervosität oder Angst vor der mysteriösen Person, die uns eingeladen hat. Dass es die Konfrontation mit dem war, was sie all die Jahre zuvor getan hatte. Hat sie nicht davon gesprochen, dass sie ihr ganzes Leben vergeigt hat? Und dass es hier auf der Insel anfing? Mit einer falschen Entscheidung?

Als sie es sagte, dachte ich, sie spräche von der Entscheidung, hierherzufahren, den Urlaub mit uns auf Kristiansholmen zu verbringen. Aber das meinte sie gar nicht. Wie blind, wie naiv ich doch war!

«Lara, was hast du?» Vincent sieht mich besorgt an.

Mein Herz wummert. «Ich würde lieber wieder runtergehen.»

Er stellt sich vor mich und ergreift meine Oberarme. «Ich muss dir erst zeigen, was ich entdeckt habe. Es ist wirklich wichtig.»

Marizzebill. Marizzebill.

Ich schlucke. «Natürlich. Wenn du glaubst, dass es nötig ist.» Ich streiche mir die Haare aus der Stirn, mache dabei einen Schritt rückwärts, damit Vincent mich loslassen muss. Wenn er mir so nahe ist, geraten meine Gedanken durcheinander.

Er tritt wieder ans Bett. «Bereit?»

«Ja.» Ich positioniere mich neben ihm.

Vincent wirft einen Blick zur Tür, als wolle er sichergehen, dass niemand lauscht. «Es ist mir schon im Wald aufgefallen, als wir das Seil durchgeschnitten haben», beginnt er mit gesenkter Stimme. «Keine Ahnung, warum ich nicht sofort etwas gesagt habe. Ich schätze, es liegt daran, dass ich nicht weiß, wem ich trauen kann.»

Mein Herz legt noch einen Zahn zu. «Wovon sprichst du, um Himmels willen?»

Statt einer Antwort beugt Vincent sich über den Leichnam und dreht das Gesicht vorsichtig zur Wand, sodass der Hinterkopf zu sehen ist, wo die Haare schmutzig und verklebt sind.

«Siehst du das hier?» Er deutet auf die Stelle, an der die Verklebung besonders stark ist. «Getrocknetes Blut. Eileen hat eine Verletzung am Hinterkopf. Und der Menge des Blutes nach zu urteilen, erlitt sie sie, bevor sie starb.»

«Könnte sie gestürzt sein?»

«Unwahrscheinlich. Wenn sie sich beim Hinfallen den Kopf aufgeschlagen hätte, müsste die Verletzung tiefer liegen. So nah am Scheitel kann es eigentlich nur ein Angriff von einer anderen Person gewesen sein. Sie wurde höchstwahrscheinlich von irgendwem niedergeschlagen.»

«Aber ... ich verstehe nicht. Wer sollte das getan haben? Und warum?»

«Das weiß ich nicht.»

«Und wenn ihr ein Ast auf den Kopf gefallen ist?», frage ich hoffnungsvoll und denke an mein eigenes Abenteuer auf der Klippe.

«Dafür ist die Verletzung nicht großflächig genug und zu tief. Es war ein kleiner, schwerer Gegenstand, ein Hammer womöglich.»

Ich versuche zu begreifen, was das bedeutet. «Könnte sie sich umgebracht haben, nachdem das passiert ist?»

«Das halte ich für unwahrscheinlich.» Vincent berührt behutsam mit der Fingerspitze Eileens Kopf an der Stelle, wo sie verletzt wurde. «Der Schlag war sehr kräftig. Ich kann spüren, dass der Schädel gebrochen ist.»

«Das bedeutet ...»

«... dass sie bereits tot war, als sie aufgehängt wurde.»

«Nein.» Ich schlage die Hand vor den Mund. «Sie hat sich nicht selbst getötet?»

«Ich bin kein Rechtsmediziner. Aber ich kann mir nicht vorstellen, dass sie einen solchen Schlag überlebt hat. Und selbst wenn sie nur schwer verletzt war, hätte sie danach niemals die Kraft aufbringen können, sich an einem Ast zu erhängen.»

Marizzebill.

Ich kneife mir in den Handrücken, bis ich den Schmerz nicht mehr aushalte. «Also hat jemand Eileen getötet?»

«Davon bin ich fest überzeugt.» Vincent bewegt Eileens Kopf zurück in die ursprüngliche Position und dreht sich zu mir um.

Mir schwirrt der Kopf. Eben noch dachte ich, ich hätte verstanden, was geschehen ist. Ich war fest davon überzeugt, den Knoten entwirrt zu haben. Es gab eine Schuldige, die sich selbst gerichtet hat. Aber jetzt? Wer könnte Eileen getötet haben? Und warum?

«Begreifst du nun, warum ich mit dir allein sprechen wollte, Lara?»

Ich nicke benommen. Immerhin scheint Vincent mich nicht für die Mörderin zu halten. Oder ist es ein Trick? Hat er mich hochgelockt, um zu testen, wie ich reagiere?

Plötzlich muss ich an das denken, was Michelle mir über Leon gesagt hat. Er hat schon einmal beinahe getötet, hat deswegen im Gefängnis gesessen. Was, wenn er auch Becca aus Wut erschlagen hat? Und dann Eileen, weil er befürchten musste, dass sie ihm auf die Schliche gekommen ist?

«Stimmt es, dass Leon im Gefängnis saß?», frage ich mit tonloser Stimme.

«Das ist ewig her.»

«Also ist es wahr. Er hat einen Menschen angegriffen.»

«Der Typ hat ihn provoziert. Leon kommt aus einer schwierigen Familie, sein Vater war Alkoholiker, hat seine Mutter und ihn regelmäßig verprügelt. Der Typ hat Leon einen Feigling genannt, und seine Mutter eine dumme Nutte, die es nicht besser verdient hat. Viele Menschen wären an seiner Stelle ausgerastet.»

«Aber es war keine Notwehr, er wurde schließlich verurteilt.»

«Das stimmt.»

«Also hatte er sich nicht unter Kontrolle.»

«Das ist zwanzig Jahre her.»

Mir fällt etwas anderes ein. «Er kam Michelle und mir vorhin im Wald entgegen, von der Lichtung her, wo wir Eileen gefunden haben.»

«Er hat Eileen nichts angetan, glaub mir. Und Becca auch nicht.»

«Wie kannst du da so sicher sein?»

«Ich bin es einfach. Vertrau mir bitte.» Vincent greift nach meinen Händen und sieht mir in die Augen. «Versuch dich zu erinnern: Könnte es sein, dass Nathalie euch gestern Nacht im Wald beobachtet hat? Du hast doch gesagt, dass du sie draußen gesehen hast.»

Nathalie. Natürlich. Warum habe ich nicht sofort daran gedacht? Nathalie, die die Wahrheit über das Verschwinden ihrer Schwester herausfinden wollte. Nathalie, die sich schuldig fühlt, die glaubt, ihre Schwester im Stich gelassen zu haben. Nathalie, die so seltsam ruhig war, als wir die Gebeine ausgegraben haben.

Nathalie, die den Tod ihrer Schwester rächen wollte?

«Könnte sein, ja», sage ich nachdenklich. «Ich habe nicht darauf geachtet. Ich habe mir ja eingebildet, Becca zu verfolgen, als ich hinter Eileen her durch den Wald gerannt bin.»

«Wenn sie Eileen ebenfalls beim Graben beobachtet hat, könnte sie schon früher darauf gekommen sein, was das zu bedeuten hat.»

«Ich schätze, ja», stimme ich zu. «Aber warum hätte sie dann darauf bestehen sollen, dass wir alle hingehen und die Knochen finden?»

«Um uns ein Motiv für Eileens Suizid zu liefern.»

Logisch. Ich presse die Lippen zusammen. Wenn ich all die Male, die meine Freundin Jessie mir von ihren Thrillern erzählt hat, besser aufgepasst hätte, wäre ich von selbst darauf gekommen. Aber ich bin es nicht gewöhnt, meinen Geist auf so intrigant verschlungene Pfade zu schicken, ich gehe gewöhnlich den direkten Weg.

«Und jetzt?», frage ich.

«Am besten lassen wir uns nichts anmerken, bis die Polizei eintrifft.»

«Mir nichts anmerken zu lassen ist nicht gerade meine Stärke», entgegne ich. «Das weißt du doch.»

«Versuch es wenigstens.»

«Du hättest es mir nicht sagen sollen.»

«Ich wollte, dass du gewarnt bist. Und ich wollte nicht der Einzige sein, der Bescheid weiß, für den Fall, dass, hm, ich vielleicht keine Gelegenheit habe, es der Polizei zu erzählen.»

Ich starre ihn an, und während ich versuche, seinen Worten einen Sinn abzuringen, kippt das Zimmer um uns herum plötzlich zur Seite. «Was willst du damit sagen?»

«Du hast mich schon verstanden, Lara. Einer von uns ist ein Mörder. Wir wissen nicht, was er oder sie als Nächstes tun wird.» Er berührt meine Wange. «Bitte sei auf der Hut. Ich will nicht, dass dir etwas zustößt.»

In dem Moment knarrt es auf dem Flur. Mein Herz macht einen Satz, das Zimmer springt schlagartig in seine korrekte Position zurück. Vincent hastet zur Tür und reißt sie auf. Auf dem Flur ist niemand.

«Wir sollten runtergehen», sagt er.

Ich nicke benommen, mir geht noch immer der Satz im Kopf herum. *Einer von uns ist ein Mörder.*

Wie eine Zeile aus einer Ballade, deren übrige Verse mir entfallen sind.

Einer von uns ist ein Mörder.

Einer von uns ist ein Mörder.

SECHZEHN

Während ich die Treppe hinuntersteige, habe ich das Gefühl mich in einem Albtraum zu bewegen. Ich wünschte, ich würde aufwachen. Aber dieses Grauen ist real, und es gibt kein Entrinnen.

Als wir ins Wohnzimmer zurückkehren, sitzt nur Michelle dort und sieht uns erwartungsvoll an. «Da seid ihr ja endlich.»

«Wo sind Nathalie und Leon?», fragt Vincent und lässt den Blick unruhig durchs Zimmer wandern.

«Leon ist raus, mehr Holz holen», erklärt Michelle. «Und Nathalie wollte aufs Klo. Habt ihr sie nicht gesehen?»

Das Knarren im Korridor! Ob Nathalie etwas von unserem Gespräch mitbekommen hat, bevor sie ins Bad gegangen ist? Falls ja, ist sie nun gewarnt. Ich fröstele, setze mich dicht ans Feuer.

Michelle legt den Kopf schief. «Was habt ihr denn so lange da oben getrieben?»

«Ich glaube nicht, dass dich das etwas angeht», antwortet Vincent an meiner Stelle und zwinkert mir zu.

Ich setze mich in einen Sessel und senke den Blick, weil ich sicher bin, dass mein Gesicht ein offenes Buch ist.

«Ihr habt wirklich Nerven», sagt Michelle. «Haben wir keine anderen Sorgen, müsst ihr ausgerechnet jetzt das nachholen, was ihr vor sechzehn Jahren nicht auf die Reihe gekriegt habt?»

Ich blinzele irritiert und will schon protestieren, als ich einen warnenden Blick von Vincent auffange. Erst da begreife ich, dass er Michelle absichtlich auf eine falsche Fährte gelockt hat. Ich schäme mich dafür, sie so zu hintergehen. Michelle ist meine beste Freundin. Und Vincent? Ich kenne ihn kaum. Was, wenn ich wieder auf einen Mann hereinfalle, der mich nur manipulieren will? Der womöglich etwas Übles im Schilde führt und einen Keil zwischen mich und Michelle treiben will? Doch warum sollte er das tun? Um seinen Freund Leon zu schützen? Oder sich selbst? Zweifel steigen in mir auf. Wem kann ich trauen? Was soll ich tun?

Vincent legt Holz nach, Michelle sammelt die Teetassen ein und verschwindet in der Küche. Ich presse die Finger auf die Schläfen, versuche, einen klaren Gedanken zu fassen. Vergeblich.

Ich höre Schritte auf der Treppe. Das muss Nathalie sein. Mein Blick wandert zu Vincent, doch er stochert im Kamin herum, scheint nichts gehört zu haben. Ich drehe mich um, keine Nathalie. Vielleicht ist sie zu Michelle in die Küche gegangen.

Ich starre in die Flammen, versuche, an nichts zu denken. Der Sturm heult für einen kurzen Moment laut auf, es klingt, als wäre er durch eine Ritze im Holz ins Zimmer gewirbelt, dann ebbt das Geräusch wieder ab.

Vincent dreht sich um. «Es zieht. Ist irgendwo ein Fenster auf?»

«Kann ich mir nicht vorstellen.»

«Dann friere ich vermutlich, weil ich noch immer die nassen Klamotten anhabe.» Er reibt sich mit einer Hand über die durchnässte Hose. In der anderen hält er den Schürhaken. «Ich schätze, ihr habt nichts in meiner Größe da?»

Michelle kehrt aus der Küche zurück, bevor ich antworten kann.

«Wo ist Nathalie?», frage ich.

«Keine Ahnung. Vielleicht noch oben.»

«Aber ich habe sie auf der Treppe gehört.»

Vincent legt den Schürhaken weg. «Ich schaue mal nach.»

Als er weg ist, sehe ich Michelle an. Das ist die Gelegenheit. Ich muss sie einweihen. Ich ertrage es nicht, sie im Ungewissen zu lassen. «Vincent glaubt, dass Eileen ermordet wurde», sage ich mit gesenkter Stimme. «Eigentlich sollte ich niemandem etwas verraten. Aber ich finde, du solltest es wissen. Er hat Nathalie im Verdacht.»

Michelle reagiert gelassener als erwartet. Sie nimmt mir gegenüber Platz und beugt sich vor. «Warum glaubt er das? Hat er irgendwelche Beweise?»

«Sie hat eine Verletzung am Hinterkopf. Jemand hat sie niedergeschlagen. Vincent meint, sie hätte danach nicht mehr die Kraft gehabt, sich zu erhängen.»

Sie nickt langsam. «Den Verdacht hatte ich auch schon», sagt sie. «Danke, dass du mir Bescheid gesagt hast. Wir müssen Nathalie auf jeden Fall im Auge behalten. Ich habe das Gefühl, dass sie kurz davor steht durchzudrehen. Sie ist eine tickende Zeitbombe.»

Ich denke daran, wie seltsam entrückt ihr Gesichtsausdruck war, als sie eben auf dem Sofa saß. «Den Eindruck habe ich auch.» Ich blicke in Richtung Treppe. «Keine Ahnung, warum Vincent wollte, dass ich niemandem von seinem Verdacht erzähle. Wir müssen doch zusammenhalten.»

«Ich habe da so eine Vermutung.»

«Echt? Und welche?»

Oben knallt eine Tür. «Später», zischt Michelle.

Kurz darauf gesellt sich Vincent wieder zu uns. «Oben ist sie nicht. Bist du sicher, dass du sie auf der Treppe gehört hast, Lara?»

«Ziemlich. Ja.»

«Aber wo ist sie dann hingegangen?»

Gleichzeitig schießen unsere Blicke in Richtung Flur. Das Windgeräusch fällt mir ein, die kurze Böe, die durch das Wohnzimmer gefegt ist.

«Könnte sie nach draußen gelaufen sein?», frage ich. «Zurück zum Grab ihrer Schwester womöglich?» Ich habe zwar keinen Schimmer, warum sie so etwas tun sollte, aber ich kann mich ohnehin nur schwer in ihre Lage versetzen. Wenn Vincent mit seinem Verdacht richtigliegt, hat sie vor wenigen Stunden einen Menschen umgebracht. Und sie ist höchstwahrscheinlich keine eiskalte Mörderin, vielleicht ist ihr erst später klargeworden, was sie da eigentlich getan hat. Sie muss sich hundeelend fühlen.

«Möglich wäre es.» Vincent kratzt sich am Kinn.

Michelle knetet ihre Finger. «Leon ist schon viel zu lange Holz holen. Vielleicht hat er sie weglaufen sehen und ist ihr gefolgt.»

«Dann sollten wir nachschauen», sagt Vincent.

In dem Moment ertönt ein Krachen im Flur, kurzzeitig wird das Heulen des Sturms lauter, genau wie eben, dann kracht es erneut, das Windgeräusch klingt wieder gedämpft.

«Die Tür ist nicht richtig zu.» Vincent läuft los, Michelle und ich stürzen hinterher. Tatsächlich. Die Haustür ist nur angelehnt.

Hastig streifen wir die Jacken über. Kaum sind wir draußen, prügelt der Regen auf uns ein, und innerhalb von Sekunden sind wir völlig durchnässt. Anfangs bin ich blind, so heftig klatscht es vom Himmel. Ich beschirme meine Augen, blicke mich suchend um. Vincent rennt derweil um die Hausecke in Richtung Holzschuppen.

Im nächsten Moment höre ich ihn rufen. «Hierher! Schnell!»

Michelle und ich setzen uns in Bewegung. An der Ecke bleiben wir wie vom Donner gerührt stehen. Vincent kauert über einer am Boden liegenden Gestalt. Es ist Leon. Er rührt sich nicht, und der Regen wäscht Blut aus einer klaffenden Wunde im Unterleib.

SIEBZEHN

Entsetzt starre ich auf die am Boden liegende Gestalt. In meinem Kopf hämmert ein einzelner Satz. Vincents Worte, lauter als alle Balladen.

Einer von uns ist ein Mörder.

Ich zwinge mich, näher zu treten, obwohl ich am liebsten wegrennen will. Einige Schritte neben Leon liegt das Messer, mit dem die Männer Eileen vom Baum geschnitten haben. Ich hatte es vorhin auf der Kommode in der Diele abgelegt, ohne weiter darüber nachzudenken. Nathalie muss es mitgenommen haben, als sie aus dem Haus lief.

Michelle geht neben Vincent in die Knie. «Lebt er noch?»

«Er hat Puls, aber nur schwach. Wir müssen ihn ins Haus tragen.»

Erleichterung durchrieselt mich. Rasch stoße ich zu den beiden und packe mit an. Vincent greift Leon unter den Armen, Michelle und ich umfassen je ein Bein. So schleppen wir ihn vorsichtig zurück zum Haus.

Als Leon endlich auf dem Sofa liegt, schickt Vincent uns Verbandszeug suchen. Wir finden nichts, nur einen Stapel Küchenhandtücher im Schrank unter der Spüle.

Vincent reißt Leons Hemd auf und presst ein gefaltetes

Handtuch auf die Wunde, das wir mit vereinten Kräften mit Hilfe eines Gürtels fixieren.

«Er muss sofort operiert werden», sagt Vincent. «Es könnten Organe verletzt sein. Oder eine Arterie.»

Michelle zückt ihr Handy. «Noch immer kein Netz.»

«Verfluchte Scheiße.» Vincent fährt sich mit den blutigen Fingern durch das regennasse Gesicht. «Wir müssen doch irgendetwas tun können!»

«Wir könnten ihn zum Boot hinuntertragen und an Land bringen», schlage ich vor.

«Bei dem Seegang?» Michelle schüttelt den Kopf. «Das wäre lebensmüde.»

«Ich könnte versuchen, allein Hilfe zu holen», sage ich, obwohl mich der Gedanke an die wogende See in Panik versetzt. Andererseits würde es bedeuten, von der Insel runterzukommen. «Ich bin eine gute Schwimmerin.»

«Kommt gar nicht in Frage», fährt Vincent mich an. «Das lasse ich nicht zu.»

«Aber wir müssen doch etwas für Leon tun.»

Vincent schlägt sich auf die Schenkel. «Im Boot ist eine Erste-Hilfe-Box. Und sogar eine Signalrakete. Warum habe ich nicht vorhin schon daran gedacht?»

«Aber bei dem Wetter kann doch sowieso niemand herkommen», wendet Michelle ein. «Selbst wenn du es schaffen solltest, die Rakete zu zünden.»

«Wir können es versuchen. Dann weiß man auf dem Festland zumindest, dass wir hier Hilfe brauchen.» Vincent steht auf. «Du bleibst bei Leon, Michelle. Achte auf das Handtuch. Es muss fest auf der Wunde sitzen. Lara und ich laufen zum Boot. Wir beeilen uns.»

«Und wenn ...?» Ich breche ab.

Michelle versteht mich trotzdem. «Mach dir keine Sorgen um mich, Lara. Ich komme klar. Lasst mich nur nicht zu lange allein, okay?»

«Bist du sicher?»

Sie nickt mir zu. «Ja. Hauptsache, ihr macht schnell. Lasst mich nicht hängen. Versprochen?»

Mit einem mulmigen Gefühl im Bauch stehe ich auf. «Versprochen.»

Wieder streife ich den noch nassen Regenmantel über und folge Vincent nach draußen. Wortlos laufen wir den Pfad zum Steg hinunter.

Der Sturm ist so heftig, dass ich mich mit aller Kraft dagegenstemmen muss, um vorwärtszukommen. Vincent hat meine Hand ergriffen und zieht mich. Ich spüre, dass bei mir eine Grenze überschritten ist. Vor zwei Tagen noch hätte es mich zutiefst geschockt, einen Menschen zu sehen, der niedergestochen wurde. Doch nun lässt es mich beinahe kalt. Ich habe keine Gefühle mehr. Ich will nur noch, dass es endlich vorbei ist.

Ein Ast kommt uns über den Pfad entgegengerollt, wir müssen zur Seite springen. Vincent drückt mich gegen einen Baumstamm, bis die Gefahr vorüber ist.

«Alles okay?», brüllt er über den Sturm hinweg.

«Nein.»

Er legt die Arme um mich. Seine Lippen sind dicht an meinem Ohr. «Du bist stärker, als du denkst, Lara», sagt er mit gesenkter Stimme.

Ich frage mich, was Michelle mir eben erzählen wollte.

Und weshalb Vincent nur mich ins Vertrauen gezogen hat. «Du spielst doch nicht mit mir, oder?», frage ich.

«Gütiger Himmel, nein.» Er presst seine Wange an meine. «Ich habe damals nicht mit dir gespielt, und ich tue es auch jetzt nicht. Dafür bedeutest du mir viel zu viel. Bitte, Lara, vertrau mir. Ich –»

Über uns kracht es. Vincent zieht mich vom Baum weg. «Wir müssen weiter», ruft er. «Hier draußen sind wir nicht sicher.»

Wir erreichen die Biegung, von der aus man die Anlegestelle sieht, und bleiben entsetzt stehen. Eine Gestalt ist auf dem Boot, das wie ein Spielzeug auf den Wellen tanzt. Es ist Nathalie. Sie hat es bereits losgebunden und versucht, den Motor anzulassen. Eine Welle schwappt über die Reling, die Gestalt wird zu Boden geworfen.

«Komm», ruft Vincent. «Schnell!»

Wir rennen los. Ich lasse Nathalie nicht aus den Augen. Sie hat sich wieder aufgerappelt, versucht erneut, den Motor zum Laufen zu bringen.

Wir sind fast da, als eine große Welle das Boot überspült. Nathalie wird ins Wasser gerissen. Ich renne schneller, ziehe im Laufen den Regenmantel aus. Schon schlittere ich über das nasse Holz des Stegs. Ich reiße mir die Schuhe von den Füßen, schleudere sie ans Ufer.

«Was hast du vor?», ruft Vincent.

«Ich muss sie rausholen, sonst ertrinkt sie.»

Er hält mich fest. «Das ist viel zu gefährlich. Überlass mir das.»

Ich mache mich los. «Ich bin die bessere Schwimmerin.»

«Das ist Wahnsinn.»

Ich höre nicht auf ihn, suche die aufgewühlte See nach einer Spur von Nathalie ab. Tatsächlich sehe ich ihren Kopf kurz in einem Wellental auftauchen.

Bevor Vincent mich zurückhalten kann, springe ich kopfüber in die Fluten. Das Wasser ist so eisig, dass es sich anfühlt, als würde meine Lunge von einer gigantischen Zange zusammengepresst. Ich weiß, dass ich nur wenige Minuten habe, bis ich mich vor Kälte nicht mehr bewegen kann. Schnell kraule ich auf die Stelle zu, wo ich Nathalie gesehen habe, gleite dabei unter den Wellen hindurch. Aber ich finde sie nicht. Ich tauche, doch in dem aufgewühlten Wasser kann ich nichts erkennen. Rasch stoße ich wieder an die Oberfläche und schnappe keuchend nach Luft, als eine Welle über mir zusammenschlägt. Das Wasser dringt in meinen Mund, meine Nase, nimmt mir den Atem. Ich versuche, ruhig zu bleiben, nicht mitgerissen zu werden. Mir ist schwindelig, ich kriege kaum Luft, meine Glieder werden bereits steif und schwer. Trotzdem zwinge ich mich dazu, ruhige Schwimmbewegungen zu machen und dabei nach Nathalie Ausschau zu halten.

Aus den Augenwinkeln sehe ich Vincent auf dem Steg. Er deutet hinter mich. Und da sehe ich Nathalie, die hilflos die Arme in die Luft reckt. Mit zwei kräftigen Stößen bin ich bei ihr, kriege sie zu packen. Doch sie tritt und schlägt nach mir, sodass ich sie wieder loslassen muss.

Ich will sie anbrüllen, sie soll stillhalten. Aber als ich den Mund öffne, bringe ich nicht mehr als ein Krächzen hervor. In nächsten Moment baut sich eine riesige Welle vor uns auf, ich tauche hindurch, halte dabei jedoch Nathalies Pullover fest umklammert.

Als ich wieder auftauche, ist sie erschlafft und wehrt sich nicht mehr. Ich packe sie unter dem Kinn, ziehe sie mit kräftigen Stößen in Richtung Steg. Erst habe ich das Gefühl, gut voranzukommen, doch dann merke ich, wie meine Kräfte mehr und mehr nachlassen. Und der Steg ist noch immer verdammt weit weg.

Mir ist eiskalt, meine Zähne klappern, ich habe so viel Salzwasser geschluckt, dass ich den Brechreiz kaum noch unterdrücken kann, und meine Finger, die Nathalies Kinn umfassen, sind steif vor Kälte. Nicht mehr lange, und ich muss sie loslassen. Oder ich gehe mit ihr unter.

Da höre ich ein Rufen, ganz leise nur, denn der Sturm zerrt die Worte weg. Ich drehe den Kopf so weit, wie es geht, und sehe Vincent, der ein Tau schwingt. Schon platscht es dicht neben mir ins Wasser. Ich muss schnell reagieren, das weiß ich, aber meine Arme gehorchen mir nicht richtig. Und als ich Nathalie mit einer Hand loslasse, um nach dem Tau zu greifen, ist es schon außer Reichweite.

Vincent holt es ein und wirft es noch einmal. Diesmal schaffe ich es, danach zu greifen. Ich schlinge es um meinen Arm, greife dann wieder mit beiden Händen nach Nathalie. Eine Welle überspült uns, meine Lunge fühlt sich an, als würde sie jeden Augenblick explodieren.

Gleichzeitig spüre ich, wie Vincent an dem Tau zieht. Ich kralle mich daran fest, so gut ich kann. Langsam, viel zu langsam bewegen wir uns durch das Wasser. Wieder erwischt uns eine Welle, und ich schaffe es nur mit letzter Kraft, Nathalie festzuhalten. Ich habe die Orientierung verloren, weiß nicht mehr, wo unten und wo oben ist. Aber ich umklammere das Seil, an dem mein Leben hängt.

Als ich endlich Vincents Hände an meinen Schultern spüre, bin ich so entkräftet und steif gefroren, dass ich es nicht schaffe, auf den Steg zu klettern, geschweige denn, ihm zu helfen, Nathalie aus dem Wasser zu hieven. Er zieht sie heraus, legt sie auf den Holzbohlen ab, hilft mir ebenfalls aus dem Wasser, kniet neben mir nieder und presst mich an sich.

«Scheiße, Lara, ich dachte, ich hätte dich verloren», murmelt er in mein Haar.

Ich keuche und spucke Wasser, mein Sichtfeld ist reduziert auf einen Tunnel mit gleißend flimmernden Rändern.

«Bist du okay?»

Ich kann noch immer nichts sagen, nicke aber.

Er lässt mich los, wendet sich Nathalie zu, beatmet sie, massiert ihr Herz, bis sie nach einer Weile hustet und einen Schwall Wasser ausspuckt.

«Los», ruft er mir zu. «Wir müssen so schnell wie möglich ins Warme. Schaffst du es allein zurück nach oben? Dann trage ich sie.»

«Ja», krächze ich, noch immer außer Atem, und stehe auf.

Einen Moment lang wanke ich, das aufgewühlte Meer rast gefährlich schnell auf mich zu, aber dann ist der Schwindel vorbei. Auch der Tunnel ist verschwunden, mein Blick wieder klar.

Vincent wirft sich Nathalie über die Schulter und macht sich an den Aufstieg zurück zum Haus. Zitternd streife ich den Regenmantel und meine Schuhe über. Allerdings schaffe ich es nicht, die Schnürsenkel zu binden, also stopfe ich sie seitlich in die Schuhe, bevor ich Vincent hinterherwanke.

ACHTZEHN

Michelle erwartet uns an der Haustür. Sie ist bleich vor Sorge, nimmt mich erleichtert in die Arme und drückt mich an sich.

«Mein Gott, Lara, du bist ja klatschnass.» Sie berührt meine Wange. «Und eiskalt.»

«Ich musste Nathalie aus dem Wasser fischen. Aber es geht mir gut.»

«Was ist denn passiert?»

«Später», unterbricht Vincent. «Lasst uns erst mal reingehen.»

Ich helfe Michelle, Nathalie aus den nassen Sachen zu schälen und sie abzutrocknen. Wir wickeln sie in eine Wolldecke und schieben zwei Sessel für sie zusammen, denn auf dem Sofa liegt der schwerverletzte Leon. Er scheint kaum ansprechbar zu sein, doch als Vincent seinen Puls fühlt, nickt er zufrieden.

«Ich glaube, er ist stabil.» Er sieht Michelle an. «Holst du noch mehr Decken von oben? Wir müssen Nathalie warm halten.»

«Klar. Und danach koche ich Tee. Ich glaube, ich habe in meinen ganzen Leben noch nicht so viel Tee getrunken wie in den vergangenen zwei Tagen.» Sie verschwindet in Richtung Treppe.

Vincent legt seine Hand auf Nathalies Stirn, dann hebt er ihre geschlossenen Lider hoch. Sie stöhnt, zuckt, rollt mit den Augen, ihre Lippen bewegen sich, als wollte sie etwas sagen.

«Schscht», macht Vincent. «Alles wird gut. Ruh dich aus.»

Mir schießt der Gedanke durch den Kopf, dass sie eine Mörderin ist, eine Doppelmörderin sogar, falls Leon nicht überlebt.

«Wieso hat sie das getan?», frage ich.

«Ich nehme an, sie hat Panik gekriegt, wollte nur noch weg von hier.»

«Ich meine nicht das mit dem Boot.»

Er stopft die Decke fester um Nathalie. «Ich weiß es nicht.» Er tritt zurück, dreht sich zu mir um. «Du solltest heiß duschen und dir trockene Sachen anziehen.» Er streicht mir eine klatschnasse Haarsträhne aus dem Gesicht. «Du bist wirklich verrückt, Lara. Verrückt und mutig. Du hast Nathalie das Leben gerettet.»

Ich zucke verlegen mit den Schultern. «War kein großes Ding, ich bin eine gute Schwimmerin.»

Er lächelt. «Du bist eine Heldin. Und jetzt ab unter die Dusche.»

«Ganz wie Ihr befehlt, mein Herr.» Ich will mich wegdrehen.

«Moment noch.» Er zieht mich zu sich heran, drückt mir einen Kuss auf die Stirn. «Du weißt gar nicht, wie wunderbar du bist, Lara Jordan.»

Ich spüre, wie mir die Röte ins Gesicht steigt. «Rede nicht so einen Unsinn.»

«Ich meine es ernst.» Er küsst mich noch einmal, diesmal auf den Mund. «Und jetzt hau ab, sonst lasse ich dich nie wieder los.»

Ich wende mich ab, meine Knie sind weich, halb vor Kälte, halb überwältigt von dem berauschenden Gefühl, das Vincents Kuss in mir ausgelöst hat. In der Küche schnappe ich mir meinen Rucksack. Meine Arme sind noch ganz kraftlos von der Anstrengung, ich kann ihn kaum anheben.

Auf der Treppe begegnet mir Michelle, ein dickes Federbett vor den Bauch gepresst.

«Was war da draußen los?», fragt sie mit gesenkter Stimme. «Wollte sie sich umbringen?»

«Ich glaube nicht. Sie hat versucht, das Boot zum Laufen zu bringen. Ich schätze, sie wollte sich absetzen.»

Michelle nickt grimmig. «Dann besteht wohl kein Zweifel mehr, dass sie Eileen umgebracht hat. Und dass sie auch Leon töten wollte.»

«Aber warum Leon?» Ich streiche mir über die zitternden Oberarme.

«Keine Ahnung. Vielleicht glaubt sie, dass er Eileens Komplize war. Lass uns später darüber reden. Sieh erst mal zu, dass du in trockene Klamotten kommst.»

Unter der Dusche erwachen meine Glieder allmählich wieder zum Leben. Ich stehe unter dem heißen Wasser, bis es abrupt abkühlt. Der Boiler ist leer, aber mir ist wieder warm. Ich rubble mich gründlich trocken, betrachte mich im Spiegel. Da ist ein neuer Ausdruck in meinem Gesicht. Meine Züge sind zugleich härter und weicher. Aber vielleicht bilde ich mir das auch nur ein, weil der fleckige alte Spiegel mein Gesicht verzerrt.

Ich krame trockene Sachen aus meinen Rucksack. Unterwäsche, Socken, den Pulli vom Vortag. Eine zweite Hose habe ich nicht dabei, also muss für den Augenblick die Schlafanzughose genügen. Die nassen Sachen hänge ich über die Duschstange.

Ich bürste mir die Haare, betrachte noch einmal mein Spiegelbild, frage mich, was Vincent in mir sieht. Ob er mich attraktiv findet. Dann rufe ich mich zur Ordnung. Zwei Menschen sind tot, einer schwer verletzt, und ausgerechnet in dieser Situation fange ich an, mich mit meinem Äußeren zu beschäftigen, etwas, das mich sonst kaum interessiert. Ich sollte mich schämen.

Als ich die Bürste wegpacke, fällt mein Blick auf den Fön, der auf dem Spülkasten der Toilette liegt. Schlagartig ist mein Hals ganz eng, mein Atem geht flach. Ich taumle einen Schritt zurück. Verse sind plötzlich in meinem Mund, ich schlage die Hand davor, schlucke hart, doch sie lassen sich nicht wegdrängen.

Und es wallet und siedet und brauset und zischt.

Ich zwinge mich, den Fön anzusehen, es ist schließlich nur ein blödes Elektrogerät, ein Haufen Plastik, Heizdrähte, ein Ventilator, ein Motor. Nichts Bedrohliches. Ich muss das aushalten.

Bis zum Himmel spritzet der dampfende Gischt.

Ich weiß nicht, warum der Fön derart heftige Gefühle in mir auslöst, aber ich ahne, dass es mit dem Streit zwischen Becca und Eileen zusammenhängt, den Michelle erwähnt hat. Ich schätze mal, ich habe mehr davon mitbekommen, als mir in Erinnerung ist. Früher hatte ich häufig Aussetzer, wenn zu viele Geräusche auf einmal auf mich eingeprasselt sind. Vor allem, wenn menschliche Stimmen darunter waren, die sich stritten. Das konnte ich noch nie gut aushalten. Mein Hirn hat dann abgeschaltet, und wenn ich wieder zu mir kam, wusste ich nicht mehr, was in den Minuten zuvor geschehen war.

Ich wende den Blick nicht ab. Ich will mich nicht mehr so ausgeliefert fühlen. Ich will lernen, das Tosen in meinem Kopf auszuhalten, es zu überwinden. Ich strecke die Hand nach dem Fön aus. Es gibt nur einen Weg, seine Macht über mich zu bannen. Es ist ohnehin besser, wenn ich mir die Haare trockne. Mir ist zwar vom Duschen warm, aber die Kälte des Meeres sitzt noch in mir, ganz tief, dort, wo das heiße Wasser nicht hingelangt ist. Außerdem bedeutet es, dass ich noch einen Augenblick länger hier oben bleiben kann, nicht sofort hinuntergehen muss, wo all die unbeantworteten Fragen warten, wo Leon schwer verletzt auf dem Sofa liegt, und Nathalie halb ertrunken auf den zusammengeschobenen Sesseln. Und wo Vincent mir mit seinen süßen Worten den Kopf verdreht.

Ich greife nach dem Fön und stöpsle ihn ein. Meine Finger sind feucht vor Nervosität, eine Welle der Angst überrollt mich, als ich das Gerät einschalte.

Feuer mit Wasser. Dampfende Gischt.

Das Bad kippt. Der Spiegel dreht sich. Ich höre einen Schrei, lasse den Fön fallen. Er brüllt weiter, dröhnt in meinen Ohren wie ein Düsentriebwerk.

Dann plötzlich Stimmen, die sich mit dem Heulen des Föns vermischen. Michelle. Vincent. *Dampfende Gischt.*

Ein Messer blitzt auf. Alles ist voller Blut. Mein Gesicht, meine Hände, die Welt färbt sich rot.

Wieder Schreie. Und noch immer das Brüllen des Föns. Ich will mir die Ohren zuhalten, doch meine Arme gehorchen mir nicht. Das Messer. Und das viele Blut.

Feuer. Wasser. Gischt.

Schneller und schneller dreht sich das Zimmer, wie ein Strudel. Es saugt mich ein. Tief, tief.

Hinab in den strudelnden Trichter.

Ich stürze. Auf den Spiegel zu, der plötzlich kein Spiegel mehr ist, sondern der Kamin im Wohnzimmer. Flammen züngeln mir entgegen.

Hinab. Hinab.

Ein heller, schriller Schmerz.

Dann Stille.

NEUNZEHN

Lara!»

Etwas klatscht mir ins Gesicht. Ich schnappe nach Luft.

«Lara, wach auf.»

Ich öffne die Augen. Michelle ist dicht über mir. Ihre Züge sind verzerrt, der Raum hinter ihr ist verschwommen.

«Da bist du ja wieder.»

Ich will mich aufrichten, doch ein heftiger Schmerz schießt mir durch den Schädel, lässt mich zurücksinken. «Wo bin ich?»

«Du bist in Ohnmacht gefallen. Ich habe dir ein Kissen unter die Füße geschoben. Bleib noch einen Moment liegen, bis dein Kreislauf sich stabilisiert hat.»

Ich blicke zur Seite, die Bewegung löst einen leichten Schwindel aus. Ich bin im Wohnzimmer, liege auf dem himmelblauen Teppich, der die rauen Holzdielen bedeckt.

«Der Fön», krächze ich.

Michelle greift neben sich. «Du musst ihn mit runtergebracht haben. Er lag neben dir auf dem Boden.»

«Was ist passiert?»

«Ich weiß es nicht. Ich war draußen.» Sie berührt ihr Haar, und ich sehe, dass es feucht ist. Auch auf ihrer Stirn glänzen Tropfen. «Ich habe frisches Holz geholt, während

Vincent nach Leons Verband gesehen hat. Das Feuer sollte nicht ausgehen.»

Vincent. Ein verzerrtes Bild blitzt vor meinem inneren Auge auf. Das Messer. Das Blut. Wieder drehe ich den Kopf, diesmal bleibt der Schwindel aus. Von Vincent keine Spur.

«Wo ist er?»

«Vincent? Das wüsste ich auch gern.»

Panik durchflutet mich. Ich versuche, mich aufzurichten. Michelle hilft mir. Benommen sitze ich einen Augenblick lang da und spüre, wie mein Puls in meinen Schläfen hämmert. Leon liegt wie tot auf dem Sofa. Nathalie rührt sich ebenfalls nicht.

«Schläft sie?», frage ich.

«Ich habe ihr was gegeben, sie wacht so schnell nicht wieder auf. Ich dachte, es wäre das Beste.»

«Und Vincent?»

«Ich verstehe das auch nicht. Als ich rausgegangen bin, war er mit Leons Verband beschäftigt. Keine Ahnung, wie lange ich weg war, ein paar Minuten vielleicht. Ich musste mich zum Schuppen durchkämpfen, das Holz in den Korb schichten. Auf dem Rückweg musste ich den Korb zweimal absetzen. Er war verdammt schwer. Und als ich reinkam ...»

Michelle presst die Lippen zusammen.

«Was denn? Sag es mir!»

«Du lagst auf dem Boden, neben dir der Fön. In deiner Hand das Messer.»

«Welches Messer?» Meine Stimme überschlägt sich. «Welches Messer, verdammt?»

«Das von draußen, mit dem Nathalie Leon niedergestochen hat. Ich hatte es reingeholt, während ihr unten am Bootssteg wart. Ich wollte es nicht da rumliegen lassen.»

«Was wollte ich mit dem Messer?»

«Ich weiß es nicht. Erinnerst du dich denn nicht?»

«Nein.» Ich presse die Hände auf meine pochenden Schläfen. «Ich erinnere mich daran, dass ich den Fön eingeschaltet habe. Mehr nicht.»

Michelle ergreift meine Hände und drückt sie.

«Was habe ich getan?», flüstere ich.

«Mach dir keine Gedanken, wir kriegen das hin. Ich lasse dich nicht im Stich.»

«Aber ...»

«Der Fön.» Michelle schluckt. «So war es damals auch.»

«Wovon sprichst du?»

Michelle senkt den Blick. «Nichts. Vergiss es.»

«Michelle, rede mit mir.»

«Zwing mich nicht, bitte.»

«Aber ich muss es wissen.»

«Ich glaube nicht, dass das eine gute Idee ist. Du bist doch schon total durch den Wind.»

«So wie es aussieht, haben wir nur noch uns, Michelle. Wir sollten keine Geheimnisse voreinander haben.»

Wieder drückt Michelle meine Hände. «Ich wollte dir das nie sagen. Wir hatten uns geschworen, niemals, unter keinen Umständen, irgendwem davon zu erzählen.»

Mir schwirrt der Kopf, ich verstehe gar nichts mehr. «Wer ist wir? Wen meinst du?»

Michelle seufzt. «Eileen und mich.»

Ich löse meine Hände aus ihren und starre sie an. Etwas

Kaltes, Hartes presst meine Brust zusammen. Eileen und Michelle hatten ein Geheimnis vor mir. «Wovon, um Himmels willen, sprichst du, Michelle?»

«Es war an dem Samstag, dem letzten Tag auf der Insel. Wir wollten abends mit den Jungs grillen, erinnerst du dich?»

«Natürlich. Glaubst du, diesen Tag könnte ich je vergessen?»

«Aber woran erinnerst du dich wirklich? Auch an den Vormittag? An die Sache mit dem Fön?»

«Du hast vorhin erzählt, dass Eileen deswegen mit Becca Krach hatte.»

Michelle winkt ab. «Das war Tage zuvor.»

«Aber ...»

«Was genau passiert ist, weiß ich auch nicht. Eileen und ich hörten den Lärm aus eurem Zimmer. Der Fön lief, vermutlich trocknete Becca gerade eines ihrer Bilder. Außerdem war die Musik megalaut gestellt. Ich habe mich schon gefragt, wie du das aushältst. Plötzlich hörten wir euch streiten, und dann einen Schrei. Wir sind sofort ins Zimmer gerannt.» Michelle beißt sich auf die Lippe.

Meine Brust steckt in einem Schraubstock. «Sprich weiter», würge ich mühsam hervor.

«Als wir reinkamen, standest du in der Mitte des Zimmers und murmeltest vor dich hin. Ich glaube, es war der Erlkönig. Dein Blick war leer, du warst völlig abwesend. Becca lag auf dem Boden, ihr Hals war merkwürdig verkrümmt, neben ihrem Kopf breitete sich eine Blutlache aus. Ich habe mich sofort um sie gekümmert, habe nach ihrem Puls gefühlt. Doch für sie kam jede Hilfe zu spät.»

«Oh, mein Gott!» Ich schluchze auf. «Ich habe Becca getötet?»

«Es war bestimmt keine Absicht, Lara. Es war ein Unfall. Ich schätze, sie hat dich mal wieder geärgert, hat mit dem Fön vor dir herumgefuchtelt, um dich zu provozieren. Du weißt, wie sie sein konnte. Und du hast sie weggestoßen, oder versucht, ihr den Fön aus der Hand zu schlagen. Sie ist gestolpert, unglücklich gestürzt und mit dem Kopf gegen die Kante der Kommode geprallt.»

«O Gott, o Gott! Bitte sag, dass das nicht wahr ist!» Der Schmerz in meiner Brust ist so schneidend, dass ich kaum noch Luft bekomme.

«Tut mir leid, Lara, aber genauso war es. Eileen und ich haben nicht lange gezögert. Wir haben dich aus dem Zimmer geschoben und ins Bad gesperrt. Dann haben wir die Leiche unter dem Bett versteckt.»

«Aber warum?»

«Weil wir Angst um dich hatten. Du hattest gerade erst deine Diagnose bekommen. Du warst quasi offiziell mental gestört. Nicht für uns natürlich. Aber für den Rest der Welt. Wer weiß, was ein Gericht daraus gemacht hätte. Man hätte dich in die Psychiatrie eingesperrt, zusammen mit Psychopathen und Serienkillern. Das hätte dich kaputt gemacht. Becca war tot, ihr konnten wir nicht mehr helfen. Also wollten wir wenigstens für dich tun, was wir konnten.»

«Warum habt ihr nichts gesagt?»

«Weil du es mit deinem Drang, immer und überall die Wahrheit zu sagen, nie geschafft hättest, den Mund zu halten. Deshalb spielten wir dir vor, dass Becca noch lebt. Wir brachten ihr Essen hoch, redeten mit ihr durch die geschlossene Tür, ließen dabei die ganze Zeit laute Musik laufen, damit du keinesfalls auf die Idee kämst, das Zimmer zu betreten. Es war viel einfacher, als wir dachten.»

«Und als Vincent und Leon kamen?»

Michelle lächelt, sie sieht fast ein wenig stolz aus. «Da spielten wir das Theater weiter. Um sicherzugehen, gab ich was in die Cocktails. So waren sie ziemlich schnell nicht mehr nüchtern. Einmal war es echt knapp, Leon wollte unbedingt zu Becca hoch. Wir hatten die Tür abgeschlossen. Er stand davor, ließ sich nicht vertreiben. Ich bin dann über den Balkon reingeklettert, habe so getan, als wäre ich Becca und ihn durch die Tür angebrüllt. Wegen der lauten Musik, und wohl auch, weil er von den Cocktails schon ganz schön neben der Spur war, hat er nichts gemerkt.»

«Und dann?», frage ich fassungslos, die Hände auf meine schmerzende Brust gepresst.

«Als die Jungs endlich fort waren, haben wir Beccas Leiche verschwinden lassen. Du lagst auf dem Sofa und warst völlig weggetreten, dir hatte ich auch was in den Drink getan. Wir haben dich ins Bett getragen und uns danach um Becca gekümmert. Eigentlich wollten wir ihre Leiche ins Meer werfen. Aber dann hatten wir Angst, dass man sie zu schnell findet und anhand der Kopfwunde feststellt, dass sie gar nicht ertrunken ist. Deshalb haben wir sie im Wald vergraben, in der Hoffnung, dass niemand auf die Idee kommt, die Insel allzu gründlich abzusuchen. Und die falsche Spur mit dem Boot gelegt. Alle sollten glauben, dass sie auf dem Meer verunglückt ist.»

Michelles Blick wandert zum Fenster. Der Sturm wütet mit unverminderter Kraft, zerrt an den Bäumen, lässt Blätter und Zweige durch die Luft wirbeln, peitscht den Regen mit roher Gewalt auf die Erde nieder.

«Das war die anstrengendste Nacht meines Lebens. Aber wir haben es geschafft.» Michelle sieht mich an und lächelt. «Wir haben alle getäuscht.»

ZWANZIG

Gelähmt vor Entsetzen sitze ich da, die Hände auf die Brust gepresst. Der Schmerz ist noch immer so heftig, dass jeder Atemzug eine Qual ist. Ganz allmählich, wie in Zeitlupe, sackt die Bedeutung von Michelles Worten in mein Bewusstsein.

Ich habe Becca getötet.

Alles, was in den vergangenen Tagen passiert ist, ist allein meine Schuld.

Ich bin schuld, dass Eileen tot ist.

Ich bin schuld, dass Leon niedergestochen wurde.

Ich bin schuld, dass Nathalie beinahe ertrunken wäre.

Ich bin schuld, dass Vincent ... O Gott, das Messer!

Mein Kopf schießt herum. Da liegt es. Was habe ich getan, was habe ich getan?

«Alles wird gut, Lara», sagt Michelle mit sanfter Stimme.

Aber ich weiß, dass sie lügt. Nichts wird je wieder gut.

Ich bin schuld, dass Eileen tot ist.

Ich bin ... ich stocke. Hat Nathalie wirklich Eileen umgebracht? Oder war ich das auch? Hatte ich da ebenfalls einen Aussetzer? Bin ich eine Serienmörderin? Ein psychisch krankes Monster?

Ich wimmere leise.

«Lara, bitte beruhige dich.»

«Eileen», flüstere ich. «Was, wenn ich Eileen umgebracht habe?»

«Blödsinn. Wie kommst du denn darauf?»

«Vincent glaubt, dass es Nathalie war. Aber vielleicht irrt er sich.»

«Vielleicht ist es kein Irrtum, sondern gezielte Täuschung.» Wieder ergreift Michelle meine Hände. «Wir wissen so gut wie nichts über Vincent. Er ist ein Typ, mit dem wir vor sechzehn Jahren im Urlaub ein paarmal was unternommen haben. Das ist alles. Wir kennen ihn nicht. Er ist ein Fremder.»

Ich blinzle irritiert. «Was willst du damit sagen?»

«Hast du die Kopfwunde gesehen, die er bei Eileen entdeckt haben will? Konntest du sie gut erkennen?»

«Da war Blut, ja.» Ich zögere. «Glaube ich zumindest. Ihr Haar war verklebt.»

«Also bist du nicht sicher.»

«Nein.»

«Ich bin überzeugt, dass Eileen sich selbst umgebracht hat, Lara. Sie hat Nathalie gesehen und geglaubt, Beccas Geist wäre ihr erschienen. Da ist sie durchgedreht. Ich habe gemerkt, wie sie langsam die Nerven verloren hat. Aber mir war nicht klar, wie schlimm es um sie stand.»

«Aber vorhin sagtest du doch ...»

«Ja, die Theorie, Nathalie könnte Eileen getötet haben, erschien mir verlockend, das gebe ich zu. Es wäre so einfach gewesen, die Verantwortung abzugeben. Nach allem, was inzwischen passiert ist, glaube ich das jedoch nicht mehr.»

Ich schüttle verwirrt den Kopf. Ich werde das Gefühl nicht los, dass ich immer weniger verstehe, was geschehen ist, dass die Geschichte immer verworrener wird und ich mich in dem Gewirr total verheddert habe. «Warum sollte Vincent sich das ausgedacht haben? Das ergibt doch keinen Sinn.»

«Kommt darauf an. Ich vermute, dass er sein eigenes kleines Spiel spielt.»

«Welches Spiel denn?»

«Keine Ahnung. Ich weiß nur, dass er schon die ganze Zeit versucht, dich zu manipulieren. Denk an all die Male, die er versucht hat, mit dir allein zu sein, dich von uns abzusondern. Worüber habt ihr eigentlich gesprochen, als ihr da oben allein wart?»

Ich runzle die Stirn. «Über das mit Eileen. Das habe ich dir doch erzählt.»

«Sonst nichts?»

Ich krame in meinem Gedächtnis. «Ich erinnere mich nicht.»

«Ich glaube, er hat versucht, einen Keil zwischen uns beide zu treiben.»

«Aber warum?»

Michelle zuckt mit den Schultern. «Du weißt etwas, da bin ich sicher. Es muss dir nur wieder einfallen. Ich nehme an, dir ist irgendwas an ihm aufgefallen. An dem, was er gesagt oder getan hat. Und deshalb hast du ... nun ja, ihn angegriffen.»

Mein Blick schießt zu dem Messer. «Habe ich das wirklich getan?»

«Ich fürchte, ja. Aber du hast ihn wohl nicht richtig erwischt. Sonst hätte er ja nicht fliehen können. Obwohl ... das ist schon verdammt viel Blut.»

Meine Kehle wird eng. Worte gurgeln in meinem Hals. Ich dränge sie weg. Mein Blick haftet an dem Messer. Das Blut daran, ist es nur von Leon? Oder auch von Vincent?

Nein. Unmöglich. Konzentrier dich, Lara, denk nicht so einen Unsinn! Du hast Vincent nichts angetan. Nicht ihm. Ganz bestimmt nicht.

Ich spreche meine Zweifel laut aus. «Das Blut an der Klinge ist doch von Leon. Wie kommst du darauf, dass ich Vincent damit verletzt haben könnte?»

«Nicht das am Messer.» Michelles Blick senkt sich auf meine Hände.

Ich stöhne auf. Blut klebt an meinen Fingern. Die schmierige Spur zieht sich hoch über die Handgelenke bis auf die Ärmel des Pullovers. Wieso habe ich das nicht früher bemerkt?

Mir ist plötzlich wieder kalt, in meinem Herzen klirrt nackte Angst.

«Und dadrüben.» Michelle nickt in Richtung Sofa.

Direkt davor hat der hellblaue Teppich einen dunklen Fleck. Dunkelrot. Blutrot. Riesig. Fast so groß wie Beccas Selbstporträt, das in der Küche steht, aber anders geformt. Seine Konturen erinnern ein wenig an die der Insel. Kristiansholmen als blutige Landkarte auf dem himmelfarbenen Teppich.

In meiner Kehle blubbert es. Ich presse die geballte Faust vor den Mund. Nein, nein. Vincent geht es gut, er ist hier irgendwo. Unversehrt. Es gibt eine harmlose Erklärung für das Blut.

Und wenn nicht?

Ich habe Becca getötet. Ich bin ein Monster.

Mein Blick ist noch immer auf den Fleck geheftet, auf die blutrote Landkarte. Mein Sichtfeld gerät in Bewegung, alles verschwimmt. Vor meinen Augen schrumpft der Fleck zu einem winzigen Punkt, als würde er von einem Loch im Teppich eingesaugt.

Die kalte Angst bohrt sich tiefer in mein Herz, wie ein Eiszapfen. «Wo ist Vincent? Was habe ich getan?»

«Ich vermute, dass er irgendwo da draußen ist, Lara. Du hast ihn wohl kaum im Schrank versteckt.» Sie grinst schief.

«Und wenn doch?»

«Das ist nicht dein Ernst.»

«Wir wissen nicht, was ich getan habe.»

«Sei nicht albern, Lara.»

«Warum glaubst du, dass er einen Keil zwischen uns treiben wollte?»

«Weil er es schon einmal getan hat.»

Ich schüttele den Kopf. «Hat er nicht.»

«Doch. Leider.»

«Das ist nicht wahr.»

«Er hat damals mit Eileen geschlafen. Im Sommerhaus. Du hast das Kondom gefunden.»

«Nein!» Meine Stimme ist schrill. Panisch.

«Sie war in ihn verliebt, aber für ihn war es nur ein Spiel. So wie er mit dir gespielt hat. Er hat mit euch beiden seinen Spaß gehabt.»

«Nein, Michelle, sag so was nicht. Es ist nicht wahr.»

«Doch, Lara, es ist wahr.»

«Nein, das glaube ich nicht.»

«Sie war schwanger von ihm, aber sie hat das Kind abtreiben lassen. Sie war verzweifelt, ich habe ihr damals geholfen, einen Arzt zu finden, der den Eingriff vornimmt.»

In dem Moment weiß ich, dass Michelle die Wahrheit sagt. Der Eiszapfen in meinem Herzen bohrt sich schmerzhaft tiefer. Wie konnte ich so blind sein? Eileen hat es mir selbst erzählt. Eine Ferienliebe. Sie war in ihn verliebt, aber er nicht in sie. Warum habe ich nicht geschaltet, nicht kapiert, was sie mir eigentlich sagen wollte?

Ich stöhne auf. Mein Herz brüllt vor Schmerz. Ich vergrabe das Gesicht in den Händen, reiße sie aber sofort entsetzt wieder weg, als mir klarwird, dass sie mit Vincents Blut befleckt sind.

Ich ziehe die Knie an und schiebe den Kopf zwischen meine Beine. Mein Herz ist leergeblutet, ich kann nicht mehr, ich will sterben.

EINUNDZWANZIG

Ich spüre Michelles Hände auf meinen Schultern. «Komm», sagt sie sanft. «Lass uns aufstehen. Ich habe das Gefühl, dass der Sturm allmählich nachlässt. Sobald wir wieder Netz haben, holen wir Hilfe.»

Ich schüttle den Kopf, ohne ihn von den Beinen zu nehmen.

«Hey Lara, haben wir uns nicht geschworen, niemals aufzugeben?»

«Aber ich kann nicht mehr.»

«Doch. Du kannst.»

Ich hebe langsam den Kopf, blicke nach draußen. Es war die ganze Zeit düster wegen der tiefhängenden Regenwolken. Doch jetzt dämmert es richtig. Die Nacht bricht herein. Und Vincent ist irgendwo da draußen, verletzt, auf der Flucht vor mir. «Sollten wir ihn nicht suchen?»

«Vincent? Ich glaube, der kommt gut allein klar. Wir sollten uns lieber überlegen, was wir erzählen, wenn die Polizei auf der Insel eintrifft.»

Ich starre sie an. «Wie meinst du das?»

«Eileen ist tot. Es besteht keine Veranlassung, an dem, was wir damals ausgesagt haben, etwas zu ändern. Es macht weder sie noch Becca wieder lebendig. Die anderen glauben sowieso, dass Eileen Becca getötet hat.»

«Das können wir nicht tun!»

«Warum nicht?»

«Weil es gelogen wäre. Weil Eileen niemandem etwas zuleide getan hat und wir ihr Andenken nicht beschmutzen dürfen. Das schulden wir ihr. Ich muss die Wahrheit erzählen, gestehen, dass ich Becca getötet habe.»

Michelles Gesichtszüge verhärten sich. «Das kannst du nicht machen.»

«Doch. Ich muss.»

«Das lasse ich nicht zu. Wenn du das tust, zerstörst du nicht nur dein Leben, sondern auch meins. Ich wäre wegen Strafvereitelung dran. Wer weiß, am Ende würde man uns nicht glauben, dass es ein Unfall war, dann wäre es Beihilfe zum Mord. Ich würde alles für dich tun, Lara, aber ich will nicht deinetwegen meine Familie verlieren.»

Ich schweige betroffen. Daran hatte ich nicht gedacht.

«Was also willst du tun?», frage ich schließlich kleinlaut.

«Wir holen Leon und Nathalie hier raus, und dann stecken wir das Haus in Brand und behaupten, der Blitz hätte eingeschlagen. Nur zur Sicherheit.»

Fassungslos starre ich sie an. «Warum um Himmels willen das denn?»

«Falls Vincent doch nicht gelogen und Nathalie Eileen getötet hat, müssen wir die Spuren ihrer Tat vernichten. Das sind wir ihr schuldig. Sie hat bestimmt keinen eiskalten Mord begangen, sie ist einfach durchgedreht. Du hast sie ja gesehen. Ich will nicht, dass sie ins Gefängnis muss. Ihr Kind soll nicht ohne Mutter aufwachsen.»

«Und Leon?»

«Sie ist Beccas Schwester. Er ist bestimmt bereit auszusagen, dass es ein Unfall war. Und das war es ja auch. Ein Unfall.»

Das Wort Unfall hallt in meinem Kopf wider, löst irgendwo ein Echo aus, eine ferne Erinnerung, aber ich kann sie nicht greifen.

«Und was Vincent angeht, sage ich gern aus, dass er dich angegriffen hat.»

«Das können wir nicht machen.»

«Wir müssen. Sonst kommen wir am Ende alle ins Gefängnis, obwohl keiner von uns etwas Böses wollte. Damit ist niemandem gedient.»

«Das geht mir zu schnell.» Mir ist ganz schummerig von Michelles Erläuterungen, ich kann ihrem Plan kaum folgen, kann mir nicht vorstellen, wie das funktionieren soll. «Gib mir etwas Zeit, darüber nachzudenken.»

«Wir haben nicht mehr viel Zeit. Sobald wir wieder Netz haben, müssen wir damit rechnen, dass Vincent auf dem Festland anruft, wo auch immer er gerade stecken mag. Und in dem Moment, wenn die Polizei hier auftaucht, müssen wir uns über unsere Version der Ereignisse einig sein.»

Ich reibe mir das Gesicht, diesmal ist es mir sogar egal, dass Vincents Blut an meinen Fingern klebt. Ich brauche einen klaren Kopf. Ich kann und will mich nicht in mein Schneckenhaus verkriechen und Michelle allein die Entscheidungen fällen lassen. Diesmal nicht. «Gib mir fünf Minuten, okay?»

«Klar.» Michelle steht auf. «Ich schaue mal, ob oben im Dielenschrank noch trockene Jacken sind.»

Sie verschwindet auf der Treppe, ich bleibe allein zurück. Sobald ihre Schritte verhallt sind, schrumpft der

Raum zusammen, und mein Blick fokussiert sich auf den Blutfleck vor dem Sofa. Ich will nicht hinsehen, aber ich kann nicht anders. Wie ist es möglich, dass ich Vincent angegriffen habe, dass ich Becca getötet habe und mich nicht daran erinnere?

Halt! Stopp! Ich darf meine Gedanken nicht in diese Richtung wandern lassen, ich muss über das nachdenken, was Michelle vorgeschlagen hat. Sie will das Haus anzünden, um Spuren an Eileens Leiche zu vernichten. Für Nathalie. Für uns alle.

Aber würde die Polizei nicht erkennen, dass es Brandstiftung war? Und würde Leon sich wirklich darauf einlassen, Nathalies Angriff als Unfall darzustellen? Und wenn er nicht überlebt? Was würde die Polizei dann davon halten?

Michelles Plan kommt mir nicht sehr durchdacht vor. Auf der anderen Seite begreife ich noch immer nicht ganz, wer was und vor allem warum getan hat. Das alles ist ein verwirrendes Knäuel aus Taten und Motiven, das sich mehr und mehr verheddert, statt sich allmählich zu entwirren.

Möglicherweise hat es mit meinen Aussetzern zu tun, dass ich es nicht verstehe, mit dem, was ich mache, wenn die Balladen von meinem Verstand Besitz ergreifen. Bin ich verrückt? Geistesgestört? Wäre es besser gewesen, wenn meine Freundinnen mich damals nicht gedeckt hätten und ich in einer Anstalt gelandet wäre? Wäre das alles hier dann nicht passiert?

Ich höre Michelle oben rumoren, eine Schranktür fällt zu. Gleich kommt sie wieder herunter, und ich bin gedanklich nicht einen Schritt weiter. Ich starre auf den Blutfleck, der vor meinen Augen erst verschwimmt und dann wieder scharf wird.

Plötzlich erstarre ich. «Michelle!»

Poltern auf der Treppe. «Was ist los?»

«Da ist eine Schleifspur auf dem Teppich.» Ich deute darauf.

Die Spur ist kaum sichtbar, besteht nur aus einigen blassroten Streifen auf dem hellblauen Flor. Doch aus meiner Perspektive ist sie gut zu erkennen. Sie führt auf den Durchgang zum Wintergarten zu und endet, wo auch der Teppich aufhört, vor dem zerschlissenen Ohrensessel in der Ecke.

Ich bin mit einem Mal ganz ruhig, so als hätten sich alle Gefühle in mir ausgeschaltet. Als ich mich bücke, um unter den Sessel zu schauen, kommt es mir vor, als würde ich mich selbst dabei beobachten. Was auch immer ich dort entdecke, es kann mir nichts anhaben, ich bin gar nicht mehr hier. Ich habe mich ausgeklinkt, bin weit, weit weg.

Erst sehe ich nichts außer den Holzdielen, dann erkenne ich die Umrisse eines Rechtecks. Ich stocke. Eine Falltür! Ein weiterer Zugang zum Keller. Staub hat sich darauf gesammelt, aber die Schicht sieht verschmiert aus, als hätte kürzlich jemand darübergewischt. Jetzt fällt mir auch auf, dass der Sessel ein Stück weiter von der Wand weg steht als zuvor.

Ich erhebe mich vom Boden und schiebe ihn zur Seite. Die Falltür im Boden hat keinen Griff, nur eine kleine Mulde, in die man seine Finger legen kann.

«Warte!», sagt Michelle, die hinter mich getreten ist.

Aber ich beachte sie gar nicht. Ich bücke mich, schiebe meine Finger in die Mulde und ziehe die Falltür hoch.

Verwitterte Holzstufen kommen zum Vorschein, die sich im Dunkel verlieren.

«Wir brauchen Licht», sage ich, noch immer vollkommen ruhig.

«Mein Handy, da ist eine Lampe dran.» Michelle verschwindet in der Küche, taucht nach fünf Sekunden wieder auf.

Der Strahl der Lampe dringt nicht sehr weit, doch er reicht aus, um am Fuß der Treppe einen Arm sichtbar zu machen. Auch das schockiert mich nicht, ich habe damit gerechnet.

Ich atme einmal tief ein und aus, dann mache ich mich an den Abstieg. Michelle folgt mir, das Licht zuckt durch einen staubigen Raum mit niedriger Decke, über ein Holzregal mit uralten Einmachgläsern, über Seile und Gartengeräte an der Wand.

Der Boden ist aus gestampfter Erde. In der Mitte ragt ein nackter, wie ein Buckel gewölbter Fels daraus hervor. Daneben liegt Vincent auf dem Rücken, unnatürlich verkrümmt, ein Arm ist in einem seltsamen Winkel vom Körper abgespreizt. Sein helles Hemd ist blutdurchtränkt, eine hässliche Schramme zieht sich über die linke Gesichtshälfte, an seinem Hals sind zwei braunrote Male, ein Hosenbein ist aufgerissen.

Ich stehe da, schaue mit einem merkwürdigen Gefühl innerer Leere auf den reglosen Körper hinunter. Michelle tritt neben mich, der Lichtstrahl fällt auf Vincents Kopf, lässt das blonde Haar aufleuchten.

In dem Augenblick trifft mich der erste Schlag. Es fühlt sich an, als würde ein Stein gegen meine Stirn prallen. Ich keuche, schnappe nach Luft, weiche zurück.

Michelle sagt etwas, aber ich höre sie nicht.

Wieder trifft mich etwas, diesmal vor die Brust. Erneut bleibt mir für den Bruchteil einer Sekunde der Atem weg. Ich sinke neben Vincent auf die Knie, nehme aus den Augenwinkeln wahr, wie Michelle sich auf die andere Seite hockt und nach seinem Handgelenk greift.

Die Zeit scheint stillzustehen. Sie schüttelt stumm den Kopf, sieht mich mit traurigen Augen an.

In dem Moment treffen mich mehrere Geschosse gleichzeitig. Der Boden unter mir gerät ins Wanken. Es fühlt sich an wie ein Erdbeben. Der Untergrund tut sich auf, um mich zu verschlingen, von oben prasseln die Steine einstürzender Gebäude auf mich herab.

Ich rolle mich auf dem Boden neben Vincent zusammen, lege meinen Kopf in seine Armbeuge, presse mich an seinen leblosen Körper, der noch tröstlich warm ist. Die Welt ruckelt und bebt, öffnet ihren gierigen Schlund weiter und weiter, mehr und mehr Steine donnern auf uns nieder, und ich bin froh darüber. Ich will gemeinsam mit Vincent unter den herabstürzenden Trümmern begraben werden, ganz tief. Ein steinernes Grab für uns beide, das uns in alle Ewigkeit vereint.

ZWEIUNDZWANZIG

Irgendwann spüre ich Michelles Hand auf meinem Arm. «Lara?»

Benommen blinzle ich. Alles um mich herum ist still. Vincent liegt noch immer reglos neben mir.

«Geht es wieder?», fragt Michelle.

Ich richte mich auf. Als ich mir eine Haarsträhne aus dem Gesicht streiche, merke ich, dass es tränennass ist.

«Ich habe geweint», sage ich.

«Ja», flüstert Michelle sanft. «Du hast alles rausgelassen, das ist gut so. Komm jetzt, ich helfe dir auf. Es gibt Dinge zu erledigen.»

Mir ist kalt, mein Körper fühlt sich an, als wäre ich verprügelt worden. Gleichzeitig scheint mein Hirn in Watte gepackt, eine weiche, dämpfende Schicht, ein Puffer zwischen mir und der hässlichen, nackten Wirklichkeit. Ich greife nach Vincents schlaffer Hand, presse sie gegen meine tränennasse Wange, dann gegen meine Lippen.

«Lara», mahnt Michelle. «Es wird Zeit.»

«Ja», flüstere ich. «Ich weiß.»

Behutsam lege ich die Hand ab und erhebe mich. Ohne einen Blick zurück lasse ich mich von Michelle die wackelige Holzstiege ins Wohnzimmer hinaufschieben. Als sie die Falltür schließen will, protestiere ich, kraftlos, aber entschlossen. Es ist albern, das ist mir klar, aber ich will nicht, dass Vincent allein da unten im Dunkeln liegt.

Michelle zuckt mit den Schultern und lässt die Luke geöffnet. Ich folge ihr in die Küche, wo sie in den Schränken herumkramt.

«Ich habe gestern hier irgendwo eine Flasche Single Malt gesehen», murmelt sie.

Ich lasse mich auf einen Stuhl nieder, blicke aus dem Fenster. Der Sturm hat tatsächlich etwas nachgelassen, dafür ist es inzwischen stockdunkel, und es regnet noch immer. Hart klatschen die Tropfen gegen die dünne Scheibe.

Ich presse die Hand auf meine Brust. Das Beben, das mich im Keller erfasst hat, hat einen Riss in meinem Inneren zurückgelassen, durch den merkwürdig fahles Licht schimmert. Ein Ausblick auf eine neue Welt, deren Anblick mich verstört. Bilder und Wortfetzen schwirren mir durch den Kopf. Ich kann sie nicht greifen, nicht festhalten, sie flattern wie Fledermäuse um meinen Kopf.

Ich weiß nicht, was das alles zu bedeuten hat, ich weiß nur eins: Was auch immer ich getan haben mag, ich habe Vincent nicht erstochen, seinen Leichnam durchs Wohnzimmer geschleift und durch die Luke in den Keller geworfen. Dazu wäre ich niemals in der Lage. Mal ganz abgesehen davon, dass ich überhaupt nicht wusste, dass es diesen Kellerzugang gibt.

Auch wenn meine Hände blutverschmiert sind. Auch wenn das Messer neben mir lag. Auch wenn ich einen Anfall hatte und mich nicht erinnere, was geschehen ist. Ich bin sicher, dass ich Vincent nichts angetan habe, und an dieser Gewissheit halte ich mich fest.

Michelle ist inzwischen fündig geworden und verteilt großzügige Portionen Whisky auf zwei Wassergläser. Ich will nichts trinken, und als ich protestieren will, fällt mein Blick auf Michelles Handtasche. Sie steht auf dem Stuhl neben mir, der Reißverschluss ist aufgezogen.

Eine weiße Tablettenpackung blitzt mir entgegen. Ich entziffere den Namen des Wirkstoffs: Temazepam. Ein Benzodiazepin. Ich stutze. Hat Michelle Schlafstörungen? Ist sie krank? In dem Moment reicht sie mir das Glas.

«Trink», sagt sie und prostet mir zu. «Und mach dir nicht so viele Gedanken. Wir kriegen das irgendwie hin. Vertrau mir.»

Ich stoße wortlos mit ihr an, nippe. Der Whisky rinnt heiß und brennend meine Kehle hinab. Wieder tanzt der Bilderreigen durch meinen Kopf, diesmal sind es keine Schemen, sondern leicht verwaschene Schnappschüsse.

Nathalies leerer Blick, als sie auf dem Sofa sitzt, Beccas Kette in der Hand. Die Wunde an Eileens Hinterkopf. Das blutige Messer auf dem Teppich. Der Fön auf der Toilettenspülung. Vincents verdrehter Arm am Fuß der Kellerstiege. Leons zusammengekrümmte Gestalt im Regen neben dem Haus. Das leere Seil im Kirschbaum. Die Tablettenpackung in Michelles Handtasche. Zwei kleine rote Male an Vincents Hals.

Die Bilder werden untermalt vom Klang von Michelles Stimme. Sie legt mir ihren Plan dar, wie sie alles für uns in Ordnung bringen will. Ich höre nicht richtig zu, schnappe nur das Wort Unfall auf, das in meinem Schädel verzerrt widerhallt, endlich die Erinnerung produziert, nach der ich vorhin schon zu greifen versucht habe.

In jenem Sommer schnappte ich etwas auf, das ich nicht verstand, dem ich jedoch auch keine besondere Bedeutung beimaß. Ich hörte, wie Becca etwas von einem Betriebsunfall zu Eileen sagte. Es ging um Michelle, da bin ich sicher. Eileen hat Beccas Bemerkung als Blödsinn abgetan, doch Becca meinte, sie hätte einen Beweis. Ich verstand damals nicht, wovon die beiden redeten. Ich hatte keine Ahnung, um was für eine Art Betriebsunfall es gehen könnte. Aber ich wollte auch nicht nachfragen, es war mir zu peinlich. Ich habe nie wieder daran gedacht, bis jetzt.

Und allmählich begreife ich.

Betriebsunfall.

Temazepam.

Nathalies glasige Augen.

Vincents Verdacht.

Die zwei roten Male.

Das Messer.

Die Schleifspur.

Michelle allein mit Vincent im Wohnzimmer.

«Lara? Hörst du mir überhaupt zu?»

Ich nehme hastig einen Schluck Whisky, um meinen Schreck zu überspielen. Am liebsten würde ich Michelle auf der Stelle mit dem konfrontieren, was mir gerade klargeworden ist. Aber ich darf nicht. Ich muss ruhig bleiben, das Heulen und Tosen in meinem Inneren verbergen. Ihr signalisieren, dass ich ihr vertraue. Ich darf mir nichts anmerken lassen. Noch nie in meinem Leben war es so wichtig, dass ich es schaffe, mich zu verstellen.

Mir wird übel. Vor Angst. Von dem Whisky. Gütiger

Himmel, wie soll ich das schaffen? Ich stöhne auf, presse das kalte Glas an meine Wange.

«Alles wird gut, Lara. Du wirst sehen.»

Ich unterdrücke den Schrei, der in mir explodiert. Alles wird gut, ja? Glaubt sie das wirklich? Nach allem, was geschehen ist? Nach allem, was sie getan hat?

Der Betriebsunfall, den Michelle hatte – sie war schwanger. Michelle, nicht Becca. Der Schwangerschaftstest, der in Beccas Müll gefunden wurde, er stammte gar nicht von ihr. Er gehörte Michelle. Es muss kurz vor unserer Reise passiert sein. Ich erinnere mich dunkel, dass Michelle etwas mit einem Typen aus der Nachbarschaft hatte, ein Idiot, wie sie selbst sagte, und zudem deutlich älter und verheiratet.

Was Michelle mir über den Tod von Becca erzählt hat, entspricht vermutlich weitgehend der Wahrheit. Ich bin sicher, dass es ein Unfall war und dass Becca es provoziert hat. Nur dass sie nicht mich mit dem Fön ärgerte, sondern Michelle mit dem Schwangerschaftstest, den sie irgendwo gefunden haben muss. Michelle wurde wütend, vielleicht wollte sie ihn zurückhaben, und Becca gab ihn nicht her. Sie rangelten, Becca stürzte unglücklich. Und Michelle wollte sich nicht das Leben versauen. Sie brachte Eileen dazu, ihr beim Vertuschen zu helfen, indem sie ihr erzählte, dass ich es getan hatte.

Was es für ein Schock gewesen sein muss, als nach sechzehn Jahren die rätselhafte Einladung im Briefkasten lag. Sie muss vollkommen panisch gewesen sein. Natürlich konnte sie den Brief nicht einfach ignorieren, sie musste herausfinden, ob wirklich irgendwer etwas in Erfahrung gebracht hatte. Ob die sterblichen Überreste von Becca entdeckt worden waren. Ob jemand Spuren daran gefunden hatte. Unser erster Spaziergang über die Insel, ich erinnere mich, wie gelöst sie danach war. Wir waren an Beccas Grab vorbeigelaufen, und niemand hatte sich daran zu schaffen gemacht. Michelle wusste nun, dass die Person hinter der Einladung nur geblufft hatte. Was für eine Erleichterung.

Dafür hatte sie nun ein neues Problem. Eileen stand kurz davor, die Nerven zu verlieren und alles zu verraten. Michelle blieb nichts anderes übrig, als sie aus dem Weg zu räumen, indem sie einen Suizid vortäuschte. Doch Vincent ließ sich nicht in die Irre führen. Erst sah es gut aus, weil er Nathalie verdächtigte. Doch aus irgendeinem Grund muss er dahintergekommen sein, dass es Michelle war, da bin ich sicher. Vielleicht hat er ebenfalls die Tablettenpackung entdeckt. Damit hat Michelle Nathalie unter Kontrolle gehalten, nehme ich an. Und vielleicht am Anfang auch Eileen. Vincent muss Michelle gegenüber etwas angedeutet haben. Und das war sein Todesurteil.

Sie überrumpelte ihn mit dem Elektroschocker, erstach ihn, als er wehrlos war, ließ ihn verschwinden und versuchte dann, mich dazu zu überreden, das Haus niederzubrennen, um ihre Spuren zu verwischen. Nicht nur Eileens Leiche wäre darin verbrannt, auch die von Vincent. Wer weiß, ob seine Überreste unter den Trümmern je gefunden worden wären.

Viele Fragen sind noch offen. Ich weiß nicht, ob es wirklich Nathalie war, die in einem von den Tabletten ausgelösten Wahn auf Leon eingestochen hat, oder ob Michelle auch dafür verantwortlich ist. Ich weiß nicht, ob Michelle Eileen genau wie Becca im Affekt getötet hat, bevor sie den Suizid vortäuschte. Oder ob es ein eiskalt geplanter Mord war.

Und ich weiß auch nicht, was sie jetzt vorhat. Mit mir.

Nur eines ist sicher: Sie wird nicht riskieren, mich leben zu lassen. Sie wird auch mich töten. Aber erst, wenn ich ihr geholfen habe, die Spuren zu verwischen. Wenn sie mich dazu gebracht hat, Hinweise zu hinterlassen, die nachher den Eindruck vermitteln, ich hätte all das getan. Ich bin der perfekte Sündenbock. Die durchgeknallte, nicht zurechnungsfähige Irre, deren Neigung zu hysterischen Ausbrüchen genauestens dokumentiert ist.

Aber ich werde mich nicht widerstandslos ergeben. Ich werde kämpfen, sie mit ihren eigenen Waffen schlagen. Mit Falschheit und Lüge.

«Ich bin so verwirrt», stammle ich, während meine Gedanken rasen. «Warum habe ich das getan? Was ist nur mit mir los?»

«Vincent hat dich provoziert, da bin ich sicher. Genau wie Becca damals.» Michelle zieht den Elektroschocker aus ihrer Hosentasche und legt ihn auf dem Tisch ab. «Er hat sich das selbst zuzuschreiben.»

Mein Puls beschleunigt sich. «Glaubst du das wirklich?»

«Natürlich. Ich kenne dich doch, Lara. Du kannst keiner Fliege was zuleide tun.»

Ich nicke, versuche, nicht auf das Gerät zu starren, das zwischen uns liegt, und setze einen dankbaren Blick auf. «Ich bin so froh, dass ich dich habe.»

Sie lächelt mich an.

Ich lächle zurück. Ich muss meine Rolle spielen. Sie in Sicherheit wiegen. Denn jetzt endlich habe ich einen Plan.

DREIUNDZWANZIG

Eine Weile sitzen wir so da, blicken wortlos in unsere Gläser. In meinem Hirn tobt ein Sturm. Ich versuche, mich auf meinen Plan zu konzentrieren, an nichts anderes zu denken. Aber es gelingt mir nicht. Ich ringe mit meinem Entsetzen über das, was Michelle getan hat. Wie sehr sie mich getäuscht hat. Wie sehr ich mich getäuscht habe. All die Jahre.

Was in Michelle vorgeht, kann ich nur ahnen. Sie wirkt ruhig. Vielleicht geht sie in Gedanken ihren eigenen Plan durch, ohne zu ahnen, dass ich sie längst durchschaut habe.

Eine Geschichte kommt mir in den Sinn, die Jessie mir erzählt hat, die Handlung eines Thrillers, der sie besonders beeindruckt hat. Darin geht es um eine Frau, die sich irgendwo in der Wildnis von Nordamerika eine Art Duell mit ihrem eigenen Vater liefert, der ein Entführer und Mörder ist. Sie ist mitten im Wald aufgewachsen, kennt alle Tricks und Schliche, um in einer so menschenfeindlichen Umgebung zu überleben. Aber der Mann, den sie jagt, ist zugleich derjenige, der ihr das alles beigebracht hat.

So ähnlich fühle ich mich nun. Ich muss gegen die Person antreten, die mich besser kennt als jeder andere Mensch auf der Welt, die mich gelehrt hat, in diesem für mich so undurchschaubaren Dschungel zwischenmenschlicher Beziehungen nicht vor die Hunde zu gehen.

Wie soll ich das bloß hinkriegen?

Michelle steht auf. «Ich muss mal kurz nach oben. Kann ich dich drei Minuten allein lassen?»

«Klar.»

Sie beugt sich vor, sieht mir in die Augen. «Sicher? Du siehst furchtbar aus.»

«Geht schon.»

«Okay. Bin sofort wieder da.» Sie verschwindet die Treppe hinauf.

Das ist die Gelegenheit. Ich schnappe mir den Elektroschocker und schiebe ihn in den Ärmel meines Pullovers, meine Schlafanzughose hat leider keine Taschen. Dann haste ich ins Wohnzimmer, vergewissere mich, dass die Kellerluke noch offen ist, und schiebe den Sessel ein Stück weiter zur Seite.

Danach trete ich ans Sofa. Leon liegt mit geschlossenen Augen da und atmet flach und regelmäßig, sein Verband aus Küchenhandtüchern ist trocken und sauber. Er scheint stabil zu sein, zum Glück. Nathalie atmet ebenfalls ruhig. Ihre Stirn ist heiß, kleine Schweißperlen glänzen darauf. Sie hat Fieber. Aber auch sie scheint nicht unmittelbar in Lebensgefahr zu schweben.

Mein Blick wandert zu der Luke, und mein Herz krampft sich zusammen. Bei Vincent wollte Michelle wohl kein Risiko eingehen, deshalb hat sie ihn sofort getötet. Oder sie hat ihn versehentlich schwerer verletzt als beabsichtigt. Eine Woge aus Kummer und Wut überrollt mich. Rasch wende ich den Blick ab und dränge die Gefühle weg. Ich muss einen klaren Kopf behalten, trauern kann ich später.

Oben ertönt die Spülung, kurz darauf schlägt die Badezimmertür zu. Ich höre Michelles Schritte auf der Treppe, dann in der Küche.

«Ich bin im Wohnzimmer», rufe ich. «Komm her, ich möchte dir etwas zeigen.»

Ich positioniere mich neben der Luke, lasse den Elektroschocker vorsichtig aus dem Ärmel in meine Hand gleiten.

Michelle kommt herein. «Was ist los?»

Ihr Blick ist so arglos und offen, dass ich für eine Sekunde zweifle, fieberhaft überlege, ob es eine andere Erklärung geben könnte. Rasch reiße ich mich zusammen. Ich darf nicht schwach werden, muss meine ganze Kraft zusammennehmen, um die Fassade aufrechtzuerhalten und meinen Plan durchzuziehen.

«Da.» Ich nicke in den Keller hinunter. «Sieh dir das mal an.»

Sie runzelt die Stirn, tritt zögernd näher. Als sie genau vor der Luke steht und neugierig hinablugt, packe ich den Elektroschocker und presse die Elektroden gegen ihren Hals.

Ich betätige den Schalter. Nichts passiert.

Michelle rührt sich nicht.

Ich versuche es noch einmal, mit dem gleichen Ergebnis. Das Gerät bleibt stumm. Verdammt, warum funktioniert das Ding nicht? Was mache ich falsch?

Michelle dreht sich zu mir um, sieht mich mit blitzenden Augen an.

Ich lasse den Arm sinken, spüre Verzweiflung in mir aufsteigen.

Michelle lächelt. «Du hast doch nicht geglaubt, dass ich das Teil auf dem Tisch liegen gelassen hätte, wenn es noch Saft hätte? Für wie dumm hältst du mich?»

«Aber ...» Mein Hals schnürt sich zu. Was für eine Idiotin ich doch bin!

«Hast du dir eingebildet, du könntest mich täuschen, Lara? Mich? Ausgerechnet?»

Ich will etwas sagen, etwas tun, aber ich bin taub, meine Glieder sind starr. Ich habe es vermasselt, meine Chance vertan. Vielleicht habe ich auch nie eine gehabt.

Im Gegensatz zu mir fehlt es Michelle nicht an Worten. Im Gegenteil, sie kommt gerade erst richtig in Fahrt. «Ich habe es in deinem Gesicht gesehen, noch bevor du es selbst gemerkt hast, Lara. In dem Moment, als du die Tabletten in meiner Handtasche entdeckt hast. Ich konnte förmlich zusehen, wie es in deinem Hirn gerattert hat, wie du eins und eins zusammengezählt hast. Und wie du verzweifelt versucht hast, ein Pokerface aufzusetzen, dir nichts anmerken zu lassen. Niedlich.»

Ich schnappe entsetzt nach Luft. «Niedlich?»

Michelles Lächeln wird breiter. «Irgendwie schon, ja. Die Frau, die nicht lügen kann, versucht, einen anderen Menschen zu täuschen. Das hat etwas Rührendes, findest du nicht?»

Zorn brandet in mir auf. Ich hole aus, will ihr mit dem Elektroschocker eins überziehen. Wenn ich es nicht mit List hinbekomme, dann eben mit Gewalt. Ich muss sie ja nur die Treppe hinunterstoßen und die Falltür hinter ihr zuknallen.

Mehr ist nicht nötig. Dann kann ich den Sessel daraufstellen und in Ruhe abwarten, bis ich wieder Netz habe, um Hilfe herbeizurufen.

Doch wieder ist Michelle schneller als ich, weiß schon, was ich vorhabe, noch bevor ich es zu Ende gedacht habe. Von einer Sekunde zur nächsten blitzt etwas Silbernes in ihrer Hand. Vor Schreck lasse ich den Elektroschocker fallen und weiche zurück.

«Stehen bleiben.» Michelle richtet die Pistole auf mein Herz.

Ich zweifle nicht daran, dass sie abdrücken wird, wenn sie es für nötig hält. Sie hat bereits drei Menschen getötet, zwei davon innerhalb der letzten zwölf Stunden. Das dürfte ihre Hemmschwelle gewaltig gesenkt haben.

«Michelle, bitte, tu das nicht.» Ich hebe die Hände.

«Keine Sorge, ich lasse dich am Leben. Vorerst zumindest. Ich brauche dich nämlich noch.»

«Was hast du vor?»

«Feuer.» Ihre Augen sprühen. «Das habe ich dir doch schon erklärt. Ich, oder besser gesagt, du wirst Feuer legen, das Haus niederbrennen. Alle Spuren werden vernichtet werden, bis auf die, die man finden soll.»

«Damit kommst du nicht durch.»

«Lass das meine Sorge sein.»

Meine Arme beginnen zu zittern. «Aber wie ...?»

«Ganz einfach. Du gehst jetzt mit mir zu dem Verschlag hinterm Haus, wo der Generator steht. Dort gibt es Benzinkanister. Du wirst sie hier im Wohnzimmer auskippen und dann alles in Brand setzen. Los jetzt, ab nach draußen, beweg dich.» Michelle wedelt mit der Waffe.

Mir läuft es eiskalt den Rücken hinunter. Das ist nicht meine Freundin, nicht die Michelle, die ich zu kennen glaubte. Wie naiv und blind ich all die Jahre war! Ich werfe einen hoffnungsvollen Blick in Richtung Sofa, doch weder Leon noch Nathalie geben irgendwelche Lebenszeichen von sich. Ich bin auf mich allein gestellt.

«Also gut, was soll ich tun?», flüstere ich resigniert.

«Geh zur Haustür. Aber langsam. Und lass die Hände da, wo ich sie sehen kann.»

AUGUST 2003

Michelle pfefferte das T-Shirt in den Koffer, nicht ordentlich gefaltet, sondern zusammengeknüllt, so wie sie es am Vorabend auf den Boden geworfen hatte. Lara würde einen Anfall kriegen, wenn sie es sähe. Die hatte manchmal echt eine Schraube locker. Und keine Ahnung, was echte Probleme waren.

Shorts, Bikini und Flip-Flops flogen hinterher. Michelle presste die Lippen zusammen. Sie fühlte sich beschissen. Alles hätte so schön sein können! Der perfekte Urlaub. Abhängen, baden, flirten, einfach eine gute Zeit haben. Das hatte sie von der Reise nach Schweden erwartet.

Ein lautes Wummern riss Michelle aus ihren Gedanken. Schon den ganzen Morgen dröhnte Rammstein aus dem gegenüberliegenden Zimmer. Becca und ihre Launen. Aber jetzt war es endgültig zu viel.

Michelle stapfte auf den Flur. Eileen klapperte unten in der Küche herum, sie würde einmal eine perfekte Hausfrau werden, da war Michelle sicher. Lara war im Bad. Bestimmt bekam sie mal wieder gar nichts mit, weil sie Stöpsel in den Ohren hatte. Seit sie wusste, dass sie ein Aspie war, kultivierte sie ihre Marotten. Mit einem Mal war sie nicht mehr einfach nur der Freak, sondern jemand Besonderes. Und deshalb war ihr angeblich sogar schon das

Rauschen des Wassers in der Dusche zu nervenaufreibend.

Michelle stieß die Tür zu Beccas und Laras Zimmer auf und erstarrte. Überall lagen zerfetzte Leinwände herum, auf dem Bett, auf der Kommode, auf dem Boden. Es sah aus, als wäre ein Tornado durch den Raum gefegt. Becca stand mit dem Rücken zu Michelle am Fenster, einen Cutter in der Hand, ihre Schultern zuckten.

Vorsichtig zog Michelle die Tür hinter sich zu, drehte die Lautstärke des CD-Players runter und trat hinter Becca. «Was ist los? Ist was passiert?»

«Lass mich in Ruhe.»

«Ich will doch nur helfen.»

«Ich brauche deine Hilfe nicht. Verpiss dich.»

«Okay, okay. Bin schon weg. Ich dachte bloß, wir wären Freundinnen.»

«Ach ja? Das bildet Lara sich bestimmt ebenfalls ein. Diese arrogante Kuh. Auf solche Freundinnen kann ich verzichten.»

«Wovon redest du?»

Becca fuhr herum, ihre Augen waren gerötet, Tränen blitzten darin. «Willst du mir jetzt auch erklären, dass ich leider nicht gut genug bin? Nur zu, immer raus damit! Ich kann's gar nicht oft genug hören. Ist ja nur mein Scheißleben, das gerade den Bach runtergeht.»

Michelle blies die Wangen auf. Darum ging es also. «Es gibt doch nicht nur eine Uni, Becca. Deine Zukunft ist nicht versaut, nur weil du eine einzige Absage bekommen hast.» Michelle bemühte sich um einen mitfühlenden Tonfall, sie wusste, wie viel Becca ihre Kunst bedeutete. Aber es fiel ihr schwer. Angesichts der Sorgen, die sie selbst hatte, kam ihr ein verlorener Studienplatz wie ein dekadentes Luxusproblem vor.

Becca schien den genervten Unterton in Michelles Worten herausgehört zu haben. «Du findest das natürlich lächerlich.» Sie wischte sich die Tränen aus den Augenwinkeln.

«Das ist nicht wahr.»

«Ach nein?» Etwas blitzte in Beccas Gesicht auf, als hätte sie plötzlich wieder Oberwasser. «Ist es doch, und ich weiß auch, warum.»

«Ich habe keine Ahnung, wovon du redest, und ich will es auch gar nicht wissen. Ich packe jetzt weiter, schließlich müssen wir morgen sehr früh los. Ich wollte eigentlich nur, dass du die Musik leiser stellst. Ansonsten kannst du machen, was du willst. Meinetwegen schlitz auch noch die Kissen und Decken auf, wenn keine Bilder mehr übrig sind. Ist schließlich dein Haus.»

Michelle wandte sich ab. Sie hatte keine Lust mehr auf Beccas Launen.

«Du weißt also nicht, was das ist?», fragte Becca hinter ihr.

Eine böse Ahnung stieg in Michelle auf. Langsam drehte sie sich um.

Grinsend schwenkte Becca einen kleinen Gegenstand hin und her. «Den habe ich gestern bei deinen Schminksachen gefunden. Ich wollte mir deinen Kajal ausleihen und wumms – plötzlich hielt ich dieses Teil in der Hand. Wow, du bist also schwanger. Kein Wunder, dass du meine Sorgen lächerlich findest.» Sie schüttelte den Kopf, plötzlich ernst.

«Wir sind doch deine Freundinnen, Michelle, warum hast du uns nichts davon erzählt?»

«Gib das her!»

«Ich habe Eileen gefragt, ob sie Bescheid weiß. Sie wollte es gar nicht glauben.»

Michelle versuchte, Becca den Test aus der Hand zu reißen, doch die sprang geschickt zur Seite.

«Von wem ist das Kind denn? Weißt du das überhaupt?»

«Du Miststück, das geht dich einen Scheißdreck an.» Außer sich vor Wut stürzte sich Michelle auf Becca. Sie rangen miteinander, Michelle bekam Beccas Haare zu fassen, die vor Schmerz laut aufschrie. Doch dann gelang es ihr, sich loszumachen und aufs Bett zu flüchten.

Sie hielt das Teststäbchen hoch über ihren Kopf. «Pass bloß auf, dass Lara nichts erfährt, sonst weiß es im Nu die ganze Welt.»

Tränen der Wut und Verzweiflung stiegen Michelle in die Augen. «Du bist so ein Biest, Becca.»

«Und du? Was bist du?» Becca blickte auf Michelle hinab, in ihrem Gesicht zuckte Verachtung. «Jedenfalls keine echte Freundin.»

«Ach nein? Das wird ja immer besser. Ausgerechnet du wirfst mir das vor? Wer hat uns denn ständig hängenlassen, nie mitgemacht, wenn wir was unternommen haben?»

«Immer noch besser als das, was du machst. Bei dir ist alles Berechnung. Die Menschen, mit denen du dich umgibst, sind Teil deines großen Lebensplans, du suchst sie danach aus, ob sie dir nützlich sind. Selbst deine besten Freundinnen. Die Streberin Eileen für die guten Noten, die reiche Lara für die Partys am Pool und mich – ja, wofür hast du mich eigentlich gebraucht? Um dich mit was Exotischem zu schmücken? Um im Vergleich gut dazustehen?»

«Du spinnst doch total, Becca.»

«Du glaubst gar nicht, wie gut es tut, dich mal am Boden zu sehen.»

Michelle schluckte die Tränen hinunter. Sie wollte sich nicht weiter provozieren lassen. Becca würde für ihre Gemeinheit bezahlen. Später. «Du hast deinen Spaß gehabt», sagte sie betont ruhig. «Gib das Scheißding jetzt her.»

Becca zuckte mit den Schultern, jegliche Kampflust war aus ihrem Gesicht verschwunden, so schnell, wie sie aufgeblitzt war. «Wie du willst.» Sie zielte, warf das Teststäbchen mit Schwung in den Papierkorb. «Da, hol es dir und werde glücklich damit.»

«Du bist so ein mieses Stück Dreck, Becca.» Michelle bückte sich, um den Test aus dem Müll zu fischen.

«Nicht so mies wie du, Michelle», entgegnete Becca kalt und sprang vom Bett. «Ich lass mich nicht von jedem dahergelaufenen Typen vögeln, der seinen Schwanz nicht in der Hose behalten kann. Aber das liegt wohl in der Familie. Deine Mutter hat es dir vorgemacht, du kennst es nicht anders.»

Michelle fuhr herum. Heißer Zorn glühte in ihr. Sie stürzte sich auf Becca, schlug und trat blindlings nach ihr, gegen den Kopf, gegen den Bauch, wieder und wieder. Becca wich zurück, überrumpelt von dem plötzlichen Angriff, die Hände schützend vors Gesicht gehoben.

Noch einmal schlug Michelle zu, mit aller Kraft. Becca stolperte, fiel nach hinten, knallte mit dem Kopf gegen die

Ecke der Kommode, rutschte daran herunter, zuckte und blieb dann reglos liegen.

Wie versteinert stand Michelle da. Entsetzen schnürte ihr die Brust zu. Die Welt schien sich schlagartig nur noch in Zeitlupe zu drehen, das Zimmer blähte sich auf, die Möbel wölbten sich, die Musik aus den Lautsprechern dröhnte dunkel und verzerrt.

Sekundenlang rührte sie sich nicht, dann erwachte sie aus ihrer Erstarrung. Mit einem Schritt war sie bei Becca und fühlte ihren Puls. Nichts.

Scheiße. Scheiße.

Michelle stürzte zur Tür und blickte in den Flur. Lara schien noch immer im Bad zu sein, Eileen unten. Mist. Was sollte sie tun? Nachdenken! Denk nach!

Erst Lara. Dann Becca.

Michelle drehte die Musik wieder laut, trat aus dem Zimmer, zog die Tür hinter sich zu und schloss ab. Sie holte einmal tief Luft, klopfte an die Badezimmertür. Drinnen lief der Fön. Sie musste noch einmal fester klopfen, dann endlich wurde es drinnen still.

Lara öffnete, den Fön in der Hand, und zog einen Stöpsel aus dem Ohr. «Was ist los?»

«Würdest du runter an den Steg gehen, wenn du fertig bist? Ich glaube, wir haben die Grillwürstchen gestern im Boot vergessen. Eileen ist in der Küche beschäftigt, ich muss ihr helfen.»

«Klar, mache ich. Sobald ich angezogen bin.»

Mist, nein. «Du solltest besser nicht in euer Zimmer gehen. Becca ist gerade ziemlich gereizt.»

«Ich weiß, keine Sorge.» Lara deutete auf einen Haufen

Klamotten, die auf dem Toilettendeckel lagen. «Ich habe alles hier, muss nur noch die Zähne putzen.»

«Perfekt, beeil dich. Bevor es zu heiß wird und die Würstchen verderben.»

«Mach ich.»

Kaum hatte Lara die Tür wieder verschlossen, hastete Michelle die Treppe hinunter. Eileen war gerade dabei, den Tisch fürs Frühstück zu decken.

«Hilfst du mir?», fragte sie.

Michelle ging gar nicht auf ihre Frage ein. «Hör mir gut zu.» Sie stellte sich dicht vor Eileen, zwang sie so dazu, ihre Arbeit zu unterbrechen. «Lara kommt gleich runter. Sie wird zum Steg laufen, um nachzusehen, ob wir gestern die Würstchen im Boot vergessen haben.»

Eileen runzelte die Stirn. «Die sind doch im Kühlschrank.»

«Ich weiß.»

«Aber –»

«Ich erkläre es dir, sobald sie weg ist. Bitte lass dir nichts anmerken.»

«Okay», sagte Eileen gedehnt. «Bin gespannt auf deine Erklärung.»

Michelle zog die Kühlschranktür auf und schob die Päckchen mit den Würstchen hinter die Milch, nur zur Sicherheit. Ihre Finger zitterten. Becca war tot. Sie hatte gerade einen Menschen umgebracht.

Nicht darüber nachdenken! Einfach weitermachen!

Schritte ertönten auf der Treppe. Lara steckte den Kopf zur Küche herein. «Ich schaue dann mal, ob ich die Würstchen finde.»

«Danke, das ist echt nett von dir.»

«Kein Thema.»

Michelle wartete, bis sie Lara durch das Küchenfenster nicht mehr sehen konnte, dann drehte sie sich zu Eileen um. «Es ist etwas Schreckliches passiert.»

«Lieber Himmel, was denn?»

«Becca ist tot.»

«Das ist nicht dein Ernst.»

«Doch, leider.»

Eileen schlug die Hand vor den Mund, alle Farbe wich aus ihrem Gesicht. «Aber eben ging es ihr doch noch gut! Was ist passiert?»

«Es war ein Unfall.» Michelle räusperte sich, blickte in Richtung Fenster. «Lara ... sie hatte einen ihrer Anfälle.»

«Wie bitte?» Eileen verzog ungläubig das Gesicht.

«Was genau passiert ist, weiß ich auch nicht. Ich hörte die laute Musik ...» Michelle machte eine Pause, ein dumpfes Dröhnen sickerte von oben in die Küche.

Eileen nickte. «Mir würde das Trommelfell platzen.»

«Und dann lief auch noch der Fön, vermutlich hat Becca wieder eines ihrer Bilder getrocknet.»

«Und dann?» Eileen sah blass und ängstlich aus.

Michelle hoffte, dass sie durchhalten würde. Es würde nicht einfach werden, vor allem nachher, wenn auch noch die Jungs da wären.

«Ich hörte aufgebrachte Stimmen, dann einen Schrei. Ich hatte ein komisches Gefühl dabei, aber ich habe trotzdem nicht sofort nachgesehen. Ich hatte keine Lust, einen Streit zwischen Becca und Lara zu schlichten.» Michelle senkte den Blick. «Das werde ich mir nie verzeihen.»

Eileen trat näher und legte ihr die Hand auf die Schulter. «Es ist doch nicht deine Schuld.»

«Trotzdem fühle ich mich mies.» Michelle rieb sich über das Gesicht, als würde sie Tränen fortwischen, bevor sie weitersprach. «Irgendwann bin ich dann doch nachsehen gegangen. Und da ... da habe ich sie gefunden.»

«Becca?», flüsterte Eileen.

«Beide. Lara stand mitten im Zimmer und rezitierte den Erlkönig in Endlosschleife, du kennst das ja. Um sie herum lagen Beccas Bilder, zerfetzt, in Stücke gerissen.»

«Oh, mein Gott!»

«Becca habe ich erst gar nicht gesehen in dem ganzen Chaos. Sie lag auf dem Boden neben der Kommode. Sie rührte sich nicht, und ihr Hinterkopf war blutig.»

«Hast du ...?»

«Ich habe ihren Puls gefühlt.» Michelle rieb sich wieder über das Gesicht. «Nichts. Sie ist tot.»

«Wie schrecklich.»

Michelle packte Eileen bei den Schultern. «Ja, es ist schrecklich. Und wir müssen schnell handeln. Für Becca können wir nichts mehr tun. Aber für Lara.»

«Wie meinst du das?»

«Sie hatte einen Totalaussetzer, sie hat keine Ahnung, was sie getan hat. Ich habe ihr im Bad kaltes Wasser ins Gesicht gespritzt. Erst da ist sie zu sich gekommen.»

«Sie hat keine Erinnerung an das, was sie getan hat?»

«Nicht die geringste. Sie glaubt, dass sie geduscht hat, bevor ich sie bat, nach den Würstchen zu sehen. Und dabei sollte es auch bleiben. Denn wenn sie es wüsste, würde sie sich früher oder später verraten.»

Eileen runzelte verwirrt die Stirn. «Worauf willst du hinaus? Was hast du vor?»

«Was glaubst du wohl, geschieht mit Lara, wenn herauskommt, dass sie Becca in einem Anfall von Unzurechnungsfähigkeit getötet hat und dass sie solche Anfälle öfter hat?»

«Ich weiß nicht.»

«Sie kommt in die geschlossene Psychiatrie. Zusammen mit Vergewaltigern und Serienmördern.»

«Lieber Gott!»

«Das können wir nicht zulassen.»

«Wir könnten behaupten, dass Lara die ganze Zeit bei uns hier unten war und dass Becca von ganz allein unglücklich gestürzt ist.»

«Sie hat blaue Flecke, die beiden müssen gekämpft haben.»

«Aber warum?»

«Keine Ahnung. Aber du kennst ja Becca. Bestimmt hat sie Lara irgendwie provoziert. Sie wusste, was das mit Lara macht, sie ist selbst schuld.»

«Dann sollten wir das vor Gericht aussagen.»

«Und wenn man uns nicht glaubt?»

Eileen verschränkte die Arme. «Was sollen wir denn sonst tun?»

«Wir müssen die Leiche verschwinden lassen.»

«Was? Bist du verrückt?»

«Es ist die einzige Möglichkeit.»

«Ich kann das nicht, Michelle.»

«Doch, wir kriegen das hin. Vertrau mir.»

«Wie sollen wir auf dieser winzigen Insel eine Leiche verstecken?»

«Ich habe einen Plan. Aber wir können ihn erst heute Nacht in die Tat umsetzen. Und das bedeutet, dass Becca heute noch leben muss. Für Lara. Und auch für Vincent und Leon, wenn sie nachher kommen.»

Eileen riss die Augen auf. «Gütiger Himmel! Wie stellst du dir das vor?»

«Sie ist in ihrem Zimmer und malt. Sie will nicht gestört werden, weil es der letzte Abend ist und sie das Bild unbedingt noch fertigkriegen muss. Ich bringe ihr zwischendurch was zu essen hoch, wir reden durch die Tür mit ihr.»

«Das klappt niemals.»

«Doch, vertrau mir. Ich werde Cocktails mixen, sodass die drei schnell betrunken sind und gar nicht mehr richtig mitkriegen, was passiert. Der Rest hängt davon ab, wie gut wir unsere Rollen spielen.»

Eileen schüttelte den Kopf. «O Gott, verlang das nicht von mir, Michelle. Ich kann das nicht.»

Michelle fasste sie fester, sah ihr tief in die Augen. «Doch, du kannst das. Und du musst. Für Lara. Wir sind ihre Freundinnen, wir lassen sie nicht hängen.»

«Ich weiß nicht, ob das richtig ist.»

«Bitte. Ohne deine Hilfe schaffe ich das nicht.»

Eileen zögerte. «Okay, was genau ist dein Plan?»

Erleichtert stieß Michelle die Luft aus. «Wir müssen die Leiche unter das Bett schieben und dann das Zimmer aufräumen, die zerstörten Bilder vernichten. Wir verbrennen sie im Kamin. Dann schalten wir zusätzlich zur Musik noch den Fön ein. Damit Lara gar nicht auf die Idee kommt, auch nur den Kopf zur Tür reinzustecken. Zur Sicherheit schließen wir ab. Kümmere du dich um den Kamin, ich erledige den Rest. Und beeil dich. Ich schätze, wir haben höchstens noch zehn Minuten, bis Lara zurückkehrt und wir ihr gestehen müssen, dass wir die Würstchen im Kühlschrank gefunden haben. Bis dahin muss alles präpariert sein.»

«Scheiße, Scheiße, hoffentlich kriege ich das hin, ohne durchzudrehen.» Eileen knetete nervös ihre Finger.

«Denk gar nicht darüber nach, tu einfach, was ich dir sage.» Michelle wandte sich zur Tür. «Komm, wir dürfen keine Zeit verlieren.»

Eileen nickte wie in Trance. «Ich glaube, mir wird übel.»

«Konzentrier dich auf das, was du zu tun hast.»

«Ich hoffe, Lara weiß zu schätzen, was wir für sie tun.»

Michelle schnitt eine Grimasse. «Ich hoffe, sie wird es nie erfahren.»

VIERUNDZWANZIG

Langsam bewege ich mich durchs Wohnzimmer und dann durch die Diele in Richtung Haustür. Obwohl ich die Waffe in meinem Rücken nicht sehen kann, habe ich sie die ganze Zeit vor Augen. Mein Körper kribbelt, jede Zelle ist in höchster Alarmbereitschaft. Auf Höhe der Garderobe stolpere ich, verliere das Gleichgewicht und muss mich an den nassen Jacken festklammern, um nicht zu fallen.

«Scheiße, Lara», zischt Michelle hinter mir. «Reiß dich zusammen.»

«Sorry, passiert nicht wieder.» Ich bin jetzt an der Tür, greife nach der Klinke.

Danach passiert alles ganz schnell. Ich reiße die Tür mit einem Ruck auf, mache gleichzeitig einen Schritt zur Seite, Michelle hinter mir flucht, weil sie ebenfalls ausweichen muss, ich drehe mich blitzschnell um, reiße die Dose mit dem Pfefferspray hoch, die ich aus der gelben Regenjacke genommen habe, und sprühe ihr eine Ladung ins Gesicht.

«Fuck! Scheiße, fuck!» Michelle hält schützend die Hände vor die Augen.

Ich zögere nicht, sprinte nach draußen und auf die Hausecke zu. Es ist stockdunkel. Kaum habe ich ein paar Schritte von der Tür weg gemacht, kann ich nichts mehr sehen, doch ich drossele das Tempo nur minimal, strecke die Arme aus, um nirgendwo anzustoßen.

Hinter mir höre ich Michelle keuchen und fluchen. Ein Schuss kracht, ich presse mich an die Hauswand, doch das Projektil schlägt meterweit entfernt in den Boden ein. Michelle kann noch viel weniger sehen als ich, sie hat einfach blind abgedrückt.

Ich biege um die Ecke, bleibe einen Moment stehen, um mich zu orientieren. Wenigstens regnet es nicht mehr, und auch der Wind hat nachgelassen. Auf dieser Seite gibt es keine Fenster, aber meine Augen gewöhnen sich allmählich an die Dunkelheit. Links liegt der Schuppen. Um die nächste Ecke geht es auf die Rückseite des Hauses, wo der Verschlag mit dem Generator steht. Daneben ist der Brunnenschacht, versteckt im Gestrüpp.

Ich höre Schritte dicht an der Hausecke, konzentriere mich, laufe auf das Gestrüpp zu.

«Bleib stehen, Lara», brüllt Michelle hinter mir. «Ich kriege dich sowieso. Auf dieser Insel kannst du mir nicht entkommen.»

Das stimmt. Aber ich kann mich verstecken und sie mit etwas Glück für ein paar Stunden zum Narren halten. Und in der Zwischenzeit wacht Nathalie auf und ruft Hilfe. Michelle steht unter Zeitdruck, sie muss mich schnell wieder einfangen, sonst wird nichts aus ihrem tollen Plan.

Ich werfe mich in das Gestrüpp, mache absichtlich Lärm dabei, achte jedoch genau darauf, wohin ich trete. Der Brunnenschacht ist nur durch einen kniehohen Rand aus gemauerten Steinen gesichert. Normalerweise liegt ein schwerer hölzerner Deckel darauf, doch den haben wir am

Vormittag auf der Suche nach der falschen Becca abgenommen.

Ich platziere mich hinter einem Strauch und beobachte, wie Michelle sich nähert, die Waffe im Anschlag. Ich erkenne ihr Gesicht nur schemenhaft, doch ich sehe, wie sie blinzelt und sich mit der freien Hand die Augen reibt. Sie kann noch immer nicht richtig sehen.

Lautlos hebe ich einen Stein auf und werfe ihn gegen einen Busch, der genau hinter dem Brunnenschacht steht. Sofort richtet Michelle die Waffe in diese Richtung.

«Komm raus, oder ich schieße!», ruft sie.

Ich rühre mich nicht.

Michelle stolpert näher.

Ich werfe einen zweiten Stein. Michelle macht zwei Schritte auf das Geräusch zu, stößt mit den Füßen gegen den Brunnenrand, gerät ins Wanken. Bevor sie abbremsen und sich wieder fangen kann, springe ich aus meinem Versteck hervor und versetze ihr einen Stoß. Mit einem Schrei verschwindet sie im Schacht.

Sekundenlang ist alles still, und ich fürchte, dass sie sich trotz der geringen Tiefe das Genick gebrochen hat. Beklemmung steigt in mir auf, ich wollte sie nicht töten, nur außer Gefecht setzen. Ich halte den Atem an, lausche in die Dunkelheit, stelle mir vor, wie sie mit zerschmettertem Schädel und verdrehten Gliedmaßen auf dem Grund liegt. Oder wie sie in der Ecke kauert, die Waffe auf die Öffnung gerichtet, bereit, bei der kleinsten Bewegung über ihr abzudrücken.

Gerade als ich glaube, es nicht länger auszuhalten, und riskieren will, mich über den Brunnenrand zu beugen, um nachzusehen, höre ich ihre Stimme.

«Du Dreckstück, dafür wirst du bezahlen! Niemand wird dir glauben. Es steht Aussage gegen Aussage. Das Wort der angesehenen Ehefrau eines Arztes gegen das einer Irren. Was denkst du wohl, wem man glauben wird?»

Ich trete vom Brunnenrand zurück, schüttle traurig den Kopf. Während ich zurück zum Haus laufe, wird ihre Stimme allmählich leiser.

FÜNFUNDZWANZIG

Als ich ins Wohnzimmer zurückkehre, ist Nathalie aufgewacht, sitzt mit glasigen Augen und fiebrig-roten Wangen auf dem Sessel. Ich bringe ihr ein Glas Wasser, dann checke ich mein Handy und stelle fest, dass wir wieder Netz haben.

Gemeinsam warten wir auf Hilfe. Stockend erzähle ich ihr währenddessen, was geschehen ist. Zu meiner Überraschung glaubt sie mir sofort. Offenbar hat Becca schon damals ihr gegenüber angedeutet, dass sie Michelle für selbstsüchtig und intrigant hält, weshalb Nathalie von Anfang an den Verdacht hatte, dass sie mehr weiß, als sie zugibt.

Eine halbe Stunde später wimmelt es auf der Insel von fremden Menschen. Als Erstes kommt ein Hubschrauber, um die Verletzten zu bergen und ins nächste Krankenhaus zu bringen, kurz darauf treffen zwei Polizeiboote ein. Michelle wird aus ihrem Gefängnis befreit und in Untersuchungshaft gebracht. Ich schaue nicht hin, als die Uniformierten sie in Handschellen an mir vorbeiführen.

Zu meiner Erleichterung trifft gerade ein Spurensicherungsteam ein, und ich muss die Ermittler zu der Stelle führen, wo Eileen sich erhängt hat, und dann zu Beccas sterblichen Überresten im Wald. Ich kann mich kaum auf den Beinen halten. Ich bin todmüde, mein Kopf ist gleichzeitig leer und zum Bersten gefüllt. Zum Glück ist Kommissar Johan Berggren dabei, den ich noch von damals kenne. Er ist sehr verständnisvoll, stützt mich, als ich auf dem Pfad beinahe zusammenklappe, und sorgt dafür, dass ich eine trockene Jacke bekomme. Als ich alle traurigen Pflichten auf der Insel hinter mich gebracht habe, muss ich auf die kleine Polizeistation in Karlskrona mitkommen, wo ich meine Geschichte wieder und wieder erzählen muss.

Erst werde ich von Johan Berggren und einem Kollegen vernommen, dessen Namen ich mir nicht merken kann. Irgendwann – inzwischen ist es weit nach Mitternacht – trifft ein Spezialteam aus Stockholm ein, dessen Fragen ich auch noch beantworten muss.

Als mir Stunden später einfach die Augen zufallen, darf ich mich kurz ausruhen. Da es keinen besseren Ort gibt, werde ich in eine Untersuchungszelle geführt, wo ich mich auf einer Pritsche ausstrecken kann. Die Tür bleibt offen, trotzdem ist es ein merkwürdiges Gefühl, fast so, als hätte Michelle am Ende doch noch gewonnen und dafür gesorgt, dass ich für ihre Taten ins Gefängnis komme.

Ich wickele mich in die Decke aus grobem Wollstoff und schließe die Augen. Aber ich bin so aufgedreht, dass ich lange nicht einschlafen kann. Irgendwann muss ich vor lauter Erschöpfung dennoch weggedämmert sein, denn ein leises Klopfen weckt mich. In der offenen Zellentür steht einer der Polizisten aus Stockholm. Er begleitet mich zurück ins Vernehmungszimmer, wo ich Kaffee trinke und ein belegtes Brot esse, während draußen der neue Tag dämmert und die Ermittler darauf warten, dass sie die Befragung fortsetzen können.

Mittags trifft eine junge Kripobeamtin mit blonder Hochsteckfrisur aus Deutschland ein, und das Fragenkarussell dreht sich weiter. Immerhin erfahre ich von ihr auch ein paar Dinge. Sie erzählt mir, dass Michelle sich weigert, auch nur ein Wort zu sagen. Ihr Mann hat einen teuren Anwalt beauftragt, aber ich frage mich, ob er noch zu ihr halten wird, wenn ihm klarwird, dass die Anschuldigungen gegen sie den Tatsachen entsprechen.

Die deutsche Polizistin erklärt mir auch, dass bereits genug Spuren auf der Insel gesichert wurden, die meine Version der Ereignisse bestätigen. Natürlich sind noch längst nicht alle Untersuchungen abgeschlossen. Das wird Tage dauern, womöglich sogar Wochen. Aber ich kann ziemlich sicher sein, dass es Michelle auch mit dem besten Anwalt der Welt nicht gelingen wird, ihren Kopf aus der Schlinge zu ziehen und mir all das in die Schuhe zu schieben.

Drei Tage muss ich in Karlskrona ausharren und den Polizisten Rede und Antwort stehen, bis ich endlich heimfahren darf. Als ich meine Wohnungstür hinter mir zuziehe und den Rucksack auf dem Boden abstelle, fällt eine riesige Last von mir ab. Ich bin wieder zu Hause. In Sicherheit.

Maynard kommt aus dem Wohnzimmer gelaufen und streicht mir um die Beine. Gedankenverloren nehme ich ihn auf den Arm und kraule ihn zwischen den Ohren.

«Du hast ja keine Ahnung, wie froh ich bin, wieder hier zu sein», flüstere ich in sein warmes, weiches Fell. «Ich hasse Reisen.»

Noch während ich die Worte ausspreche, spüre ich, dass es nur die halbe Wahrheit ist. Etwas hat sich verändert. Ich habe mich verändert. Während ich den Rucksack auspacke, die Waschmaschine anstelle und die Blumen gieße, kommt mir die Wohnung unglaublich klein und eng vor. Die vertrauten Räume meines Zuhauses sind mir plötzlich fremd.

Ich setze mich mit meiner Lasagne vor den Laptop, um meinen Blog zu aktualisieren, tippe und esse gleichzeitig, und erst als mein Teller leer ist, fällt mir auf, dass ich die Sojasoße vergessen habe. Ich schätze mal, es wird noch eine Weile dauern, bis ich in meinen gewohnten Alltag zurückgefunden habe. Bis ich das, was geschehen ist, hinter mir lassen kann und alles wieder so ist wie zuvor.

Ich stelle den Teller weg, setze mich aufs Sofa und öffne die Fotogalerie auf meinem Handy. Mit einem Ziehen im Magen betrachte ich die Selfies, die wir an dem Morgen im Wintergarten gemacht haben, als noch alles gut zu sein schien. Eileen, Michelle und ich, das Selbstporträt von Becca in unserer Mitte. Wie glücklich und unbeschwert wir in dem Moment waren.

Ich lege das Handy weg, die Erinnerung schmerzt zu sehr. Eine Frage steigt in mir auf. Eine Frage, auf die ich nie eine Antwort erhalten werde: Wäre alles anders gekommen, wenn Nathalie das Boot an dem Morgen nicht weggefahren hätte und wir ans Festland hätten übersetzen können? Wenn wir einfach alle drei wieder nach Hause zurückgekehrt wären? Wäre dann alles geblieben, wie es war, und ich hätte die Wahrheit nie erfahren? Oder war es dafür längst zu spät?

SECHS MONATE SPÄTER

SECHSUNDZWANZIG

Es ist Dienstag, Zeit für einen neuen Artikel. Heute geht es um Superlative, wie könnte es anders sein, in einem Reisebericht aus der größten Stadt der Welt?

Ich nehme die Finger von der Tastatur, trinke einen Schluck von meinem Kaffee, lehne mich zurück und blicke durch die Scheibe des Cafés nach draußen, wo die Menschenmassen durch den Regen vorbeihasten und ihre Schirme wie Schilde schützend vor den Körper halten. Ein Aprilschauer, der nicht lange anhalten wird. Schon bald wird die Sonne die Kirschblüten im Shinjuku Gyoen Park wieder leuchten lassen wie ein Meer aus rosa Zuckerwatte.

Seit einer Woche bin ich nun hier. Nachdem ich im Herbst und Winter ein wenig in Europa herumgereist bin, Paris, Barcelona, London und Lissabon besucht habe, fühlte ich mich bereit für einen Kulturschock, für eine richtig große Stadt, und habe ein Ticket nach Tokio gebucht.

Natürlich war es nicht einfach, mich ins Gedränge zu stürzen, aber ich sah wenig Sinn darin, an irgendwelche einsamen Strände zu fahren, um meine Ruhe zu haben. Ich wollte mich der Herausforderung stellen, auch wenn es bedeutet, dass ich noch immer hin und wieder Panikattacken kriege. Die letzte hatte ich im Januar auf dem Eiffelturm. Plötzlich machte es Klick in meinem Kopf, und ich musste mich auf den Boden hocken und einmal die Brück am Tay aufsagen, bis mein Hirn sich wieder beruhigt hatte.

U-Bahn fahre ich nach wie vor nur mit Ohrstöpseln, und auf vollen Märkten spukt hin und wieder der Erlkönig in meinem Kopf herum, oder der Schelm von Bergen. Dann begrüße ich sie wie alte Freunde, nicke ihnen zu und lasse sie weiterziehen.

Ende des vergangenen Jahres habe ich mich im Blog geoutet, habe erzählt, dass ich an Asperger leide und deshalb mit vielen Alltagsdingen, die für andere ganz selbstverständlich sind, große Schwierigkeiten habe. Ich habe viel Zuspruch erhalten, auch für meinen Plan, selbst etwas Mutiges zu tun, die Welt zu bereisen, statt nur über andere Frauen zu berichten, die über ihren Schatten gesprungen sind und etwas Besonderes aus ihrem Leben gemacht haben.

Viele Leser haben die Artikel zu meinen Städtetrips im Herbst positiv kommentiert und mir die Daumen für meine Weltreise gedrückt, mir mit Tipps und Ratschlägen zur Seite gestanden und mir viel Glück gewünscht. Und sie wollen auch jetzt immer wieder wissen, wie es mir geht und ob ich auch klarkomme, sodass ich das Gefühl habe, ganz viel Unterstützung zu haben und gar nicht allein unterwegs zu sein.

Tokio ist die erste Station meiner Reise. Die größte Stadt der Welt, mehr als achtunddreißig Millionen Menschen auf engstem Raum, und ich mittendrin. Früher hätte mich allein der Gedanke in Panik versetzt. Wie viel ich verpasst habe!

In ein paar Tagen kommt Jessie nach und besucht mich für zwei Wochen. Wir wollen einen Wagen mieten und ein wenig im Land umherreisen. Danach geht es für mich weiter nach Thailand und Indonesien. Ich bin schon sehr gespannt. Und wahnsinnig aufgeregt.

Im Juni muss ich meine Reise für eine Weile unterbrechen und nach Europa zurückkehren. Dann beginnt der Prozess gegen Michelle. Sie schweigt noch immer hartnäckig, lässt nur ihren Anwalt für sich sprechen. Trotz allem, was sie getan hat, tut sie mir leid. Sie hat alles verloren, ihr Mann hat die Scheidung eingereicht, ihre Töchter wollen nichts mehr von ihr wissen. Das Leben, das sie sich so mühsam erkämpft hat, liegt in Scherben.

Es hat sich herausgestellt, dass sie mich in noch mehr Dingen belogen hat. Sie war tatsächlich schwanger in jenem Sommer, und sie ließ das Kind nach unserer Rückkehr abtreiben. Wenige Wochen später lernte sie ihren zukünftigen Mann kennen und gründete mit ihm eine Familie.

Auch Eileen hatte eine Abtreibung, das wurde bei der Obduktion nachgewiesen. Aber wann das war, ließ sich nicht ermitteln. Vielleicht war das Baby tatsächlich von Vincent, vielleicht von einer unbekannten Ferienliebe, die sie erst Jahre später kennengelernt hat, das lässt sich nicht mehr klären.

Ebenso wenig wie Beccas genaue Todesursache. Sie starb an einem Genickbruch, das konnte einwandfrei nachgewiesen werden. Aber ob sie unglücklich stürzte oder absichtlich gestoßen wurde, lässt sich nicht feststellen. Ich bin sicher, dass Becca und Michelle wegen irgendeiner Sache stritten, möglicherweise wegen des Schwangerschaftstests, den Becca gefunden hatte, und dass Becca dabei verunglückte. Michelle hat sie nicht eiskalt ermordet.

Anders als Eileen. Die Polizei geht davon aus, dass Michelle sie im Wald niederschlug und den Tatort präparierte, während Eileen bewusstlos war. Als sie wieder zu sich kam, zwang Michelle sie mit vorgehaltener Waffe, sich die Schlinge um den Hals zu legen. Eileen fühlte sich ohnehin schuldig, deshalb hatte Michelle leichtes Spiel mit ihr.

Während ich auf der Klippe von dem Ast getroffen wurde und mit dem Schrecken davonkam, rang Eileen tatsächlich mit dem Tod.

Ich versuche, die Erinnerungen abzuschütteln und mich auf meinen Artikel über Tokio zu konzentrieren. Aber meine Gedanken schweifen immer wieder ab. Vor drei Wochen hat Nathalie ihr Baby zur Welt gebracht. Ein Mädchen mit fast schwarzen, strubbeligen Haaren, einem starken Willen und einer äußerst kräftigen Stimme, wie Nathalie mir lachend am Telefon versichert hat. Sie hat sie Rebecca Eileen genannt.

Auch Leon geht es gut, er hat nichts zurückbehalten außer einer fetten, zackigen Narbe auf dem Bauch, die er ziemlich cool findet, wie er nicht müde wird zu beteuern. Es war tatsächlich Nathalie, die ihn niedergestochen hat. Doch da sie noch immer Temazepam im Blut hatte, als sie im Krankenhaus untersucht wurde, und da Leon zudem aussagte, dass er mit einem Stock in der Hand auf sie zugerannt sei, um sie aufzuhalten, was wie ein Angriff ausgesehen haben muss, wurde die Anklage gegen sie wegen schwerer Körperverletzung fallen gelassen. Nun ist er der Patenonkel der kleinen Rebecca Eileen und platzt beinahe vor Stolz.

Ein Blick auf die Uhr verrät mir, dass es nur noch wenige Minuten sind bis zu meiner Verabredung. Mein Herz schlägt schneller. Hoffentlich ist nichts dazwischengekommen! Oft gibt es Notfälle oder kein zuverlässiges Internet, dann müssen wir den Termin verschieben.

Ich schaue nach draußen, tatsächlich hat es aufgehört zu regnen, alles glänzt und funkelt. Die Sonne lässt die Farben leuchten. Selbst die Menschen, die eben im Regen noch so ernst dreingeblickt haben, scheinen von innen her zu leuchten.

Ein Klingelton lenkt meinen Blick vom Fenster weg. Der Anruf kommt pünktlich auf die Minute. Rasch klicke ich auf «Annehmen». Ein Fenster öffnet sich auf dem Bildschirm, erst ist das Gesicht verschwommen, dann erkenne ich ihn, vor dem inzwischen von vielen Telefonaten vertrauten Hintergrund, einem Regal voller Verbandsmaterialien und Medikamentenkartons.

«Hallo Lara, wie geht es dir?», fragt er mit einem breiten Grinsen.

«Vincent, wie schön, dass es klappt!»

Auch in dieser Sache hat Michelle mich getäuscht, doch für diese eine Lüge bin ich ihr dankbar. Als sie in dem Keller so tat, als wäre Vincent tot, rettete sie mir damit das Leben. Der Schock öffnete mir die Augen und gab mir die Kraft, mich gegen sie zur Wehr zu setzen. Wer weiß, ob ich es geschafft hätte, ihn in dem Loch liegen zu lassen, wenn ich gewusst hätte, dass er noch lebte. Wer weiß, ob ich Michelle rechtzeitig durchschaut hätte.

So merkte ich es erst, nachdem ich die Polizei alarmiert hatte. Ich kümmerte mich gerade um Nathalie, die aufgewacht, aber noch ganz benommen war, als ein Geräusch aus dem Keller uns zusammenfahren ließ. Nathalie schrie auf vor Schreck, mir aber schossen Tränen des Glücks in die Augen. Ich stolperte die enge Stiege hinunter und tatsächlich – Vincent lebte!

Er musste seine Abreise nach Angola um einen Monat verschieben, aber seit Anfang Dezember ist er dort, und die Arbeit macht ihm große Freude. Wenn ich mich in Asien ausgetobt habe, will ich ihn dort besuchen.

Und wer weiß, vielleicht bleibe ich ja eine Weile.

Leseprobe

SOPHIE KENDRICK

Das Gesicht meines Mörders

PSYCHOTHRILLER

Rowohlt Taschenbuch Verlag ISBN 978-3-499-27273-8

Sie muss sich erinnern, um zu überleben.

Als Clara aus dem Koma erwacht, ist ihr bisheriges Leben wie ausgelöscht. Sie erinnert sich weder an ihren eigenen Namen noch an ihren Ehemann, den Schriftsteller Roland Winter. Auch nicht an den Einbrecher, der sie niedergeschlagen haben soll. Freunde scheint sie keine zu haben.

Roland ist ihre einzige Verbindung zur Vergangenheit. Mit seiner Hilfe wagt Clara einen Neuanfang. Bis jemand versucht, sie umzubringen. Und die junge Frau begreift, dass sie sich erinnern muss, um zu überleben. Schritt für Schritt rekonstruiert Clara ihr Leben und stößt auf eine geheimnisvolle Frau, mit der sie am Tag des Unglücks verabredet war. Und die seither spurlos verschwunden ist.

Das Wasser ist schwarzgrün. So dunkel, dass ich nicht weiß, wo oben und wo unten ist. Ich spüre es nur an dem Sog, der mich in die Tiefe zieht. Ich muss hoch, an die Oberfläche, doch sie scheint unendlich weit weg. Ich rudere mit den Armen, strample mit den Füßen, aber etwas hält mich fest, hält meine Fesseln umschlungen, zerrt mich hinab in die ewige Finsternis.

Der Wassermann. Der Nöck. Er will meine Seele haben.

Aber ich gebe sie nicht her. Ich darf nicht bei ihm bleiben. Hier unten kriege ich keine Luft. Ich muss zurück an Land. Ich will nicht ertrinken.

Ich strample kräftiger mit den Füßen, etwas Kaltes streift meine nackte Haut, ich schaudere. Endlich löst sich der Griff um meine Fesseln. Hektisch paddle ich davon, dorthin, wo ich die Wasseroberfläche vermute. Richtig schwimmen kann ich nicht, meine Bewegungen sind unbeholfen, ich wühle das grüne Wasser auf, komme aber nur langsam voran.

Endlich wird es heller, ich habe es fast geschafft. Ein kräftiger Stoß noch, und ich breche durch die Oberfläche.

Grelles Licht blendet mich. Ich kneife die Augen zu, schnappe japsend nach Luft. Doch ich kann mich nicht oben halten. Schon schwappt das Wasser wieder über mir zusammen, etwas Schweres zieht mich langsam in die Tiefe. Ich habe nicht die Kraft, mich dagegenzustemmen.

Langsam gleite ich zurück ins Reich des Wassermanns.

Als ich erneut erwache, kommt mir das Wasser nicht mehr ganz so dunkel vor. Das Grün ist milchig-trüb und scheint zu leuchten. Ich bewege mich mit großen, ruhigen

Stößen nach oben. Keine Panik. Keine Angst vorm Wassermann.

Wieder ist es gleißend hell, als ich die Oberfläche erreiche, doch diesmal bin ich darauf gefasst, schließe rechtzeitig die Augen.

Ich verschnaufe kurz. Um mich herum ist Stille, durchbrochen von einem regelmäßigen Piepsen. Ich rühre mich nicht, lausche dem Ton. Er ist beruhigend, fast wie ein Herzschlag. Etwas drückt auf mein Gesicht. Ich will es wegstreichen, doch ich kann meinen Arm nicht bewegen.

Schließlich öffne ich vorsichtig die Augen. Das Licht ist grell, aber es blendet mich nicht. Ich sehe nackte weiße Wände. Ein Fenster, die Vorhänge sind zugezogen. Eine Leuchtstoffröhre an der Decke. Ich drehe den Kopf auf die andere Seite, nur ein kleines Stück, und erschrecke zu Tode. Da sitzt ein Mann auf einem Stuhl, völlig reglos, und sieht mich an.

Als unsere Blicke sich treffen, reißt er die Augen auf. «Liebling, du bist wach!»

Ich will etwas erwidern, aber ich weiß nicht, was. Außerdem habe ich noch immer dieses Ding auf dem Gesicht.

Der Mann springt auf. Ich spüre, wie er meine Hand ergreift. Hinter ihm wird eine Tür aufgestoßen, eine junge Frau in weißer Tracht kommt herein, gefolgt von einem Mann. Graues Haar, grauer Bart, er hat Ähnlichkeit mit dem Wassermann.

Mit einem Mal bin ich unendlich müde. Ich kann die Augen nicht länger offen halten. Ich höre, wie der grauhaarige Mann mir eine Frage stellt, aber sie hallt in meinem Kopf wider, ohne dass die Worte einen Sinn ergeben.

Etwas Weiches, Grünes hüllt mich ein. Ich lasse mich fallen, zurück in die Finsternis, zurück in die kalten nackten Arme des Wassermanns.

Beim dritten Mal geschieht es ganz von allein, ich muss gar nichts tun. Sanft gleite ich nach oben, wache auf und bin in dem weißen Zimmer.

Der Mann, der mich Liebling genannt hat, ist eingenickt. Sein Kinn ruht auf der Brust, sein Atem geht regelmäßig, eine Strähne seiner braunen Haare ist ihm in die Stirn gefallen. Außer uns beiden ist niemand im Raum. Ich habe keine Ahnung, wie viel Zeit vergangen ist.

Ich bewege den Kopf hin und her. Dabei fällt mir auf, dass nichts mehr auf mein Gesicht drückt. Ich bin erleichtert. Ich liege in einem Bett. Weiße Wäsche. Weiße Wände. Rechts ein Metallgestell, in das eine Flasche eingehängt ist. So etwas habe ich schon einmal gesehen, doch mir fällt der Name nicht ein. Ich bin mir gar nicht sicher, ob ich überhaupt je wusste, wie es heißt.

Dafür weiß ich jetzt, dass ich im Krankenhaus bin. Aber warum? Hatte ich einen Unfall? Ich versuche, mich zu erinnern. Nichts.

Mir wird heiß, ich kriege keine Luft, so als würde mir jemand ein Kissen aufs Gesicht drücken. Die Panikwelle verebbt zum Glück sofort wieder. Das ist völlig normal, sage ich mir. Wenn ich einen Unfall hatte, stehe ich bestimmt noch unter Schock. Mir wird früh genug wieder einfallen, was passiert ist.

Doch schon überrollt mich eine zweite Welle. Diesmal heftiger. Meine Kehle ist zugeschnürt, ich glühe vor Hitze, das Zimmer verschwimmt vor meinen Augen. Wie schwer sind meine Verletzungen? Habe ich noch alle meine Gliedmaßen? Kann ich laufen? Gelähmt vor Angst liege ich da. Als ich endlich wieder richtig atmen kann, nehme ich meinen Mut zusammen und versuche, die Beine zu bewegen. Sie sind schwer wie Blei, doch ich sehe, wie die Bettdecke sich anhebt.

Erleichtert stoße ich Luft aus.

Der Mann schreckt hoch. «Liebling!» Ein Strahlen breitet sich auf seinem Gesicht aus. Er hat überraschend helle blaue Augen. «Wie fühlst du dich?»

Liebling. Ich starre ihn an. Ich habe ihn noch nie in meinem Leben gesehen.

Zahllose Fragen liegen mir auf der Zunge. *Wer sind Sie? Was machen Sie hier? Was ist mit mir passiert?* Doch als ich den Mund öffne, bringe ich nur ein heiseres Knurren zustande. Mein Hals brennt, er fühlt sich wund an, wie aufgescheuert. Ich stöhne vor Schmerz.

Der Mann beugt sich vor. «Das kommt von den Schläuchen», sagt er mit sanfter Stimme. «In ein paar Tagen ist das abgeheilt. Möchtest du einen Schluck trinken?» Er deutet auf einen Becher, in dem ein Strohhalm steckt.

Ich nicke.

Er hält mir den Strohhalm an die Lippen, und ich sauge gierig. Lauwarmer Tee. Er schmeckt bitter. Ich muss husten.

«Nicht so hastig.» Er nimmt mir den Strohhalm weg, stellt den Becher ab, sieht mich besorgt an. «Alles in Ordnung?»

Ich nicke, obwohl gar nichts in Ordnung ist.

«Erinnerst du dich ...?» Er bricht ab.

Ich schüttele den Kopf.

Er runzelt die Stirn, betrachtet mich mit zusammengekniffenen Augen. Ich sehe, wie es in ihm arbeitet. Etwas beschäftigt ihn. Er öffnet den Mund, schließt ihn aber wieder.

Ich muss ihn fragen, wer er ist. Mein Freund? Mein Mann? Mein Bruder?

«Wer ...?» Noch während ich das Wort krächze, fällt mir eine viel wichtigere Frage ein. «Wer bin ich?»

Der Mann starrt mich an. «Du - du weißt nicht ...?»

Ich bewege den Kopf hin und her.

Sein Blick wandert zum Fenster, dann zu seinen Händen, die gefaltet in seinem Schoß liegen, und schließlich wieder zurück zu mir. «Dein Name ist Clara. Clara Winter. Du bist meine Frau. Wir sind seit zwei Jahren verheiratet. Ich bin Roland. Roland Winter. Wir leben in Berlin. Ich bin Schriftsteller, und du ...»

Ich schließe die Augen. Am liebsten würde ich mir die Ohren zuhalten und laut «Halt» schreien, doch dazu habe ich nicht die Kraft. Zu viele Informationen auf einmal. Als würde ich von einem Güterzug voller Wörter überrollt.

Clara Winter. Der Name sagt mir nichts. Ich spüre ihn nicht. Kann es passieren, dass man sich selbst vergisst?

Der Mann ist verstummt. Ich höre, wie er sich im Stuhl bewegt, doch ich halte die Augen fest geschlossen, tue so, als wäre ich eingeschlafen. Er soll keinesfalls weiterreden, er hat schon viel zu viel gesagt.

Plötzlich berührt er meine Hand.

Ich zucke zurück, ich will nicht, dass dieser Fremde mich anfasst.

Er lässt los. Wieder knarrt der Stuhl. Kurz darauf höre ich eine Tür zufallen. Stille kehrt ein. Erleichtert stoße ich den Atem aus. Er ist weg. Ich bin allein im Zimmer. Als ich die Augen öffne, fällt mein Blick als Erstes auf das Gestell neben meinem Bett, und plötzlich weiß ich den Namen wieder: Infusionsständer. Hoffnung prickelt durch meinen Körper, vielleicht kommt alles andere ja genauso zurück wie dieses Wort.

Die nächsten Stunden verbringe ich damit, in jeder wachen Minute den Namen vor mich hin zu sagen.

Clara Winter. Clara Winter.

Ich suche nach einer Erinnerung, einem Echo in meinem Inneren. Aber da ist nichts. Absolut nichts. Es ist einfach nur ein Name. Clara Winter ist eine Fremde.

Eben war eine Krankenschwester im Zimmer, um mir Tabletten zu verabreichen. Sie trug ein Namensschild, auf dem SCHWESTER DAGMAR stand. Sie hat mich mit Frau Winter angesprochen. Es muss also stimmen. Ich bin Clara Winter, verheiratet mit einem Mann, der strahlend blaue Augen hat, Roland heißt und Schriftsteller ist. Ich bin mit einem Schriftsteller verheiratet. Wir wohnen in Berlin.

Aber das sind alles leere Informationen. Ich habe keinerlei Bezug dazu. Keine Erinnerungen. Nicht an mich, nicht an mein Leben, meine Kindheit, meine Ehe mit Roland Winter, mein Zuhause. Da ist nur ein gähnendes schwarzes Loch. Als wäre ich in dem Moment, als ich aus dem Grün des Sees ins Licht stieß, neu geboren worden. Was ich über mich und über mein Leben weiß, hat ein Fremder mir erzählt.

Ich kann mich kaum länger als einige Minuten wach halten. Ständig nicke ich ein. Eben sank ich in meinem Traum zum ersten Mal nicht auf den Seegrund.

Erst war ich erleichtert. Ich ging durch ein Haus, helle Räume, hohe Decken, vielleicht war es das Haus, in dem ich wohne. Ich strich mit den Fingern über den Bezug des cremefarbenen Sofas, ließ meinen Blick durch das geöffnete Fenster in den weitläufigen Garten schweifen, der nach frisch gemähtem Gras duftete und von den vielen blühenden Stauden bunt gesprenkelt war.

Doch plötzlich, von einer Sekunde auf die andere, wurde es dunkel. Schwarzer Rauch hüllte mich ein, ich bekam keine Luft. Angst erfüllte mich, viel schlimmer als in dem See, denn die Dunkelheit war absolut, kein Funke Licht, kein Ort, an den ich fliehen konnte. Der Rauch schnürte mir die Kehle zu, mir wurde schwindelig, ich war sicher, dass ich sterben würde. Ich muss im Traum geschrien haben, denn als ich die Augen aufschlug, beugte sich Roland über mich und redete beruhigend auf mich ein.

Er hat eine tiefe warme Stimme. «Nur ein Traum, Liebes, es war nur ein Traum.»

Ich konnte sein Aftershave riechen, die Wärme seiner Haut spüren. Seine Nähe war mir unangenehm. Doch ich zwang mich, nicht von ihm abzurücken. Als mein Herzschlag sich normalisiert hatte, fragte ich ihn, warum ich im Krankenhaus bin.

Seine Lippen wurden schmal, er fasste meine Hand und küsste sie. «Du hast einen Einbrecher überrascht, er hat dich niedergeschlagen. Als ich dich auf dem Boden liegen sah, dachte ich, du wärst tot.» Seine Augen schimmerten feucht.

Komischerweise war ich erleichtert. Ein Einbrecher erschien mir weniger bedrohlich als ein Feuer.

Roland schiebt mich im Rollstuhl über den Krankenhausflur. Ich komme mir albern vor, schließlich sind meine Beine völlig in Ordnung. Aber ich bin zu schwach zum Laufen. Als ich es vorhin probiert habe, bin ich in seine Arme gestrauchelt.

Die Berührung war wie ein Stromschlag, und ich bin vor Schreck erstarrt. Ich weiß, er ist mein Ehemann, und er hat mich bestimmt schon tausendmal angefasst. Doch für mich ist er ein Fremder.

Ich bin sicher, dass er meine Befangenheit gespürt hat. Da war etwas in seinen Augen. Aber er hat sich nichts anmerken lassen. «Wir nehmen wohl doch besser den Rollstuhl», hat er gesagt und mich vorsichtig hineingesetzt.

Eine Reihe von Ärzten hat mich untersucht. Der erste, ein blutjunger Kerl mit Brille, hat mir seinen Finger vor das Gesicht gehalten. Ich sollte ihm mit den Augen folgen. Mir ist ganz schwindelig geworden, aber es ist mir nicht schwergefallen. Dann musste ich ein Puzzle legen und auf einer Karte Farben und Formen bestimmen. Schließlich hat er mir eine Reihe Fragen gestellt. In welchem Land wir uns befinden. Welches Jahr wir schreiben. Wer uns regiert. Wie der zaubernde Junge mit der Narbe auf der Stirn heißt.

Ich hatte keine Mühe, seine Fragen zu beantworten, auch wenn ich mir mit dem Jahr nicht ganz sicher war. Doch als er mich fragte, wo ich zur Schule gegangen bin, wie meine Eltern heißen und was meine Lieblingsfarbe ist, musste ich passen.

Ich brach in Tränen aus.

Roland tröstete mich behutsam, ohne mir zu nahezukommen. Ich ließ es über mich ergehen, obwohl ich mich dadurch noch elender fühlte.

Nachdem ich mich wieder beruhigt hatte, wurde ich fürs EEG verkabelt. Anschließend wurde ich in eine MRT-Röhre geschoben, wo ein Bild von meinem Gehirn gemacht wurde, so als wäre es in kleine Scheiben geschnitten.

Nun sind alle Untersuchungen abgeschlossen. Der Chefarzt will nachher mit mir sprechen, so lange soll ich mich in meinem Zimmer ausruhen.

Roland schiebt mich vor das Bett und hängt die Flasche um. Vom Rollstuhl zurück an den Infusionsständer. Als er Anstalten macht, mir beim Aufstehen zu helfen, winke ich ab.

«Ich möchte das allein schaffen.»

«Okay.» Er tritt zurück.

«Ganz allein.» Ich blicke auffordernd in Richtung Tür.

Er zögert. «Und wenn du stürzt?»

«Dann stehe ich wieder auf.»

«Also gut.» Er will noch etwas sagen, doch er bringt es nicht heraus.

Ich komme mir schäbig vor. Roland tut alles für mich, er ist fürsorglich, rücksichtsvoll, bemüht sich, mir jeden Wunsch von den Lippen abzulesen. Und ich behandle ihn wie einen lästigen Verehrer, der nicht begreift, was ein Nein ist.

Er ist mein Mann, er liebt mich.

Und ich liebe ihn auch. Ganz bestimmt. Ich habe es nur vergessen.

Ich beiße die Zähne zusammen, um nicht zu schreien. «Bitte hol mich ab, wenn es Zeit ist für das Gespräch mit dem Chefarzt.»

Er nickt. Lächelt verlegen. Sieht ein bisschen aus wie Hugh Grant. Dann ist er weg.

Einen Moment lang sitze ich einfach nur da und starre auf die Tür. Ich versuche, in mich hineinzuhören. Doch da ist nichts. Als wäre ich eine leere Hülle. Ein Android. Eine menschenähnliche Maschine ohne Seele.

Ich erinnere mich an Harry Potter und Hugh Grant, aber nicht an mich selbst. Wie ist das möglich?

Entschlossen stemme ich mich aus dem Rollstuhl hoch. Es ist anstrengend, Schweiß läuft mir den Rücken hinunter, doch ich gebe nicht auf. Mit festem Griff packe ich den Infusionsständer und tapse Schritt für Schritt auf das Bad zu. Ich schalte das Licht ein. Über dem Waschbecken hängt ein großer Spiegel.

Ich nehme meinen Mut zusammen, blicke hinein.

Und fahre erschrocken zurück. Ein schmales, blasses Gesicht starrt mich an. Riesige blaue Augen. Bleiche Wangen. Kurze Stoppeln auf dem Schädel. Ich sehe aus wie eine Strafgefangene.

Nachdem der erste Schreck abgeklungen ist, hebe ich die rechte Hand und fahre mir mit den Fingern über den Kopf. Ich berühre vorsichtig die Stoppeln, sie sind überraschend weich. Auf dem Hinterkopf ertaste ich eine Kompresse. Hier hat mich der Einbrecher verletzt. Ich habe vergessen zu fragen, womit er mich niedergeschlagen hat. Langsam bewege ich den Kopf hin und her, aber es ist unmöglich, zu sagen, welche Farbe meine Haare haben. Sie könnten braun sein wie die von Roland, aber auch dunkelblond. Oder rot.

Ich blicke an mir hinunter. Ein weißes Krankenhausnachthemd, das kaum meinen Oberkörper bedeckt. In der rechten Hand steckt der Zugang mit dem Schlauch daran. Die Finger sind lang und schlank. Kein Nagellack. Das gefällt mir.

Ich nehme meinen Mut zusammen und streife das Krankenhaushemd ab. Gar nicht so einfach mit dem Schlauch an meiner Hand. Ich muss die Flasche abhängen und durch den Ärmel fädeln. Das Hemd fällt lautlos zu Boden.

Mein Körper ist nicht ganz so bleich wie mein Gesicht, die Haut sieht aus, als würde sie häufiger die Sonne sehen. Da ist eine Grundfärbung, vor allem auf den Unterarmen und auf den Beinen, als wäre ich viel an der frischen Luft. Ich bin schlank, fast mager, meine Brüste sind klein, irgendwie mädchenhaft. Ich bin ein bisschen enttäuscht.

Ein Geräusch auf dem Flur lässt mich zusammenzucken. Als ich mich nach meinem Hemd bücke, erfasst mich ein Schwindel. Ich muss mich am Waschbecken festhalten.

Es dauert ewig, bis ich wieder angezogen bin. Als ich am Bett ankomme, bin ich völlig erschöpft. Ich ziehe die Decke bis zum Hals und schlafe augenblicklich ein.

Presse- und Amazon-Stimmen zu «Das Gesicht meines Mörders»:

«Ein fesselnder Psychothriller über den Identitätsverlust, der mit einer Amnesie einhergeht. Die Verknüpfung der Geschichte mit der deutsch-deutschen Vergangenheit tut ein Übriges, um die Spannung zu steigern und sie in einer überraschenden Auflösung gipfeln zu lassen.»

Westfälische Nachrichten

«Ein faszinierender Psychotrip mit toll gezeichneten Figuren und vor allem einem furiosen Ende. Das – so viel sei versprochen – dürfte auch die versiertesten Leseratten atemlos zurücklassen.»

Sonntag Express

«Einer der spannendsten Kriminalromane, die ich in letzter Zeit gelesen habe. Mit einer völlig unerwarteten Auflösung. Wow!»

«Tolles Debüt, spannende Geschichte mit überraschenden Wendungen.»

«Sowas von spannend!»

«Absolutes Lese-Suchtpotential!»

«Bestes Buch.»

Weitere Titel

Das Gesicht meines Mörders

Mein Tod in deinen Augen

Sophie Kendrick

Mein Tod in deinen Augen

336 Seiten

Blinde Angst …

Psychiaterin Jennifer leidet an einer traumatisch bedingten Blindheit, seit ein Stalker sie in Berlin überfallen hat. Als der an der Ostsee ansässige Therapeut Gideon sie um fachlichen Rat bittet, stimmt Jennifer einem Treffen zögernd zu. Im Zug lernt sie den Computerspezialisten Marc kennen, zu dem sie bald Vertrauen fasst. An ihn wendet sie sich, als Gideon etwas sagt, das Jennifer an den Stalker erinnert. Marc findet tatsächlich Belege dafür, dass der Therapeut häufig in Berlin war. Aber wem kann sie wirklich trauen? Und was hat das alles mit dem Unfalltod von Jennifers Eltern vor dreißig Jahren auf Rügen zu tun?

«Sophie Kendrick dürfen Sie nicht verpassen! Intelligent, fesselnd, großartig geschrieben.» Neue Rundschau

Weitere Informationen finden Sie unter **rowohlt.de**

MIX
Papier aus verantwortungsvollen Quellen
FSC® C014496

Das für dieses Buch verwendete Papier ist FSC®-zertifiziert.